Tower of London Mysteries

Tod im Tower

John Mackenzies erster Fall

Emma Goodwyn

Im Gegensatz zu den Schauplätzen
sind alle Personen und Ereignisse der Handlung rein fiktiv,
mögliche Ähnlichkeiten zu echten Personen und Geschehnissen
keinesfalls beabsichtigt.

JOHNS WOHNUNG
WHITE TOWER
RABEN-HAUS
BESUCHER-EINGANG
WATER LANE
VERRÄTER-TOR

Kapitel 1

Fröstelnd schlug John Mackenzie seinen Mantelkragen hoch. Die Wollmütze zog er tiefer ins Gesicht. Auf der Millennium Bridge pfiff der nächtliche Wind eisig. Ein Blick auf die Uhr sagte ihm, dass er los musste. Dennoch konnte er sich noch nicht von dem Panorama lösen, das sich vor ihm ausbreitete.

Den massigen Fabrikbau der Tate Galerie für moderne Kunst hatte er soeben verlassen. Direkt gegenüber grüßte Christopher Wrens gewaltige Kuppel der St. Paul´s Kathedrale herüber. Flussaufwärts schließlich war die erleuchtete Silhouette der Tower Bridge zu erkennen.

Nach fast zwanzig Jahren im Ausland war John seit einigen Monaten dabei, seine Heimatstadt wieder neu zu entdecken und er genoss es in vollen Zügen. Schließlich wandte er sich bedauernd ab und trottete in Richtung U-Bahn. Kurz vor der Haltestelle Blackfriars näherten sich von hinten eilige Schritte.

„So einen Scheißabend hatte ich schon lange nicht mehr! Wahnsinn, stundenlang nur krankes Zeug anglotzen. Stattdessen hätte ich mir mit meinen Kumpels das Spiel ansehen und so richtig einen drauf machen können.“, warf ein junger Mann seiner Begleiterin ins Gesicht, während er an John vorbeistampfte. Im Gehen versuchte er vergeblich, sich eine Zigarette anzuzünden. Er fluchte ungehalten, als der Wind das Feuerzeug immer wieder ausblies. Die junge Frau tippelte hinterher. John konnte sich erinnern, das Paar flüchtig im Museum gesehen zu haben.

„Aber Billy, du hattest versprochen, meinen Geburtstag mit mir zu verbringen…“, brachte das Mädchen hervor. Ihr Freund hatte es schließlich aufgegeben, die Zigarette zum Brennen zu bringen und stopfte die Schachtel in seine Jacke.

„Na, das hab ich doch auch, oder? Du wolltest dir unbedingt diesen Kram anschauen und das haben wir gemacht. Jetzt brauch ich ein Bier mit den Jungs. Also komm mit oder lass es.“ Er zog das Handy aus der Hosentasche. Das Mädchen blieb wie angewurzelt stehen und starrte ihm nach. John ging langsam an ihr vorüber. Widerstreitende Gefühle spiegelten sich in ihrem jungen Gesicht wider.

John ging die Treppen hinunter zum Bahnsteig der District Line. Verstohlen sah er ein, zwei Mal zurück, um zu sehen, was sie nun tun würde. Als er sich dabei ertappte, musste er über sich selbst lachen. Auch wenn er seinen früheren Beruf hinter sich gelassen hatte, als er sich für den Dienst in der königlichen Wachtruppe entschieden hatte – einmal Psychologe, immer Psychologe.

Als in der U-Bahn die Haltestelle Aldgate East angekündigt wurde, schreckte er hoch. Jetzt war er zu weit gefahren. Er war wieder einmal in Gedanken versunken gewesen, so dass er es versäumt hatte, am Tower Hill auszusteigen. Nun musste er sich beeilen, um rechtzeitig zum Dienstbeginn um 22 Uhr auf seinem Posten zu sein. Beim Gedanken, zu spät zu kommen, begann er ein wenig zu schwitzen. Was würde das für einen Eindruck machen, wenn er nach wenigen Monaten bei der Truppe schon seinen Dienstbeginn versäumen würde! Für ein Mitglied der königlichen *Yeoman's warders* im Tower of London, allgemein Beefeater genannt, völlig undenkbar.

Ohnehin hatte er in dieser ersten Zeit gespürt, dass es in der 36–köpfigen Einheit einige gab, die ihm mit Zurückhaltung begegneten, andere mit einer gewissen Herablassung. Die meisten waren über zwanzig Jahre lang Mitglieder kämpfender Einheiten beim Heer oder der Luftwaffe gewesen, hatten an oft lebensgefährlichen Einsätzen teilgenommen. John hatte ebenfalls einen großen Teil seiner Dienstzeit an den Krisenherden der Welt verbracht. Die Armeehauptquartiere, in denen die Truppenbetreuung untergebracht war, waren jedoch streng abgeschirmt gewesen. So hatte er die Risiken des Soldatenlebens längst nicht so unmittelbar erleben müssen wie seine Kameraden im Einsatz.

Mit dem Gedanken an das amüsierte Gesicht der Torwache, sollte er wirklich nicht rechtzeitig kommen, sprang er aus der District Line und sprintete zum anderen Gleis hinüber. Dort war die Bahn in die Gegenrichtung gerade dabei, ihre Türen zu schließen. Gerade noch quetschte er sich hinein. Am Tower Hill angekommen legte er noch einmal einen Spurt zum Tor ein. Als er wenige Minuten vor Dienstbeginn schnaufend dort anlangte, grinste ihn der Wachhabende an.

„Mackenzie, du siehst ja ganz erhitzt aus. Du hast noch genau vier Minuten, um deine Uniform anzuziehen….“ John trabte zu seiner kleinen Wohnung am Tower Green. In Rekordzeit warf er sich die blaurote Robe über, stülpte sich den hohen Hut auf den Kopf und eilte zum Wachhäuschen am White Tower, im Zentrum der Festungsanlage. Zwei seiner Kollegen, die ebenfalls für die Nachtwache eingeteilt waren, kamen ihm entgegen und feixten. Er riss die Tür genau in dem Moment auf, als der Zapfenstreich des Trompeters wie jeden Tag um 22.00 Uhr erschallte.

„Das war aber knapp, Mackenzie. Nächstes Mal kommen Sie zeitiger. Und setzen Sie Ihre Kopfbedeckung ordentlich auf, die ist ja ganz schief.“, schnarrte der diensthabende Offizier der Nachtwache Philipp Dunders. „Und dann lösen Sie Adams am Byward Tower ab.“

„Selbstverständlich, Sir.“ Verlegen rückte John die Mütze zurecht und begab sich nach draußen.

Sein Weg führte ihn an der Voliere der neun Raben des Towers vorbei. Obwohl er es eilig hatte, verhielt er doch kurz den Schritt und spähte hinein.

Die intelligenten Tiere hatten ihn von Beginn an fasziniert. Der Legende nach würde das Königreich verfallen, sollten keine Raben mehr den Tower bevölkern. So hatte Charles II verfügt, dass immer mindestens sechs Raben im Tower leben sollten. Sie waren seit Hunderten von Jahren wichtige Bewohner der Festung und genossen viel Aufmerksamkeit. Ihr Chefpfleger trug den ehrenvollen Titel des Ravenmasters.

George Campbell, dessen Familie wie Mackenzies Vater aus Schottland stammte, hatte diesen Posten seit bald zwanzig Jahren inne und füllte ihn mit Leib und Seele aus. John hatte in seinen ersten Monaten hier oft Zeit mit ihm verbracht und Campbell sehr zu schätzen gelernt. Üblicherweise hatte der Ravenmaster einen Assistenten, der ihm bei seinen Aufgaben zur Hand ging und ihn bei Bedarf auch vertreten konnte. Allerdings war dieser vor kurzem in Ruhestand gegangen und bisher war kein Nachfolger in Sicht. Daher genoss Campbell es, mit einem aufmerksamen Zuhörer seinen reichen Wissensschatz über die Tiere zu teilen.

Mittlerweile konnte John die Vögel recht gut voneinander unterscheiden. Ein junger Rabe namens Gworran hatte es ihm besonders angetan. Der Vogel hatte ein großes Talent, Geräusche nachzuahmen und begrüßte ihn mal mit dem Quietschen einer rostigen Tür, mal mit einer Trompetenfanfare.

Jetzt im Winter zogen sich die Vögel gewöhnlich bereits mit Einbruch der Dunkelheit an ihre Lieblingsplätze in der Voliere zurück. Als John ins Rabenhaus hineinsah, konnte er Gworran jedoch nicht auf seinem gewohnten Ast finden. Er entdeckte ihn schließlich in einer dunklen Ecke der Voliere, wo er mit stumpfem Blick auf dem Boden hockte. John ging in die Knie und versuchte, den Raben anzulocken. Gworran aber regte sich nicht. Da stimmt doch was nicht, ging es John durch den Kopf. Ich sollte George benachrichtigen.

Ein Blick auf die Uhr zeigte ihm, dass es schon fünf nach zehn war und er hastete los. Vom Diensttelefon in der Wachstube aus konnte er George erreichen. Er trabte durch den Durchgang des Bloody Tower aus dem Innenhof hinaus. Als er mit wehenden Rockschößen in die Water Lane einbog, bemerkte er zu seiner Linken einen Beefeater in der blau-roten Uniform, der es ebenfalls sehr eilig hatte. Obwohl er die Gestalt nur von hinten auf dem kaum erleuchteten Weg sah, war John fast sicher, dass dies der Ravenmaster war. Auf sein Rufen erhielt er jedoch keine Antwort. Die Person hastete unbeirrt weiter in Richtung des Cradle Tower, wo sich der private Club der Beefeater befand.

John kam zum Schluss, dass er sich getäuscht hatte und setzte seinen Weg nach rechts zur Wachstube fort. Dort empfing ihn David Adams genervt.

„Mackenzie, es wäre dein Job gewesen, die Besuchergruppe rauszulassen. Zu allem Überfluss hab ich mich jetzt auch noch verzählt. Von den 43 Leuten, die ich zur Schlüsselzeremonie eingelassen habe, sind 6 noch auf Einladung von Campbell im Club, also müssten 37 hier sein. Aber es sind nur 36 da. Conners ist jetzt mit den Leuten im Vorraum und kontrolliert noch mal.“

„Verdammt, es sind wirklich nur 36, Adams“, platzte Conners herein. „Das gibt’s doch gar nicht, es muss noch einer drin sein.“ Adams funkelte John an. „Wenn du pünktlich gekommen wärst, hätte ich jetzt nicht diesen Mist an der Backe.“ Er riss den Hörer vom Diensttelefon.

„Sir, wir haben hier ein Problem. Einer der Zuschauer der Schlüsselzeremonie muss sich noch auf dem Gelände befinden – “ Weiter kam er nicht. Was aus dem Hörer drang, klang für seine

Kollegen wie wütendes Gebell. Michael Conners machte ein unglückliches Gesicht. „Ich kann mir das nicht erklären. Ich war doch die ganze Zeit bei ihnen, wie kann sich da einer abgesetzt haben?“, murmelte er John zu. Dieser versuchte gerade, sich zu erinnern, wie der Vorgehensplan in einem solchen Fall aussah.

In der zweimonatigen Ausbildung zum Beefeater wurde jedem Neuling für eine Vielzahl von Ausnahmesituationen beigebracht, wie zu reagieren war. „Wir müssen die Gruppe hier behalten. Mit den Daten auf den Einlassscheinen können wir feststellen, wer fehlt.“, fiel es ihm schließlich ein.

„Gut aufgepasst, Mackenzie“ unterbrach ihn Adams, der den Hörer aufgelegt hatte, spöttisch. „Wir beide kümmern uns darum und Conners stößt zum Suchtrupp, den Dunders gerade zusammenstellt.“ Er schüttelte den Kopf. „Seit wir während der Schlüsselzeremonie immer alle Toiletten verschlossen halten, hatten wir keinen solchen Vorfall mehr. Conners, du wirst dafür Rede und Antwort stehen müssen.“ Der unglückselige Beefeater zog den Kopf ein und verschwand nach draußen.

„Also los, Mackenzie, an die Arbeit. Hier ist die heutige Einlassliste. Ich besorge die Einlassscheine und du hakst ab, wer anwesend ist.“ Sie traten in den Vorraum, wo die Besuchergruppe mit zunehmendem Unmut wartete. Adams klatschte in die Hände und baute sich vor der Tür auf.

„Meine Herrschaften, bitte zeigen Sie nochmals die Einlassscheine vor. Wir müssen feststellen, wer aus der Gruppe fehlt. Wir bedauern die Umstände, müssen Sie aber noch zum Bleiben auffordern.“

„Bedauern?! Sehr wohl werden Sie das noch bedauern. Ich habe eine wichtige Verabredung und bestehe darauf, dass Sie mich und meine Mitarbeiter auf der Stelle hinauslassen. Wenn Sie so nachlässig sind, dass mitten in dieser Festung Menschen verloren gehen können – und das bei einer Veranstaltung von einer Viertelstunde – haben Sie ein echtes Sicherheitsproblem. Aber dafür können wir schließlich nichts. Also aus dem Weg.“

John sah, dass Adams während dieser in einwandfreiem Englisch, aber mit hörbarem deutschen Akzent vorgetragenen Rede die Röte in das Gesicht stieg und er sich ein wenig aufplusterte. Er befürchtete, dass die Erwiderung seines Kollegen nicht geeignet sein würde, die Situation zu beruhigen. Also legte er eine Hand warnend auf Adams´

Arm und schlug halblaut vor, „Vielleicht möchtest du die Liste kontrollieren, ich übernehme das Einsammeln der Scheine."

„Na viel Glück dabei". Adams nahm die Liste und verzog sich hinter den Tisch der Wachen.

John wandte sich dem renitenten Besucher zu und sprach ihn freundlich an – auf Deutsch. „Sir, ich höre, Sie haben einen wichtigen Termin?" Der Mann stutzte und antwortete dann schon deutlich friedfertiger.

„So ist es. Als Finanzchef eines führenden deutschen Automobilherstellers" – er wies auf das Emblem eine Nobelmarke, das er am Revers seines Jacketts trug – „gehöre ich zu einer Wirtschaftsdelegation, die sich heute Abend noch mit Ihrem Handelsminister treffen wird. Genauer gesagt, sollten wir in diesem Moment bereits im Ritz sein." John gab sich Mühe, beeindruckt zu wirken.

„In diesem Fall kann ich Ihre Eile gut verstehen. Umso mehr sind wir Ihnen zu Dank verpflichtet, dass Sie unsere Sicherheitskräfte in dieser Situation unterstützen. Der Minister wird dies zu schätzen wissen." Sein Gegenüber warf ihm einen prüfenden Blick zu. Dann verzog er den Mund zu einem halben Lächeln und wandte sich ab, um seinen Mitarbeitern Anweisungen zu erteilen. Einer seiner Untergebenen zog eilfertig den Einlassschein für die fünfköpfige Gruppe heraus und überreichte ihn John, der sich feierlich bedankte.

Die Umstehenden, die die Szene verfolgt hatten, kramten nun ebenfalls in ihren Taschen nach den Scheinen und drückten sie John in die Hand. Adams nickte ihm zu, als er den Packen entgegennahm und begann, die Liste zu kontrollieren.

In der Zwischenzeit wandte sich John erneut an die Besucher. War irgend jemandem etwas aufgefallen? Hatte einer von ihnen beobachtet, wie sich eine Person von der Gruppe entfernte? Er sah in ratlose Gesichter. Kein Wunder, dachte John bei sich, die Schlüsselzeremonie war ein fesselndes Ereignis und so war die Aufmerksamkeit der Zuschauer ganz auf das Geschehen fixiert.

Schnell hatte Adams den Namen der Vermissten herausgefunden: Julia Feldmann, 178 High Holborn, London WC1.

„Dort sind Wohnheime der Universität, vielleicht ist sie eine Austauschstudentin", spekulierte er gerade, als im Nebenraum die Tür aufgerissen wurde.

„Adams, Mackenzie! Wir haben sie gefunden.“ Conners sah grün um die Nase aus, als er seine Kollegen hektisch herauswinkte.

„Können wir die Leute dann gehen lassen?“ wollte John wissen. „Ich fürchte nicht. Das Mädchen ist tot. Offensichtlich – “ Conners rang nach Luft, „ – ist sie ermordet worden.“

Kapitel 2

Während der nächsten Stunden kam John sich vor, als führe er Karussell. Er war zur Betreuung der Touristengruppe abkommandiert worden, bis die Metropolitan Police sie vernehmen konnte. Durch die Fenster drang das Flackern des Blaulichts, Stimmen und Geräusche ließen hektische Betriebsamkeit spüren.

Die Stimmung in der Gruppe schwankte zwischen Sensationslust – schließlich waren sie bei dem Ereignis, das die Schlagzeilen der nächsten Tage beherrschen würde, sozusagen live dabei gewesen – und dem Unwillen, in diesem beengten Raum so lange eingesperrt zu sein. John organisierte Tee und Gebäck, beschwichtigte hier und tröstete dort.

Der Deutsche – Mr. Wichtig nannte ihn John bei sich – hatte sich offensichtlich mit der Situation abgefunden und freute sich wohl schon auf die Geschichten, die er zu Hause zum Besten geben würde. Auf seine Nachfrage erklärte ihm John, dass er für einige Jahre in Deutschland stationiert gewesen sei.

„Wie kommt man von der Armee zu diesem Beefeater-Job?"

Diese Frage hatte John bei den Touristen-Führungen durch den Tower, die zu seinen Aufgaben zählten, schon unzählige Male beantwortet.

„Nach mindestens 22 Jahren beim Militär und nach Erreichen eines bestimmten Dienstgrades gibt es die Möglichkeit, sich hier zu bewerben. Allerdings haben nur wenige das Glück, genommen zu werden, da dies ein Job auf Lebenszeit ist und daher nur selten eine der 36 Stellen frei wird – " Weiter kam er nicht, da mehrere Uniformierte der Londoner Polizei eintraten.

„Wir übernehmen jetzt. Sie werden draußen erwartet." Erleichtert verabschiedete sich John mit einem Winken von der Besuchergruppe und trat in die kalte Nachtluft hinaus. Er atmete erst einmal tief durch. Nach dem überhitzten Raum tat die beißend kalte Winterluft gut. Doch die Verschnaufpause sollte nur von kurzer Dauer sein. Ein weiterer Uniformierter trat an ihn heran.

„Sind Sie Mackenzie? Der Superintendent möchte Sie sprechen." Damit machte er auf dem Absatz kehrt und ging voran. John blieb nur, ihm zu folgen. Die Szene um ihn herum kam ihm vollkommen irreal vor. Alle verfügbaren Scheinwerfer waren eingeschaltet, um die Water Lane, den nach Sonnenuntergang sonst eher düsteren Weg entlang des Festungswalles, taghell auszuleuchten. Anstatt der sonst üblichen Touristenhorden aus aller Herren Länder hatte heute Nacht die Polizei diesen Teil des Towers schier überschwemmt.

Die größte Menschentraube befand sich in der mit einem niedrigen Geländer abgesperrten Nische unter dem St. Thomas Tower, die zum Verrätertor führte. Von der Außenseite war das Tor nur per Boot erreichbar. Auf diesem Weg wurden in früheren Jahrhunderten Gefangene direkt von der Themse aus in die Festung gebracht.

Nur bei niedrigem Gezeitenstand der Themse war die tief liegende Nische, die von der Festungsseite aus über eine Steintreppe erreichbar war, trockenen Fußes begehbar. Ein flüchtiger Blick sagte John, dass der gegenwärtige Niedrigwasserstand bald beendet sein würde. Durch das Torgitter schwappten bereits erste kleine Wellen herein.

Vor der Wachstube des Cradle Tower stoppte der Uniformierte und öffnete ihm die Tür.

„Bitte warten Sie hier. Der Superintendent wird gleich bei Ihnen sein.“ John setzte sich auf eine Fensterbank in der Wachstube und genoss für einen Augenblick die Stille.

Unvermittelt fiel ihm der Rabe Gworran wieder ein. Ein Diensttelefon war in Griffweite – sollte er dem Ravenmaster doch noch Bescheid geben? Unentschlossen nahm er den Hörer zur Hand. Da öffnete sich die Tür zum Nebenraum.

Der Mann, der eintrat, erschien wie aus dem Ei gepellt. Schuhe, Anzug, Mantel – alles schrie einem geradezu *Savile Row* entgegen. Mit wenigen Schritten war er bei John, nahm ihm den Hörer aus der Hand und legte ihn mit Nachdruck auf die Gabel.

„Keine Telefonate. Ich brauche deine Zeugenaussage. Jetzt.“

„Ich freue mich auch sehr über unser Wiedersehen, Simon. Wie ich sehe, bist du deinem Schneider treu geblieben. Auch dein Charme ist ganz der Alte.“

Sein eisig-höflicher Tonfall gab keinen Hinweis darauf, was in diesem Moment in John Mackenzie vorging. Tatsächlich hätte er Superintendent Simon Whittington – in einem Anfall regressiv-infantiler Tendenzen, wie er sich selbst innerlich tadelte – am liebsten den ausgestreckten Mittelfinger gezeigt.

„Oh, was für ein hübscher Junge!“ Das begeisterte Gurren seiner Verwandten, wenn sie seinen jüngeren Cousin Simon umflatterten, hatte John immer noch im Ohr.

Simon hatte von Beginn an ein bemerkenswertes Talent gehabt, die Menschen in seiner Umgebung, vor allem die weiblichen Geschlechts, um den Finger zu wickeln. Gleichzeitig schaffte er es immer wieder, seine Missetaten anderen in die Schuhe zu schieben.

„Buhuhu, John hat meinem Lieblingsteddy den Kopf abgerissen.“ Mit solchen und ähnlichen Klagen war er theatralisch weinend zu Johns Mutter gelaufen, nachdem er in einem seiner Anfälle von Jähzorn wieder etwas zerstört hatte.

Platzte John oder einem seiner Geschwister einmal der Kragen, hieß es stets, sie müssten doch vernünftig sein, ihr Cousin mache das doch nicht mit Absicht. Zudem habe es der Junge doch schwer mit seiner kranken Mutter und dem Vater, der kaum einmal zu Hause sei. Da sollte man doch etwas großzügiger mit ihm sein.

Tante Vivian, die Schwester von Johns Mutter, war immer von zarter Gesundheit gewesen und hatte viel Zeit in Krankenhäusern verbringen müssen. Dort hatte sie Charles Richard Whittington kennengelernt, der nicht nur ein engagierter Arzt war, sondern dazu noch aus der selben Familie stammte wie der legendäre Bürgermeister der Stadt London im 15. Jahrhundert – wie er auch bei jeder sich bietenden Gelegenheit einfließen ließ. Vivian hatte wenige Jahre nach ihrer Heirat feststellen müssen, dass sich der viel versprechende junge Mann zunehmend in einen vom Ehrgeiz zerfressenen Workaholic verwandelte, der immer weniger in ihrem Heim in Kew vor den Toren Londons anwesend war. Zu ihrer angegriffenen Gesundheit kamen Depressionen. So hatte sie das Angebot ihrer Schwester, sich um ihren Sprössling zu kümmern, dankbar angenommen. Johns Vater, Kurator im Londoner Naturkundemuseum mit einer Leidenschaft für Dinosaurierknochen, hatte nichts dagegen gehabt, wenn sein Neffe die Wochenenden und Schulferien bei ihnen verbrachte. So hatten John und seine beiden Geschwister zähneknirschend mit dem kleinen Tyrannen leben müssen.

Was John am meisten an seinem Cousin hasste, war dessen Vorliebe dafür, anderen nachzuspionieren. Es war schon für den Eton-Schüler Simon Whittington ein Hauptspaß gewesen, unangenehme Dinge über seine Mitschüler herauszufinden und sie damit unter Druck zu setzen.

So hatte er es bereits damals geschafft, sich ein recht angenehmes Leben zu machen, in dem viele seiner Pflichten von seinen geplagten Mitschülern übernommen wurden. Mehr noch als das genoss Simon jedoch das Gefühl der Macht über Andere und er kostete es weidlich aus.

In den Jahren seit John zum Militär gegangen war, waren sie sich nur noch wenige Male bei Familienfeiern begegnet. Hier war Simon immer noch der Star, der nach zahllosen Affären durch seine Heirat mit Patricia Armsworth, einer entfernten Cousine der Herzogin von York, und seine steile Karriere bei der Kriminalpolizei für Gesprächsstoff sorgte.

„Er hat ein echtes Gespür dafür, wenn jemand versucht, etwas zu verbergen und er schafft es auch, Geständnisse zu bekommen.“, gestand ihm Johns ältere Schwester Maggie widerwillig zu. Als Staatsanwältin kreuzten sich ihre Wege gelegentlich mit denen des Superintendenten.

„Dennoch: Aus dem kleinen Monster von damals hat sich ein intriganter und machthungriger Widerling entwickelt. Ein echtes Rabenaas eben.“

Und nun dieses Wiedersehen. Die beiden Männer starrten sich einen Moment wortlos an. Dann erwiderte der Superintendent mit einem ironischen Lächeln, „Wer hätte soviel modischen Verstand von jemandem erwartet, der sein gesamtes berufliches Leben in einer zweckmäßigen Uniform verbracht hat, die ihm der britische Steuerzahler zur Verfügung gestellt hat?“

Er musterte John betont von oben bis unten.

„Ein Job, der das Tragen dieses lächerlichen Gewandes erfordert, wäre für mich unvorstellbar. Aber für dich war es sicher ein Aufstieg – vom Seelenklempner zum Bewacher der Kronjuwelen.“ Damit drehte er sich um und winkte John, ihm ins Nebenzimmer zu folgen. John unterdrückte erfolgreich den Impuls, seinem Cousin den nächstbesten harten Gegenstand an den Kopf zu werfen und stampfte hinterher.

Der Superintendent setzte sich an einen Tisch und bedeutete John, ihm gegenüber Platz zu nehmen. Ein Constable, der an der Wand saß, einen Block in der Hand, nickte John zu.

„Du kannst dir sicher vorstellen, dass es ein beträchtliches öffentliches Interesse an einer schnellen Aufklärung dieses Falles gibt. Ein gewaltsamer Tod mitten in einem unserer nationalen Wahrzeichen – diese Geschichte wird über unsere Landesgrenzen hinaus für Aufsehen sorgen. Ich bin auf ausdrücklichen Wunsch von höchster Ebene mit den Ermittlungen betraut." Selbstgefällig strich Whittington seine Seidenkrawatte glatt. Dann beugte er sich über den Tisch und fixierte John mit einem eindringlichen Blick.

„Also, was weißt du darüber?"

John fühlte sich unversehens wie der Hauptverdächtige eines Kapitalverbrechens.

„Ich weiß fast nichts. Adams und ich haben anhand der Einlassliste den Namen und die Adresse der Toten herausgefunden –" Ungeduldig winkte Whittington ab.

„Das wissen wir längst. Sie ist eine Austauschstudentin aus Deutschland, wir haben ihre Papiere bei ihr gefunden. Aber du musst doch etwas beobachtet haben. Nach meinen Informationen war dein Dienstbeginn um 22.00 Uhr. Der diensthabende Offizier hat mich darüber unterrichtet, dass du dich eine Minute nach zehn vom Wachhäuschen am White Tower auf den Weg zu deinem Dienst im Byward Tower gemacht hast. Damit musst du die Besuchergruppe passiert haben, die nach dem Ende der Schlüsselzeremonie durch die Water Lane hinausging."

„Äh…" John spürte, wie er errötete. „Tatsächlich habe ich kurz nach den Raben gesehen. Während ich beim Gehege war, muss die Gruppe vorbeigekommen sein. Ich … habe nicht aufgepasst."

„Was hattest du bei den Raben verloren? Das fällt doch gar nicht in deinen Aufgabenbereich, oder doch?"

„Nein", gestand John. „Aber ich habe mich mit dem Ravenmaster angefreundet und die Tiere interessieren mich. Ich schaue oft bei ihnen vorbei, wenn ich frei habe."

Messerscharf kam der Einwand, „Du hattest aber nicht frei, sondern hattest deinen Wachdienst anzutreten."

John versuchte sich zu verteidigen.

„Das Gehege liegt genau auf dem Weg und zudem hätte es nicht mal eine Minute gedauert. Aber einer der Raben, Gworran, er kann Geräusche wirklich fantastisch nachahmen und ist ein sehr gelehriges Tier – " John bemerkte den mörderischen Blick seines Cousins. „Also,

Gworran wirkte sehr seltsam, er sah krank aus. Deshalb war ich ein wenig länger dort und habe überlegt, ob ich George Campbell, den Ravenmaster, benachrichtigen soll. Als ich bemerkte, dass es schon fünf nach zehn war, habe ich entschieden, ihn von der Wachstube anzurufen und bin losgelaufen. Als ich dort ankam, hatte Adams schon festgestellt, dass eine Person aus der Gruppe fehlte. Ab dem Zeitpunkt bin ich aus der Wachstube im Byward Tower nicht herausgekommen, weil ich Befehl hatte, bei der Gruppe zu bleiben.“ John atmete tief aus.

Whittington runzelte unzufrieden die Stirn.

„Dann erzähl mir etwas über die Touristengruppe. Gab es da jemanden, der dir aufgefallen ist?“ John überlegte fieberhaft. Dann schilderte er seinem Cousin die wenigen Eindrücke, die er in dem Durcheinander gewonnen hatte. Als er von Mr. Wichtig und der Handelsdelegation erzählte, erhellte sich Whittingtons Gesicht.

„Deutsche, soso. Vielleicht gibt es da eine Verbindung. Na, das finden wir schon heraus.“ Abrupt stand er auf. „Du wirst dir jetzt die Leiche ansehen. Ich will wissen, ob du das Mädchen schon einmal gesehen hast.“

Schweigend gingen sie den Weg zurück bis zum Verrätertor. Die Menge der Uniformierten teilte sich bei der Ankunft des Superintendenten respektvoll.

„Sir, wir mussten die Leiche vom Tatort entfernen. Der Wasserspiegel in der Nische stieg zu schnell. Wir bringen sie dann ins Labor der Spurensicherung, wenn Sie einverstanden sind.“

„Einen Moment noch. Ich möchte, dass Mr. Mackenzie hier noch einen Blick auf die Tote wirft.“

Als John im grellen Scheinwerferlicht wenige Schritte von der Toten entfernt stand, nahm er ein allzu vertrautes Brausen, Klingeln, Kreischen wahr. Diesen entsetzlichen Lärm in seinem Kopf, der ihm über Monate das Leben zur Hölle gemacht hatte. Nein!, schrie es in ihm. Alles, nur das nicht.

Durch den Lärm drang die Stimme seines Cousins an sein Ohr, der ihn scharf beobachtete.

„Ist dir die Tote bekannt, John?“ John schüttelte stumm den Kopf. Nein, er war sich sicher, diese junge Frau mit den glatten blonden Haaren, deren Finger sich im Todeskampf in den braunen Schal verkrallt hatten, der unbarmherzig eng und immer enger gezogen worden war, noch nie gesehen zu haben.

Er atmete bewusst ein und wieder aus und zwang sich, sich auf Einzelheiten zu konzentrieren. Braune Winterstiefel, Jeans und eine wattierte Jacke. Soweit sich das noch beurteilen ließ, ebenmäßige Gesichtszüge und sorgfältig gezupfte Augenbrauen. Als sein Blick weiter wanderte, bemerkte er, dass die Schnalle des kleinen Rucksacks, der neben ihr lag, offen stand. Ob sie ihn wohl gerade geöffnet hatte, als sie angegriffen worden war? Oder hatte der Mörder etwas darin gesucht und dann vergessen, ihn zu schließen? Vielleicht hatte die Polizei ihn auch auf der Suche nach den Papieren der Toten geöffnet.

John wurde bewusst, dass die meisten Umstehenden ihn anstarrten. Er räusperte sich.

„Tut mir leid, Simon, mir ist diese Frau völlig unbekannt.“ Whittington sah ihn noch einen Moment lang misstrauisch an, dann wandte er sich zu einem Mann in Zivil um. Nach einem kurzen Wortwechsel kam er auf John zu, nahm ihn beim Arm und führte ihn ein paar Schritte zur Seite.

„Wir werden jetzt versuchen, durch die Befragung der Besucher und die Aufzeichnungen der Überwachungskameras den Todeszeitpunkt genauer zu bestimmen. Persönlich halte ich es für wahrscheinlich, dass die Tat beim Verlassen des Towers begangen wurde. Ob sie auf dem Weg erwürgt wurde und dann über das Geländer in die Nische hinunterbefördert wurde oder sich Opfer und Täter unten in der Nische befanden, wird sich herausstellen. Tatsache ist, dass der Täter ein hohes Risiko einging. Von der Water Lane aus hätte er leicht beobachtet werden können.“ Er trat einen Schritt näher an John heran.

„Ist es nicht höchst … seltsam, dass die Wachablösung, deren Weg exakt am Verrätertor vorbeiführt, genau an diesem Abend einige Minuten später erfolgte als sonst, weil der Wachhabende angeblich nach einem“ – er spie das Wort geradezu aus – „Vogel sehen musste.“ Nun kam er ganz nahe heran und feuerte eine letzte Breitseite ab.

„Ist dir schon in den Sinn gekommen, dass das Mädchen noch am Leben sein könnte, wenn du deinen Dienstpflichten nachgekommen wärst?“

Trotz seines grimmigen Tons war ein triumphierendes Funkeln in seinen Augen, als er John mit den Worten „Du wirst dich zu unserer Verfügung halten.“ stehen ließ.

Kapitel 3

Als John Mackenzie am nächsten Morgen vom Wecker aus einem rastlosen Schlaf gerissen wurde, erinnerte ihn das Klingeln in seinen Ohren blitzartig an die Geschehnisse der Nacht.

Der Gedanke, dass er das Mädchen vielleicht vor ihrem Angreifer hätte retten können, hätte er nur rechtzeitig seinen Weg am Verrätertor vorbei zum Byward Tower angetreten, war ihm unerträglich. Er schleppte sich in die Küche und warf einen Blick auf seinen Dienstplan. Die nächsten beiden Tage war er ganztägig für die Touristenführungen durch den Tower eingeteilt. Von morgens bis abends im Stundenrhythmus Gruppen durch die Festung zu führen, war ohnehin anstrengend, aber wie er das in seinem Zustand schaffen sollte, war ihm ein Rätsel.

Vielleicht wusste Doc Hunter Rat. Die Gemeinschaft der Beefeater, die mit ihren Familien im Tower lebte, verfügte neben einem eigenen Priester auch über einen hauseigenen Arzt, der gleich neben seiner Wohnung kleine Praxisräume hatte. John hatte den alten Herrn außer zur Einstellungsuntersuchung noch nicht konsultiert, hatte ihn dort aber als ruhigen und gründlichen Mann kennen gelernt.

Als John läutete, öffnete ihm Dr. Hunter persönlich. Mit einem Blick auf die Frühstückskrümel auf dem Pullover des Arztes entschuldigte sich John für sein frühes Erscheinen.

„Keine Sorge, Mackenzie. Ich bin sicher, Sie haben einen triftigen Grund für Ihr Kommen." Der Doktor winkte ihn herein. „Setzen Sie sich und erzählen Sie, was los ist."

Verkehrte Welt, dachte John, während er in den Besuchersessel sank. Wie oft hatte er während seiner Dienstjahre mit ähnlichen Worten Ratsuchende begrüßt.

„Doc, mein Tinnitus ist wieder da. Sie wissen doch, dass ich in meinem letzten Jahr bei der Armee einen Gehörsturz hatte und danach sehr lange unter diesen Ohrgeräuschen litt?" Hunter sah ihn aufmerksam an.

„Natürlich, Mackenzie. Sie sagten mir bei der Einstellungsuntersuchung, dass der Stress Ihrer Tätigkeit der Auslöser

dafür war und Sie deshalb entschieden, Ihren Posten aufzugeben."
John nickte und lehnte sich im Sessel zurück.

„In den letzten Jahren engte sich mein Aufgabengebiet immer mehr ein. Während ich früher Ansprechpartner bei allen möglichen Problemen der Armeeangehörigen war, von Mobbing über Schlafstörungen und Drogenmissbrauch bis zu Beziehungsproblemen, wurde ich in den letzten paar Jahren fast ausschließlich in der Arbeit mit traumatisierten Soldaten eingesetzt. Als die Anti-Terror-Einsätze unserer Streitkräfte zunahmen, gab es immer mehr Männer und Frauen, die bei den Einsätzen Unvorstellbares erlebten. Trotz aller Therapieverfahren, in denen wir ausgebildet wurden, trotz unseres Einsatzes rund um die Uhr, war alles, was wir tun konnten nur ein Tropfen auf den heißen Stein."

John holte tief Luft und atmete langsam wieder aus.

„Ich spürte, wie die Schicksale der meist jungen Leute mich immer mehr belasteten; dazu kam die Hilflosigkeit, weil ich nicht mehr für sie tun konnte. Als ich schließlich zu zweifeln begann, ob unsere militärischen Einsätze wirklich immer sinnvoll sind, wusste ich, ich kann meine Arbeit so nicht weiter machen. Der Gehörsturz hat mir klargemacht, dass ich den Dienst schnellstmöglich quittieren muss, um einen Neuanfang zu machen."

Der Arzt öffnete den Mund, um etwas zu sagen, aber John winkte ab. „Ich hatte ja auch großes Glück. Diese Stelle zu bekommen, wieder in England sein zu können, meine Familie wieder öfter als zweimal im Jahr zu sehen… Mir ging es gut, diese ersten Monate hier. Aber dieser Todesfall gestern Nacht –"

„Mackenzie, hören Sie mir zu", unterbrach der Arzt ihn sanft, aber nachdrücklich.

„Ich habe Ihre Personalakte gesehen und weiß, dass Sie einen guten und wichtigen Job gemacht haben. Ihre Vorgesetzten hielten große Stücke auf Sie. Aber Sie sind nun mal ein Mensch – und wie bei jedem Menschen sind Ihre Möglichkeiten einfach begrenzt. Ich verstehe, dass das Leiden der anderen irgendwann einfach zu viel wurde. Und nun glaubten Sie, im Tower einen sicheren Hafen gefunden zu haben, wo es endlich nicht mehr um Leben und Tod geht. Da ist es doch nur menschlich, wenn dieser gewaltsame Tod in unserer Mitte Sie aus der Fassung bringt." John schüttelte den Kopf.

„Das allein ist es nicht. Aber, so wie es aussieht, habe ich vielleicht Mitschuld am Tod der jungen Frau.“

Bass erstaunt sah der Arzt ihn an. John schilderte ihm die Geschehnisse des Vorabends. Dabei fiel ihm ein, dass er dem Superintendenten gar nichts von der Gestalt erzählt hatte, die er durch die Water Lane davoneilen gesehen hatte. Schließlich langte er bei der Vermutung Whittingtons an, die Studentin wäre auf dem Weg zum Ausgang getötet worden.

„Verstehen Sie, Doc, es muss kurz nach 22.00 Uhr passiert sein, als die Gruppe nach dem Zapfenstreich hinausging. Wäre ich schnurstracks zu meinem Posten gegangen, hätte ich den Tatort nur kurz nach ihnen passiert und hätte den Angriff vielleicht verhindern können.“

„Warten Sie mal. Ich kann mir nicht vorstellen, wie es so hätte ablaufen können.“, wandte der Arzt kopfschüttelnd ein.

„Wieso nicht? Wenn das Mädchen sich am Ende der Gruppe befand, während alle dem Ausgang zustrebten, wäre dies doch für den Mörder der geeignete Moment gewesen, zuzuschlagen.“

„Unsinn. Denken Sie doch nach: Der Wachhabende, der die Gruppe während der Schlüsselzeremonie begleitet, hat strengste Order, beim Verlassen des Towers stets am Ende der Gruppe zu gehen, damit keiner zurückbleibt.“ Aufgeregt sprang John aus dem Sessel.

„Aber natürlich, Sie haben Recht! Dass ich daran nicht gleich gedacht habe. Wenn Conners vorschriftsmäßig beim Hinausgehen die Nachhut gebildet hat, kann der Mord gar nicht zu diesem Zeitpunkt passiert sein! Ich muss sofort mit ihm reden. Tausend Dank, Doc.“ Schon wollte er zur Tür hinaus. Doch der Doktor rief ihn energisch zurück.

„Stopp! Junger Mann, Sie wissen, dass wir etwas gegen den Tinnitus unternehmen müssen. Ansonsten laufen Sie Gefahr, dass das Ohrklingeln Sie wieder über Monate begleitet. Also bekommen Sie jetzt erstmal eine Infusion und dann schreibe ich Sie für die nächsten Tage krank.“

John wusste, dass der Arzt Recht hatte und gab sich geschlagen.

Eine Stunde später lauschte er ungeduldig, wie Michael Conners am Tower Green, dem Hinrichtungsplatz innerhalb der Festungsmauern, einer dick vermummten Besucherschar die Geschichte von Lady Jane Grey, der „Neuntagekönigin" Englands erzählte. Trotz seiner auffällig fahlen Gesichtsfarbe und den tiefen Augenringen schien der Beefeater ganz in seinem Element. Gefesselt lauschte die Besucherschar seinem Vortrag.

„Ebenso wie vor ihr zwei der Frauen von Heinrich dem Achten, Anne Boleyn und Catherine Howard, fand auch die erst 17-jährige Jane Grey an dieser Stelle den Tod. Jane war eine bemerkenswerte Persönlichkeit. Schon in jungen Jahren war sie vielseitig interessiert und gebildet und sprach unter anderem Latein und Griechisch. Als Urenkelin Heinrichs des Siebten stand sie in der Thronfolge nur an vierter Stelle, dennoch wollte ihr machthungriger Vater, der Herzog von Suffolk, seine jugendliche Tochter unbedingt auf dem englischen Thron sehen. Dazu wurde sie, gerade fünfzehnjährig, gegen ihren Willen mit Guilford Dudley, dem Spross einer anderen einflussreichen Familie vermählt.

Just zwei Wochen später starb König Edward mit nur fünfzehn Jahren. Janes Vater und ihr Schwiegervater, der Edwards engster Berater gewesen war, wollten die Thronfolge durch die älteste Tochter Heinrichs des Achten, die fanatisch katholische Mary Tudor, die als Bloody Mary in die Geschichte einging, um jeden Preis verhindern. Sie ließen Jane wenige Tage nach Edwards Tod hastig und ohne großes Zeremoniell hier im Tower zur Königin krönen. Von Jane wissen wir, dass sie diese Ehre nur auf immensen Druck ihrer Familie annahm. Sie selbst wünschte nicht, die englische Krone zu tragen.

In jenem turbulenten Juli 1553 kam es zwischen Janes protestantischen Anhängern und Marys Gefolgsleuten zu erbitterten Kämpfen. Mary Tudor gewann den Machtkampf sehr schnell und ließ Jane Grey und ihren Ehemann Guilford Dudley nach ihrer Krönung wegen Hochverrats verhaften und als Gefangene in den Tower bringen. Mary stellte Jane in Aussicht, sie könne der Todesstrafe entgehen, wenn sie sich zum katholischen Glauben bekenne. Als Jane jedoch auch nach mehreren Monaten der Haft standhaft blieb und Mary sie zunehmend als machtpolitisches Risiko ansah, befahl sie die Enthauptung von Jane Grey und ihrem Ehemann.

Was für Jane sehr bitter gewesen sein muss: Ihre Familie, die sie noch kurz zuvor unbedingt auf den Thron setzen wollte, unternahm nichts, um das Mädchen zu retten. Am 12. Februar 1554 wurde das

Urteil vollstreckt: Auf ihrem Weg hierher zum Schafott musste Lady Jane noch den Anblick des enthaupteten Leichnams ihres Gatten ertragen, der auf einem Karren an ihr vorbeirumpelte. Nach Augenzeugenberichten war die junge Frau, die für ganze neun Tage die Königin von England gewesen war, trotz allem sehr gefasst, als sie das Schafott betrat.

Nachdem sie einen Psalm gebetet hatte, vollzog der Henker seine Aufgabe. Ihre letzte Ruhestätte fanden Jane und Guilford hier in unserer Kapelle St. Peter ad Vincula."

Während Michael Conners am Ende der Führung noch für ein paar Fotos posierte, musste John sich beherrschen, seinen Kollegen nicht einfach wegzuzerren. Endlich gingen die letzten Touristen zufrieden schnatternd davon.

„Michael, können wir kurz reden? Es ist wichtig." Conners schien vor seinen Augen ein wenig zusammenzusacken, als wäre seine Energie mit dem Ende der Führung aufgebraucht.

„Natürlich, John. Ich habe jetzt eine halbe Stunde frei und könnte eine Tasse Tee zum Aufwärmen gebrauchen." John lud ihn in seine Wohnung ein, die nur ein paar Schritte entfernt war. Als beide über dampfenden Tassen in Johns kleiner Küche saßen, wandte sich John eindringlich an seinen Kollegen.

„Michael, als ihr gestern nach dem Zapfenstreich den Innenhof des Towers verlassen habt und durch die Water Lane hinausgegangen seid – hast du dich da am Ende der Gruppe befunden?" Gequält sah Conners ihn an.

„John, ich schwör's dir, als wir hinausgegangen sind, war ich ständig als Nachhut hinter der Gruppe. Es war exakt so, wie es an jedem Abend war. Naja, nicht ganz, weil George Campbell mit einer kleinen Besuchergruppe ebenfalls da war. Nachdem George mir erklärt hatte, dass das irgendwelche VIPs waren, haben wir die Herren vorgelassen, als sich das Geschehen der Schlüsselzeremonie von der Water Lane in den Innenhof verlagert hat. Nach dem Zapfenstreich hat George die Herren direkt in den Club gebracht, ist also nicht mit mir und meiner Truppe zum Ausgang gegangen. Ich sage dir, ich habe keine Ahnung, wann der Mord passiert sein kann, aber auf jeden Fall war es nicht während des Hinausgehens." Er rieb sich müde das Gesicht.

„Das habe ich auch diesem geschniegelten Polizisten gesagt, aber der hat mir sowieso kein Wort geglaubt. Der Kerl hat mich behandelt wie einen Schwerverbrecher."

Ein freudloses Lachen von John ließ ihn stutzen.

„Das war sicher Superintendent Whittington, nicht wahr?" Conners nickte erstaunt.

„Kennst du den Widerling etwa?"

„Das kann man leider sagen. Er ist mein Cousin."

Nachdem John sich von seinem Kollegen verabschiedet hatte, schenkte er sich eine zweite Tasse Tee ein und ging zum Fenster. Während er seinen Blick über den Innenhof des Towers schweifen ließ, merkte er, wie der Druck auf seiner Brust nachließ. Er glaubte Michael Conners und damit war es unmöglich, dass der Mord nach dem Zapfenstreich passiert war. Whittington lag mit seiner Vermutung falsch und er selbst hätte die Tat auf keinen Fall verhindern können. Als er Punkt 22.00 Uhr das Wachhäuschen am White Tower betreten hatte, musste die junge Frau bereits tot gewesen sein.

„Mr. Mackenzie? Superintendent Whittington erwartet Sie um 11.00 Uhr im Büro des Kommandanten zu einer zweiten Vernehmung."

Mit einem grimmigen Lächeln legte John den Telefonhörer auf. Simon würde sich wundern. Diesmal würde er ihm anders entgegentreten. Aber erst einmal wollte er nach Gworran sehen.

Im Hof waren die üblichen Touristenscharen unterwegs. Die Spurensicherer mussten die ganze Nacht durchgearbeitet haben, um ihre Arbeit soweit abzuschließen, dass der Tower heute bereits wieder der Öffentlichkeit zugänglich gemacht werden konnte.

Der Rabe hockte allein in der Voliere, seine Gefährten verbrachten wie immer den Tag draußen auf dem Gelände des Towers. Gestutzte Flügel verhinderten, dass sie wegflogen. Aus dem Schuppen, der an die Voliere angebaut war, drangen Geräusche. John klopfte an die Holztür und ging hinein. George Campbell war dabei, die Futternäpfe der Raben zu reinigen.

„Morgen, John. Ich warte gerade auf den Tierarzt. Gworran ist krank.".

Sogleich überfiel John wieder ein schlechtes Gewissen.

„Das ist mir gestern Abend schon aufgefallen. Ich wollte dir Bescheid geben –"

„Wann war das? Hast du versucht, mich telefonisch zu erreichen?", fiel ihm Campbell in ungewohnt scharfem Ton ins Wort.

„Nein, ich war gerade auf dem Weg zum Wachdienst. Ich wollte dich aus dem Byward Tower anrufen, aber bei dem ganzen Wirbel gestern Nacht bekam ich keine Gelegenheit mehr dazu. Es tut mir leid."

Der Ravenmaster nickte, nun wieder freundlicher.

„Mach dir keine Sorgen, John. Der Tierarzt wird schon herausfinden, was ihm fehlt. Wahrscheinlich hat er wieder mal etwas Unverdauliches gefressen." Er wandte sich wieder den Fressnäpfen zu.

„Willst du mir helfen? Ich muss noch die Voliere säubern und das Futter herrichten." Bereitwillig streifte sich John eine der Schürzen über, die an einem Nagel hingen und begann, Näpfe zu schrubben.

„Eigentlich war es gut, dass du gestern nicht bei mir angerufen hast. Ich war ohnehin mit Richard im Club und so hättest du nur Marcia aus dem Schlaf gerissen.", meinte Campbell.

„Ah ja, Adams hat gestern erwähnt, dass dein Sohn ein paar Leute in den Club eingeladen hatte.", fiel es John ein. Der Ravenmaster lächelte stolz.

„Richard wollte seinen Parteifreunden seinen alten Vater, den Beefeater, vorführen. Sein Wahlkampfmanager sagt, bei den Wahlen wird Richard der Bezug zur britischen Tradition gut zu Gesicht stehen. Und ich unterstütze ihn natürlich, so gut ich kann. Marcia hätte auch dabei sein sollen, aber sie hatte wieder eine ihrer Migräneattacken."

Während der letzten Monate hatten ihre Gespräche sich häufig um Georges und Marcias ambitionierten Sohn gedreht, der bei der nächsten Unterhauswahl hoffte, einen Sitz für die konservative Tory-Partei zu erringen. John hatte den jungen Anwalt ein paar Mal getroffen und hielt ihn insgeheim für einen arroganten Popanz. Dennoch hörte er geduldig den Lobliedern zu, die dessen Vater auf Richard sang.

„Dann warst du den ganzen Abend im Club?", fragte er beiläufig nach. Die Gestalt, die er in der Water Lane beobachtet hatte, ging ihm nicht aus dem Kopf.

„Nicht ganz. Richard, sein Wahlkampfmanager und die Gäste bekamen zuerst eine kleine Privatführung. Dann haben wir im Club zu Abend gegessen und ich habe die Gäste zur Schlüsselzeremonie begleitet, während Richard und sein Manager irgendwelche wichtigen Telefonate führten. Als es zu Ende war, bin ich mit den Leuten wieder zurück in den Club gegangen und wir haben noch etwas getrunken. Nach kurzer Zeit kam die Order, dass jemand vermisst wird und wir bis auf weiteres im Club bleiben sollten, um die Suchaktion nicht zu stören. Dank Richards Einfluss hat die Polizei uns als Erste vernommen, so dass wir dann gehen konnten. Der Gedanke, einer dieser werten Herren hätte etwas mit so einer abscheulichen Sache zu tun, ist ohnehin abwegig. Das sah auch dieser feine Superintendent so.“

Das Eintreffen des Tierarztes unterbrach ihre Unterhaltung. Feiner Superintendent! John schnaubte abschätzig, als er über den Hof zum Büro des Kommandanten ging. Das passt so richtig zu Simon, dass er vor den honorigen Politikern katzbuckelt. Wahrscheinlich hat er befürchtet, dass sie Verbindungen zum Haushaltsausschuss haben, der über das Budget der Metropolitan Police bestimmt.

Wenn der Ravenmaster die Wahrheit gesagt hatte und er nach der Schlüsselzeremonie den Club nicht mehr verlassen hatte, musste John sich gestern Abend getäuscht haben. John wollte dem Mann, den er inzwischen als Freund betrachtete, nur zu gern uneingeschränkt Glauben schenken. Aber er musste sich eingestehen, dass Zweifel an ihm nagten. Hin- und hergerissen, ob er Whittington nun von seiner Beobachtung erzählen sollte oder nicht, betrat er den Verwaltungstrakt des Towers.

Im Vorzimmer von *Chief Warder* Patrick Mullins, dem Kommandanten der Beefeater, führte Bonnie Sedgwick das Regiment.

Sie sah sichtlich entnervt auf, als John klopfte. Dann entspannte sich ihre Miene zu einem Lächeln.

„Ach, Sie sind´s. Sie haben wahrscheinlich einen Termin mit Ihrer Majestät?“ Auf Johns verwirrten Blick hin dämpfte sie ihre Stimme und winkte ihn näher heran.

„Ich spreche von Ihrer Majestät, dem Superintendenten. Sie haben ihn ja sicher schon kennen gelernt? Eins muss ich ihm lassen, er sieht fantastisch aus und er hat wirklich Stil – aber nur, was seine Kleidung betrifft. An seinen Umgangsformen muss er noch arbeiten. Er und der Chief sind jetzt schon eine Stunde lang da drin und fetzen sich, was das Zeug hält. Möchten Sie vielleicht eine Tasse Tee, während Sie warten?“ John setzte sich dankbar. Auf seine neugierige Frage, worüber die beiden streiten würden, blinzelte Bonnie verschwörerisch.

„Lauschen Sie einfach. Die beiden brüllen so, dass man das Meiste problemlos durch die Tür hören kann.“ Tatsächlich drang die kräftige Stimme von Chief Mullins gleich darauf zu ihnen heraus.

„Zum letzten Mal, Whittington. Keiner meiner Leute hat seine Dienstpflichten verletzt, da können Sie sicher sein.“

„Mullins, Sie hören mir jetzt mal zu –“

„Nein, Sie hören *mir* gefälligst zu. Seit über 700 Jahren findet die Schlüsselzeremonie an jedem Tag exakt um dieselbe Zeit statt, auch ihr Ablauf hat sich über die Jahrhunderte nicht geändert. Nimmt man einmal jenen denkwürdigen Abend während des zweiten Weltkriegs aus, als zu Beginn der Zeremonie Bomben auf das Wachgebäude fielen. Und selbst da klopften die Männer lediglich ihre Uniform aus und die Zeremonie wurde mit einer halbstündigen Verspätung fortgeführt.“ John meinte, ein Zähneknirschen zu hören.

„Was um Himmels Willen hat das mit unserer Situation hier zu tun?“

„Ich wollte Ihnen damit klar machen, wie ernst jeder Beefeater seine Pflichten nimmt. Der Gedanke, einer der Männer, die an dieser ehrwürdigen Zeremonie teilnehmen, hätte seine Pflichten vernachlässigt, ist geradezu lachhaft. Und jetzt, denke ich, sollten Sie sich endlich Ihrer Aufgabe widmen, diesen schrecklichen Mord aufzuklären. Auf Wiedersehen, Superintendent.“

Die Tür öffnete sich schwungvoll und Whittington trat widerstrebend heraus. Sein ansonsten makelloses Auftreten hatte ein wenig gelitten. Doch er gab sich noch nicht geschlagen.

„Sie haben wohl vergessen, dass Sie und Ihre ganze Einheit als *Special Constables* der Londoner Polizei unterstellt sind. Ich werde jetzt an geeigneter Stelle Beschwerde einlegen, dass Ihre Kooperation bei der Aufklärung dieses Kapitalverbrechens sehr zu wünschen übrig lässt. Sie werden mich noch kennen lernen.“ Mit einem Blick auf John knurrte er noch, „Mit dir werde ich mich später unterhalten.“ Damit fegte er durch die Ausgangstür. John fiel ein Stein vom Herzen. Ein weiteres Verhör war ihm vorerst erspart geblieben.

„Ah, Mackenzie. Kommen Sie rein, kommen Sie rein. Mit Ihnen wollte ich sowieso sprechen."

Der Chief winkte John in sein Büro. Mullins setzte sich und nahm eines der zahlreichen Flugzeugmodelle zur Hand, die die Regale und auch den Schreibtisch bevölkerten. Die Fliegerei war seine große Leidenschaft. Er war ein ranghoher Offizier der *Royal Air Force* gewesen, bevor er in den Tower kam. Seine Frau war vor einigen Jahren gestorben. Seitdem verbrachte er seine Freizeit meist auf einem kleinen Privatflugplatz in Surrey, wo er zusammen mit anderen Luftsportbegeisterten ein kleines Motorflugzeug besaß. Er war ein Mann mit natürlicher Autorität und ohne Allüren, den John zutiefst respektierte.

Schließlich stellte Mullins den Modellflieger zur Seite.

„Mackenzie, mir ist zu Ohren gekommen, dass Sie sich gestern zu ihrem Dienstbeginn im Byward Tower verspätet haben. Angeblich wegen eines unserer Raben?" John rutschte unwillkürlich etwas tiefer in seinen Ledersessel.

„Sir, Sie haben Recht. Es tut mir leid –" Weiter kam er nicht.

„Papperlapapp. Unsere Raben sind wichtige Mitglieder der Tower-Gemeinschaft. Unser Ravenmaster hat mir schon berichtet, dass Sie sich für die Tiere interessieren und ihm auch häufig bei seinen Aufgaben helfen. Daher sind ein paar Minuten Verspätung verzeihlich." John starrte seinen Kommandanten überrascht an. Dieser lächelte milde und griff zum Telefon.

„Einen Moment, Mackenzie." Dann sprach er in den Hörer.

„George? Patrick hier. Wie geht es ihm?" Nach einigen Momenten lachte er leise und legte gleich darauf auf.

„Gworran hat wieder einmal an einer Antenne geknabbert. Gerade, als der Tierarzt eintraf, kam der Grund seines Unwohlseins auf natürliche Weise zum Vorschein: eine kleine Schraube. Kein Wunder, dass ihm die im Magen gelegen hat. Seine Großmutter hatte die gleiche Eigenart. Wir mussten sie vor mehreren Jahren frühzeitig in Pension schicken, weil sie die Fernsehantenne unseres Doktors einige Male zerstörte. Jetzt aber wieder zu Ihnen."

Chief Mullins zog aus einer Schublade einen Grundriss des Towers und den Dienstplan des gestrigen Tages heraus, dazu die Bücher, in denen die Aufzeichnungen in den Wachstuben geführt wurden.

„Wir sind uns einig, dass Conners beim Verlassen des Towers die ganze Gruppe vor sich im Blickfeld hatte?“, begann er unvermittelt. John nickte.

„Demnach muss der Mord bereits vor dem Ende des Zapfenstreichs passiert sein, genauer gesagt im Zeitraum zwischen 21.45 Uhr, als die Touristengruppe in die Water Lane geführt wurde, und ca. 22.00 Uhr. Wie mir Whittington sagte, hat die Analyse der Aufzeichnungen unserer Sicherheitskameras keine brauchbaren Hinweise ergeben. Auf Grund der Größe der Gruppe und der Lichtverhältnisse lässt sich auf dem vorhandenen Material nichts Brauchbares erkennen.“ Mullins seufzte.

„Wenn man bedenkt, dass sich im Umkreis von hundert Metern rund um die Kronjuwelen nicht einmal eine Maus bewegen könnte, ohne mehrfach gefilmt zu werden, ist es eigentlich eine Schande, dass wir am entgegen gesetzten Ende des Towers nur das Notwendigste an Überwachung haben. In der Water Lane selbst haben wir nur zwei Kameras. Die eine ist auf den Eingang am Byward Tower gerichtet, die zweite auf den Gruppenausgang weiter östlich. Keine der beiden erfasst den Bereich vor dem Verrätertor. Wahrscheinlich wird es sich für die Zukunft nicht vermeiden lassen, noch mehr Überwachungskameras zu installieren.“ Er kritzelte etwas auf ein Papier und richtete seine Aufmerksamkeit wieder auf John.

„Nach den Aufzeichnungen der Torwache haben Sie den Tower um 21.56 Uhr betreten. Reichlich spät, muss ich sagen.“ Er runzelte die Stirn und bedachte John mit einem strengen Blick.

„Nun ja, trotzdem haben Sie sich Punkt 22.00 Uhr bei Ihrem Offizier gemeldet. Ihre Wohnung, in der Sie sich umziehen mussten, liegt ein ganzes Stück weit weg von der Water Lane. Daraus ziehe ich den Schluss, dass Sie mit dieser Geschichte nichts zu tun haben können.“ John räusperte sich.

„Das ist richtig, Sir. Auch wenn unser Freund, der Superintendent, da seine Zweifel zu haben scheint.“ Mullins lachte auf.

„Dieser Whittington, das ist vielleicht ein bornierter Schnösel. Solche Lackaffen habe ich in meinem Leben schon zur Genüge gesehen, mit ihrem *Upper class*-Akzent und ihren einflussreichen

Verbindungen. Die meisten von diesen Typen waren im Ernstfall nicht zu gebrauchen.“ Plötzlich schlug er sich mit der Hand auf den Mund.

„Donnerwetter, nun habe ich ganz vergessen, dass dieser Mensch ja mit Ihnen verwandt ist, wie er mir sagte. Nichts für ungut, Mackenzie.“ Doch John grinste nur breit.

„Sir, mein Kompliment für Ihre Menschenkenntnis. So schnell hat bisher noch niemand meinen Cousin durchschaut. Der Fairness halber muss ich aber sagen, dass er den Ruf hat, ein cleverer Ermittler zu sein.“ Mullins wiegte nachdenklich den Kopf.

„Hm. Ich möchte mich ungern darauf verlassen, dass er diesen Fall lösen wird. Wie Sie sich vorstellen können, ist es unser oberstes Interesse, dass diese Geschichte schnell wieder aus den Schlagzeilen verschwindet. Heute früh hatte ich schon diverse Anrufe von ganz oben deswegen. Unsere verehrte Dienstherrin –“, er warf einen Blick auf das königliche Porträt an der Wand – ist *not amused*, wie ich höre. Wir müssen also alles in unserer Macht stehende tun, damit der Mörder dieser jungen Frau gefunden wird, und zwar flott.“

„Was meinen Sie, Chief? Scotland Yard arbeitet doch sicher mit Hochdruck daran. Was könnten wir noch zusätzlich tun?“

Mullins stand auf und kam um den Schreibtisch herum. Er hockte sich auf die Schreibtischkante und fixierte John mit einem durchdringenden Blick.

„Ihnen ist doch klar, dass der Kreis derer, die dieses Verbrechen begangen haben können, sehr begrenzt ist? Da ist zum einen die Touristengruppe, 36 Leute. Dann die sechsköpfige Politikertruppe, die Richard Campbell und sein Wahlkampfmanager, Nigel Owen, in den Club eingeladen haben. Von der militärischen Garde waren vierzehn Mann im Tower. Zehn von ihnen waren aktiv an der Schlüsselzeremonie beteiligt und hätten ihre Plätze im kritischen Zeitraum nicht verlassen können, daher scheiden sie als Verdächtige aus. Die anderen vier bewachten zusammen mit zwei von uns die Kronjuwelen. Dann haben wir unseren guten Doktor und unseren Priester mit ihren Ehefrauen, dazu Sid, unseren Barmann. Und schließlich: die Beefeater, von denen gestern einschließlich mir und Ihnen 32 anwesend waren. Die restlichen vier sind im Urlaub. Dann kommen noch die hier lebenden Ehepartnerinnen in Betracht. Von den sechs minderjährigen Kindern unserer Männer befand sich keines hier.

Wie Sie ja wissen, besuchen sie alle Internate. Wenigstens über sie brauchen wir uns keine Gedanken machen."

Mullins fuhr sich erregt über seinen ohnehin schon zerzausten Rotschopf. „Verstehen Sie mich, Mackenzie: Natürlich liegt es mir fern, einen meiner Männer einer solchen Sache zu verdächtigen, aber dennoch kann ich es nicht völlig ausschließen, dass einer von ihnen darin verwickelt ist. Und deshalb möchte ich, dass Sie Nachforschungen anstellen!" John dachte, er hätte sich verhört.

„Wie bitte, Sir?"

„Erstens: Nur drei von uns haben ein wasserdichtes Alibi. Das bin ich, weil ich die Schlüsselzeremonie durchgeführt habe. Dann Conners, der für die Touristen zuständig und damit ständig im Blickfeld der Leute war. Und schließlich Sie. Alle anderen hatten entweder frei oder waren für Wachdienste eingeteilt, so dass erst überprüft werden muss, wo sie zum fraglichen Zeitpunkt tatsächlich waren. Zweitens: Wie ich höre, hat Doc Hunter Sie für die nächsten Tage krank geschrieben. Lassen Sie mich raten: Ihr Tinnitus plagt Sie wieder?" John nickte stumm.

„Sie haben also ein wenig Freiraum in nächster Zeit. Drittens: Sie sind dazu ausgebildet worden, Menschen zuzuhören, ihr Verhalten zu beobachten und daraus Schlüsse zu ziehen. Viertens: Sie sind noch nicht lange Mitglied der Beefeater und damit der unvermeidlichen Seilschaften, die sich in der Truppe bilden. Ihnen würde ich zutrauen, auch möglicherweise schmerzliche Erkenntnisse über Mitglieder der Einheit nicht unter den Teppich zu kehren. Kurzum: Sie sind der ideale Kandidat für unsere internen Ermittlungen."

Mullins hob abwehrend die Hand, als John den Mund öffnete. „Mir ist bewusst, dass ich Sie nicht dazu zwingen kann. Aber ich möchte Sie bitten, es sich zu überlegen. Ich vertraue Whittington nicht, punktum. Er hat nicht nur die Öffentlichkeit, sondern auch *MI6* im Nacken sitzen, die bei einem Kapitalverbrechen in unmittelbarer Nähe der Kronjuwelen natürlich auf den Plan treten. Polizei und Geheimdienst haben die besten Möglichkeiten, unsere Touristengruppe und die werten Politiker zu überprüfen. Aber was unsere Männer betrifft, sitzen wir hier an der Quelle und haben den besten Einblick. Selbstverständlich werden wir Ihre Nachforschungen geheim halten." Mit einem Blick auf die Uhr stand er auf.

„Ich habe jetzt einen Termin. Bitte denken Sie darüber nach und geben Sie mir heute Nachmittag Bescheid, wie Sie sich entschieden haben. Ach, und übrigens: Falls Ihnen ein Reporter über den Weg läuft – wir geben keinerlei Kommentar ab."

Damit war John entlassen. Wie so oft, wenn sich die Gedanken in seinem Kopf im Kreis drehten, hatte er das Bedürfnis nach einem langen Spaziergang.

Kapitel 4

Eine Stunde später fand er sich vor der St. Paul´s Kathedrale wieder. Einige Arbeiter stellten vor dem Portal gerade einen riesigen Weihnachtsbaum auf. Auch die Geschäfte in der Cannon Street hatten schon begonnen, Lichterketten aufzuhängen. John freute sich sehr darauf, nach so vielen Jahren die Weihnachtszeit wieder in der Heimat zu verbringen. Er malte sich aus, wie er sich in den nächsten Wochen ins Getümmel stürzen würde, um Geschenke für seine zahlreiche Verwandtschaft zu besorgen. Bedauernd schob er diesen Gedanken wieder beiseite und lenkte, einem spontanen Einfall folgend, seine Schritte zum Old Bailey, wo sich das Büro seiner Schwester Maggie befand.

Die junge Dame am Empfang der Staatsanwaltschaft wählte eine Nummer, sprach kurz und drückte ihm dann den Telefonhörer in die Hand. „Bitte sehr. Ms. Hughes ist am Apparat."

„John! Suchst du nach weiblicher Begleitung für ein schickes Mittagessen oder ist was passiert?", drang die Stimme seiner Schwester an sein Ohr.

„Beides", erwiderte er trocken.

Zehn Minuten später saßen sie sich in einer Nische von Maggies Lieblingsitaliener gegenüber. Während Maggie die Tageskarte studierte, ließ John seinen Blick über ihr Gesicht schweifen. Abgesehen von ihrer hochgewachsenen, eher hageren Figur, die ihr Vater an alle drei Mackenzie-Geschwister vererbt hatte, waren sie sich äußerlich völlig unähnlich. Maggie entsprach mit ihrem glatten blonden Haar, das sie in der Regel zu einem Knoten hochgesteckt trug und ihren klassisch-strengen Outfits ganz dem Bild der seriösen Staatsanwältin. John dagegen genoss es, sein braunes Wuschelhaar endlich nicht mehr militärisch kurz schneiden zu müssen und bevorzugte außerhalb des Dienstes eher sportlich-legere Kleidung.

„Wieso siehst du mich so an, John-Boy?" Mit diesem Spitznamen hatte sie ihn seit ihrer Kinderzeit geärgert.

„Du hast da an der Stirn eine erste Falte, weißt du das?", neckte er sie. Spielerisch drohte sie ihm mit der Gabel.

„Du bist doch wohl nicht nur gekommen, um mir Beleidigungen an den Kopf zu werfen, oder? Jetzt rück schon mit der Sprache raus. Warum wolltest du mit mir reden?“ John spießte eine Olive auf und betrachtete sie versonnen.

„Denkst du, ich eigne mich zum Privatschnüffler?“

Die Glocke von St. Peter ad Vincula schlug halb zehn. John fror erbärmlich. Gerne wäre er in dem Lagerraum im obersten Stock des Bloody Towers ein paar Schritte gegangen, fürchtete aber, im Dunkeln über irgendeinen Gegenstand zu stolpern. So hüpfte er auf und ab, in der Hoffnung, ein wenig warm zu werden. Aus dem verstaubten Fenster konnte er auf die verlassene Water Lane hinunterschauen. Direkt gegenüber lag das Verrätertor in seiner dunklen Nische. Bis auf das Dröhnen in seinen Ohren, das mal abflaute und dann wieder anschwoll, war kein Laut zu hören.

Als er sich heute Nachmittag von Maggie verabschiedet hatte, war ihm bereits klar gewesen, dass er dem Drängen des Chiefs nachgeben und versuchen würde, zur Lösung des Mordfalls beizutragen. In ihrer praktischen Art hatte Maggie gemeint, „Die Geschichte wird dir – bei deiner angeborenen Neugierde – sowieso in nächster Zeit nicht aus dem Kopf gehen, also kannst du genauso gut die Zeit nutzen, etwas herauszufinden. Und es wäre doch einfach zu schön, wenn du am Ende vielleicht unserem geliebten Cousin sogar einen Schritt voraus wärst.“ John musste sich eingestehen, dass im dies diebische Freude bereiten würde.

Auf dem Rückweg zum Tower hatten einige Ideen in seinem Kopf Gestalt angenommen. Als erstes wollte er Mullins vorschlagen, Conners die Besuchergruppe bei der heutigen Schlüsselzeremonie abermals nach dem selben Ablauf wie immer führen zu lassen. Er selbst wollte sich im Hintergrund halten und herausfinden, wann es einen unbeobachteten Moment gäbe, in dem der Mörder zugeschlagen haben konnte.

Zu seiner Enttäuschung unterrichtete ihn Mullins, dass Whittington ihn mit dem selben Ziel am späten Nachmittag gebeten hatte, ihn und zwei seiner Beamten in Zivil an der Schlüsselzeremonie teilnehmen zu lassen.

„Wir wollen dem Superintendenten ja nicht auf die Nase binden, dass wir unsere eigenen Nachforschungen anstellen. Also werden wir Sie irgendwo verstecken, von wo Sie einen guten Überblick haben. Und ich weiß auch schon, wo."

Mullins kannte nach fünfzehn Jahren Dienst im Tower alle Gebäude wie seine Westentasche und hatte ihn in der hereinbrechenden Dämmerung hinauf in den Bloody Tower geführt, in dem während der Rosenkriege im 15. Jahrhundert die jugendlichen Prinzen Edward und Richard gefangen gehalten worden waren. 200 Jahre später waren die Gebeine zweier Jungen bei Grabungsarbeiten im Tower aufgetaucht. Bis heute herrscht Unklarheit darüber, ob die beiden Prinzen während der blutigen Auseinandersetzungen der Häuser Lancaster und York in ihrem Gefängnis ermordet wurden oder ihnen doch auf geheimnisvolle Art und Weise die Flucht gelungen war.

Der Lagerraum, der direkt unter den Zinnen des Bloody Towers lag, war perfekt für einen Beobachtungsposten geeignet, hatte er doch Fenster zur Water Lane und auf der entgegen gesetzten Seite zum Innenhof. So konnte John die gesamte Schlüsselzeremonie verfolgen. Wenn sie nur endlich losginge!

Die Zeiger der Kirchenuhr schienen sich kaum vorwärts zu bewegen, während die Kälte trotz seiner dicken Kleidung förmlich in ihn hineinkroch. Sehnsüchtig dachte John an sein gemütliches Sofa und den spannenden Schmöker, der dort lag. Doc Hunter wäre kaum begeistert, könnte er ihn hier sehen.

„Spannen Sie die nächsten Tage mal so richtig aus. Am besten wäre es, Sie würden wegfahren. Vielleicht aufs Land, zu Ihren Eltern?", hatte er John heute Morgen mit auf den Weg gegeben. Nachdem John dem Chief gesagt hatte, dass er ihm soweit es ihm irgend möglich war, mit internen Nachforschungen helfen würde, hatte diesen plötzlich ein schlechtes Gewissen geplagt.

„Mackenzie, ich bin wirklich äußerst dankbar, dass Sie das übernehmen, aber ist das mit Ihrem Gesundheitszustand auch vereinbar?"

„Vermutlich nicht", hatte John grinsend geantwortet. „Aber ich möchte es trotzdem versuchen."

Mit dem Glockenschlag 21.45 Uhr ging die Tür des Byward Towers auf und Michael Conners trat heraus, gefolgt von einer Besucherschar. John hob sein Fernglas an die Augen und ließ den Blick über die rund drei Dutzend Köpfe schweifen. Es waren jeden Abend an die 40 Personen zur Schlüsselzeremonie zugelassen.

Ein Großteil der kostenlosen Eintrittskarten musste Monate im Voraus schriftlich bestellt werden. Spontane Besucher hatten keine Chance, noch eingelassen zu werden. Für Einladungen, die von einem der Beefeater ausgesprochen wurden, gab es ein kleines Kontingent zusätzlicher Plätze. Dies hatte es gestern Abend Richard Campbell ermöglicht, im Namen seines Vaters Parteifreunde in den Tower einzuladen. Die abendliche Abschließzeremonie war ein eindrucksvolles Erlebnis. Das Gefühl, in den historischen Mauern Zeuge eines Rituals zu sein, das seit dem Mittelalter in ununterbrochener Folge unverändert stattfand, bewegte die meisten Menschen und die Atmosphäre in der spärlich beleuchteten Water Lane tat ihr übriges. Doch heute Abend hatte eine andere Art von Erregung die Gruppe erfasst.

Die Blicke aller wanderten unablässig zum Verrätertor und auf den Gesichtern der meisten Touristen spiegelten sich wohlige Gruselschauer wider. Hätte nicht wie stets striktes Film- und Fotografierverbot geherrscht, wäre ein Blitzlichtgewitter über die Water Lane gezogen.

Im dämmrigen Licht dort unten hätte John seinen Cousin trotz des scharfen Fernglases fast nicht erkannt. Whittington hatte sich augenscheinlich alle Mühe gegeben, inkognito zu bleiben. Da er die Ermittlungen im spektakulärsten Mordfall des Jahres leitete, war sein Bild heute in der gesamten Regenbogenpresse zu sehen gewesen. Mit dem sorgfältig inszenierten Pressefoto, das ihn im perfekt geschnittenen Anzug und mit einem siegesgewissen Lächeln auf den Lippen zeigte, hatte er heute Abend kaum Ähnlichkeit. Wahrscheinlich hat er sich die ausgebeulten Hosen und die unförmige Winterjacke von seinem Sergeant ausgeliehen, mutmaßte John erheitert. Ein karierter Schal, der selbst aus der Entfernung aussah, als stammte er aus einem der Billigläden, die alles für ein Pfund verkauften, verdeckte sein Gesicht bis zur Nase.

Michael Conners behielt die Gruppe wachsam im Auge, während er vor Beginn der Zeremonie einige historische Fakten nannte und dann alle Anwesenden zur Ruhe ermahnte. Er postierte die Gruppe genau vor dem Geländer der Nische, die zum Verrätertor führte. Das war der übliche Platz für die Besucher während des ersten Teils der Zeremonie. Vor der Gruppe bezogen zwei Armeeangehörige Stellung, mit ihren traditionellen hohen Bärenfellmützen und aufgepflanzten Bajonetten.

Punkt 21.53 Uhr öffnete sich das Tor abermals. Die Silhouette von Chief Mullins zeichnete sich scharf gegen das warme Licht von drinnen ab. In der einen Hand hielt er eine Laterne, in der anderen den großen zeremoniellen Schlüsselbund. Er schritt auf das Verrätertor zu, wo er von den beiden Soldaten in Empfang genommen wurde. Gemeinsam schlossen sie die Tore des Towers feierlich für die Nacht ab. Auf dem Weg zum Queen´s House im Innenhof des Towers stellte sich ihnen vor dem Durchgang des Bloody Towers ein weiterer Wachsoldat entgegen. Nach einem kurzen Wortwechsel ließ der Soldat den Chief wie jeden Abend durch den Bloody Tower hindurch in den Innenbereich des Towers passieren und er schloss sich der Eskorte an. Nachdem die nun vierköpfige Gruppe den Durchgang passiert hatte, wurde sie im Innenhof von einer größeren Truppe Wachsoldaten in Empfang genommen.

Wie elektrisiert sprang John hoch und musste sich beherrschen, seine Nase nicht gegen die staubige Fensterscheibe zu pressen. Unten in der Water Lane führte Michael Conners die Besucher, die begierig waren, die weiteren Geschehnisse im Innenhof zu verfolgen und hinter ihm her drängten, ebenfalls durch den Durchgang des Bloody Tower. John musste nicht aus dem anderen Fenster hinaussehen, um zu wissen, was nun dort vor sich ging. Die Besucher mussten unmittelbar hinter dem Durchgang stehen bleiben, nur wenige Schritte entfernt von Chief Mullins. Von dort konnten sie beobachten, wie die Wachtruppe die Gewehre präsentierte und der Chief deklamierte, „Gott schütze Königin Elisabeth“. Exakt mit dem Schlag der Glocke antwortete die Truppe daraufhin „Amen“ und der Trompeter blies den Zapfenstreich. Chief Mullins brachte den Schlüsselbund ins Queen´s House direkt am Tower Green, wo er über Nacht aufbewahrt wurde, und die Garde war entlassen. Daraufhin wurden die Besucher wieder zurück durch den Durchgang und die Water Lane zum Ausgang geführt.

John wusste nun, wann der Mord passiert sein musste: Sobald der Chief und seine Eskorte im Durchgang verschwunden waren, hatte die ganze Gruppe nach vorne gedrängt. Der begleitende Beefeater war gezwungen, vor den Leuten her zu gehen, um sie rechtzeitig auf der anderen Seite des Bloody Towers zu stoppen. Blieb jemand aus der Besucherschar zurück, war er für einen Zeitraum von wenigen Minuten unbeobachtet. John ballte die rechte Hand triumphierend zur Faust und machte sich auf den Rückweg in seine Wohnung, um sich einen wohlverdienten heißen Tee zu gönnen.

Am nächsten Morgen fand er sich als erstes in Mullins´ Büro ein, um Bericht zu erstatten.

„Sir, ich fürchte, die Situation lässt nur einen möglichen Schluss zu“, endete er zögernd.

„Heraus mit der Sprache, Mackenzie.“

„Entweder ist der Täter jemand, der den Ablauf der Schlüsselzeremonie und die örtlichen Gegebenheiten sehr gut kennt, oder es handelt sich um eine Verzweiflungstat und derjenige hatte einfach unwahrscheinliches Glück, einen unbeobachteten Moment zu erwischen. Allerdings kann ich mir letzteres kaum vorstellen.“ Mullins hielt es nicht mehr in seinem Sessel. Er sprang auf und schritt erregt im Zimmer auf und ab.

„Wir dürfen dennoch keine Möglichkeit ausschließen. Wie wäre es damit? Jemand aus der Gruppe hatte irgendeine Verbindung zu Miss Feldmann. Rein zufällig hat er sie hier bei der Zeremonie wieder getroffen und im Affekt erwürgt.“

„Wäre es in dem Fall nicht viel einfacher gewesen, sie nach dem Verlassen des Towers zu verfolgen und in einer stillen Seitenstraße anzugreifen? Das Risiko, entdeckt zu werden, wäre doch außerhalb unserer Mauern viel geringer gewesen. Man hätte das Mädchen auch nicht innerhalb von Minuten vermisst und der Täter hätte viel leichter abtauchen können.“, wandte John ein.

„Aber das setzt voraus, dass der Täter rational dachte. Vielleicht war es eine Affekthandlung. Ich könnte mir das durchaus vorstellen. Natürlich, so könnte es gewesen sein: Das Mädchen hatte einen Mann aus der Gruppe sitzengelassen und der sah einfach rot, als er sie hier wieder traf und er rächte sich ohne Rücksicht auf Verluste. Wie wäre es denn mit einem unserer politischen Gäste? Die machen schließlich immer wieder Schlagzeilen mit irgendwelchen Affären."

Der Chief erwärmte sich zusehends für seine Theorie. John schüttelte bedauernd den Kopf.

„Michael Conners sagte mir, Georges kleine Gruppe hätte als erstes den Innenhof betreten dürfen. Also konnte keiner von ihnen in der Water Lane zurückbleiben." Der Chief hatte eine neue Idee.

„Sie haben doch selbst erzählt, dass in der Besuchergruppe eine ganze Reihe von Deutschen waren. Ich wette, die Polizei wird feststellen, dass einer der Männer das Mädchen vorher schon kannte."

„Das ist natürlich möglich, Sir.", äußerte John vorsichtig. Er konnte verstehen, warum der Chief sich verzweifelt an die Vorstellung klammerte, ein Außenstehender wäre der Schuldige.

„Da wir der Polizei die Ermittlungen in diese Richtung überlassen müssen, möchte ich die Zeit nutzen, um mich um unsere eigenen Leute zu kümmern. Wenn Sie mir den Dienstplan des Tattages überlassen könnten, könnte ich mich an die Arbeit machen und feststellen, wo jeder zum fraglichen Zeitpunkt war und ob es Zeugen dafür gibt." Dann fiel ihm noch etwas ein. „Vielleicht gab es ja auch in der Touristengruppe jemanden, der auf Grund eines früheren Besuchs mit dem Ablauf bereits vertraut war. Vielleicht könnten Sie jemanden beauftragen, die Namen der Gruppe mit unseren alten Besucherlisten zu vergleichen?"

„Hervorragende Idee, Mackenzie. Ich werde Conners gleich darauf ansetzen." Als John hinausging, rief Mullins ihm hinterher.

„Wie geht es eigentlich mit Ihrem Ohrensausen?"

John stutzte und horchte in sich hinein. Tatsächlich waren die nervtötenden Geräusche stark abgeklungen. Vielleicht war ja eine Mörderjagd gar kein so schlechter Therapieansatz.

Kapitel 5

Zurück in seiner Wohnung setzte er sich an den Küchentisch und breitete den Dienstplan vor sich aus. Abbott, Armstrong, Bancroft, Burns, Campbell, Denham, Dunders... John stöhnte. Wie sollte er herausbekommen, wo jeder der Männer zum fraglichen Zeitpunkt gewesen war – ohne dass jemand Verdacht schöpfte, warum er sich dafür interessierte? Dazu kamen noch die zahlreichen Ehefrauen, die im Tower wohnten. In den wenigen Monaten hier hatte John noch nicht einmal alle persönlich kennen gelernt. Er brauchte Hilfe, das stand fest. Kurz entschlossen griff er zum Telefonhörer.

„Chief Mullins? Mackenzie hier. Ich bräuchte noch mehr Informationen, wenn ich unsere Männer und ihre Familien überprüfen soll. Wie wäre es, wenn wir Ihre Sekretärin mit einweihen würden? Es gibt wohl kaum etwas im Tower, was Bonnie entgeht."

„Hmm. Eigentlich möchte ich den Kreis so klein wie möglich halten. Allerdings vertraue ich Bonnie hundertprozentig und da sie nicht im Tower wohnt, war sie vorgestern Abend auch nicht anwesend. Na gut, Mackenzie, ich verbinde Sie gleich mit ihr. Übrigens versuche ich schon den ganzen Tag, den Superintendenten zu erreichen, um mir über die Fortschritte der Polizei berichten zu lassen, aber er ist nie zu erreichen. Man sollte doch meinen, ich hätte ein Recht darauf, auf dem Laufenden gehalten zu werden. Außerdem mussten wir die Kontrollen an den Eingängen verstärken, da ansonsten Horden von Reportern unseren ganzen Betrieb lahm legen würden. Verdammt lästig, so etwas."

Hörbar verstimmt legte der Chief auf und gleich darauf war Bonnie in der Leitung. Schon nach wenigen Worten unterbrach sie ihn enthusiastisch.

„Sie können auf mich zählen, John! Am besten treffen wir uns gleich heute."

„Möchten Sie in der Mittagspause zu mir herüber kommen? Ich brutzle uns etwas und wir können uns in Ruhe unterhalten."

Dieses Angebot nahm Bonnie gerne an.

Mit einem Blick auf seine Vorräte entschied John, dass er erst einmal einkaufen musste.

Da der kleine, aber gut sortierte Lebensmittelladen von Mr. Shrinaga nur wenige Minuten vom Tower entfernt lag, nutzten ihn die meisten der Bewohner für ihre Einkäufe. John wählte gerade ein paar Okra-Schoten für das Wok-Gericht aus, das er Bonnie auftischen wollte, als er Marcia Campbell wenige Schritte entfernt erblickte.

Die Frau des Ravenmasters starrte geistesabwesend auf ihre Einkaufsliste und zuckte zusammen, als er sie ansprach.

„Oh, John, ich hatte dich gar nicht gesehen.“ Dann brach es förmlich aus ihr heraus.

„Ist es nicht schrecklich, was passiert ist? Dieses arme junge Mädchen. Das muss doch ein Wahnsinniger gewesen sein, nicht wahr? Nun ist man nicht einmal mehr im Tower seines Lebens sicher!“ Marcias Stimme war immer schriller geworden, so dass die wenigen Kunden im Laden nun unverhohlen neugierig zu ihnen herüberstarrten. Als Marcia das bemerkte, errötete sie peinlich berührt.

„Ach je, es tut mir leid, John, ich wollte wirklich keine Szene machen. Aber ich …“

„Marcia, es gibt keinen Grund, sich zu entschuldigen. Wir sind alle angespannt momentan, das ist schließlich ganz normal in so einer Situation.“ Die ältere Frau lächelte ihn zaghaft an.

„Ja, nicht wahr? Selbst George, der in all den Jahren unserer Ehe immer mein Fels in der Brandung war, ist seit jenem Abend nicht er selbst. Es hat ihn sehr mitgenommen, dass diese Frau ums Leben gekommen ist, während er und Richard keine hundert Schritte entfernt im Club mit Richards Gästen gefeiert haben.“

Tatsächlich war der Ravenmaster zum Zeitpunkt der Tat dem Verrätertor noch sehr viel näher gewesen, ging es John blitzartig durch den Kopf. George hatte ihm selbst gesagt, dass er die Gäste zur Schlüsselzeremonie begleitet hatte. Erst hernach war er mit ihnen wieder in den Club zurückgekehrt. John nahm sich vor, so bald wie möglich noch einmal mit George zu sprechen.

„Und natürlich sind wir beide momentan etwas nervös wegen Richard.“, sprach Marcia weiter. „Wir hoffen so sehr, dass er bei den Wahlen erfolgreich ist. Er ist so ehrgeizig. Ich weiß nicht, ob er eine Niederlage verkraften könnte. Wir unterstützen ihn, wo wir nur können. Am Samstag spricht er in Chelsea auf einer Versammlung, dort werden wir auch hingehen.“ Sie sah John erwartungsvoll an. „Wie wäre es, John, würdest du auch mitkommen?“

Im ersten Moment wollte John höflich ablehnen, aber dann fiel ihm ein, dass dies eine gute Gelegenheit wäre, den hoffnungsvollen Jungpolitiker ein wenig über den Verlauf des Mordabends auszuhorchen. Also sagte er zur Freude Marcias zu.

John schmeckte gerade das thailändische Gemüsegericht ab, als Bonnie klingelte.

„Kann ich einstweilen den Tisch decken, John?“, fragte sie, als sie ihren Mantel abgelegt hatte.

„Gern, Bonnie. Die Teller sind in dem Schrank dort drüben.“

„Was haben Sie denn hier für eine eigenartige Pflanze?“ Sie stand am Küchenfenster, das nach Süden hinaus auf den Innenhof ging. John brachte den gusseisernen Wok zum Tisch.

„Vorsicht, heiß. Das ist ein Kapok-Sprössling. Ich konnte einen Samen von diesem tropischen Baum bekommen und er hat vor kurzem ausgetrieben. Meine Mutter, die eine leidenschaftliche Gärtnerin ist, wird sich zu Weihnachten sicher über das Pflänzchen freuen.“

Er deutete auf die offen stehende Tür zum Wohnzimmer, das von einer ganzen Reihe von Topfpflanzen bevölkert war.

„Nachdem ich so viele Jahre in der Welt herumgezogen bin, bin ich glücklich, nun sesshaft geworden zu sein. So kann ich wenigstens in der Wohnung einige interessante Pflanzen ziehen. Scheinbar hat die Leidenschaft meiner Mutter für Grünzeug aller Art ein wenig auf mich abgefärbt.“

Bonnie setzte sich und probierte ihr Essen.

„Hm, köstlich. John, Sie haben scheinbar nicht nur einen grünen Daumen, sondern auch ein Talent zum Kochen.“ Bonnie zwinkerte ihm über ihre voll beladene Gabel hinweg zu. Bescheiden zuckte John mit den Schultern.

„Es hat mir immer schon Spaß gemacht, zu kochen, vor allem gemeinsam. So habe ich im Lauf der Jahre an den verschiedenen Orten, wo ich stationiert war, viele Kontakte geknüpft.“ Er grinste. „Schweinebraten nach original deutschem Rezept? Kein Problem. Oder lieber ein afghanischer Lammeintopf mit Rosinen? Den hat mir unser Fahrer in Kabul beigebracht. Das einzige Gericht, bei dem ich mich weigere, es zuzubereiten oder zu essen, ist ausgerechnet das Nationalgericht meines Vaters, Haggis.“

Bonnie verzog angewidert das Gesicht.

„Uh, das habe ich vor vielen Jahren einmal probiert, als ich mit meinem damaligen Freund eine Woche Urlaub in Schottland gemacht habe." Sie schüttelte sich theatralisch. John lachte.

„In meiner Familie ist es Brauch, dass sich jedes Jahr am 25. Januar die Verwandtschaft zum Haggis-Essen trifft. Diese schottische Tradition hat mein Vater aufrecht erhalten, auch wenn er schon als junger Mann Inverness verlassen hat und nach England gegangen ist. Früher sind wir dazu sogar einige Male ins Elternhaus meines Vaters gefahren. Dort führt meine Großtante Isabel das Regiment, eine bemerkenswerte Frau."

Die Erinnerung ließ ihn versonnen lächeln. „Sie hat nach dem Tod meiner Großeltern deren Schafzucht übernommen und führt sie bis heute, obwohl sie schon weit über neunzig ist. Aber sie ist keinesfalls eine provinzielle Schaffarmerin, ganz im Gegenteil. Sie ist unheimlich belesen und für ihre scharfe Zunge berühmt. Wäre sie sieben-, achthundert Jahre eher geboren worden, hätte sie sicher an der Seite von Robert the Bruce den Freiheitskampf der Schotten gegen die Engländer geführt. Immerhin hat sie jahrelang beim Kampf für ein eigenes schottisches Parlament mitgewirkt und wäre 1999, als dann die ersten Regionalwahlen stattfanden, sogar um ein Haar als Abgeordnete gewählt worden." Bonnie staunte.

„Damals muss sie ja auch schon gut über achtzig gewesen sein. Donnerwetter." John grinste.

„Ja, und ich denke, dass sie in Edinburgh für ganz schönen Wirbel gesorgt hätte." Er nahm einen Bissen von dem nach Ingwer und Kokos duftenden Gemüse.

„Sie hat es meinem Vater lange nicht verziehen, dass er nach London gegangen ist und dann auch noch eine Engländerin geheiratet hat. Meine Mutter, die auch nicht auf den Mund gefallen ist, und Tante Isabel haben sich bei den jährlichen Familientreffen manchmal legendäre Wortgefechte geliefert. Das Feuerwerk, das die beiden abbrannten, war für meine Geschwister und mich immer das einzig Unterhaltsame an diesen Haggisessen. Mein jüngerer Bruder David musste stets ein Stück auf dem Dudelsack vorspielen und Maggie – meine Schwester – oder ich mussten die „Ode an den Haggis" von Robert Burns vortragen. Dann wurde der prall gefüllte Schafsmagen aufgeschnitten und die ganze Pampe aus Innereien und Hafergrütze quoll heraus." Er verzog das Gesicht. „Es ist ein Glück, dass wir immer mehrere Hunde hatten, denen ich meine Portion möglichst diskret zukommen lassen konnte.

Eines Tages, ich muss ungefähr vierzehn Jahre alt gewesen sein, hatte ich unserer Hündin Bess wohl zu viel zugeschoben. Unter dem Tisch waren plötzlich würgende Geräusche zu hören. Bess war eine gute Menschenkennerin. Sie hat sich genau über die maßgefertigten Wildlederschuhe meines nervtötenden jüngeren Cousins übergeben." Er konnte Simons über die Maßen entsetztes Gesicht immer noch vor sich sehen.

Der Gedanke an Simon Whittington brachte ihn schlagartig in die Gegenwart zurück. Er schob seinen Teller von sich.

„Bonnie, ich bin sehr dankbar, dass Sie mir bei diesen Ermittlungen helfen. Können Sie mir etwas über die Angehörigen unserer Männer erzählen, die im Tower leben?" Bonnie grinste ihn an und zog schwungvoll ein gefaltetes Blatt Papier aus der Tasche.

„Ich habe Ihnen hier schon mal eine Aufstellung aller Beefeater mit ihren Familienangehörigen gemacht. Und ich habe auch schon eine Idee, wo Sie mit ihren Nachforschungen ansetzen können." Beeindruckt blickte John auf die Auflistung. Methodisch hatte Bonnie Namen und Alter aller im Tower Lebenden verzeichnet.

„Mrs. Dunders leitet eine Frauengruppe, die bei ihren wöchentlichen Treffen allerlei Sachen herstellt, die dann für wohltätige Zwecke verkauft werden. Bestimmt hat sie Sie auch schon einmal zu einem Kauf überredet?" John blickte bedeutungsvoll auf ein grünes Kissen, das mit dem leuchtend roten Schriftzug *„Home, sweet home*" bestickt war.

„Mhm. Gleich nach meinem Einzug war sie einmal hier. Sie ist wirklich sehr … überzeugend."

„Das ist sie. Bis auf zwei, drei Ausnahmen hat sie es in all den Jahren auch geschafft, alle hier lebenden Frauen für die Gruppe zu engagieren. Sie treffen sich jeden Dienstag Abend in einem Nebenzimmer unserer Cafeteria." Aufgeregt lehnte John sich nach vorn.

„Dann waren die Frauen am Mordabend zusammen?" Bonnie lächelte spitzbübisch.

„Nicht nur die Frauen. Etliche der Männer versammeln sich gleichzeitig im Schulungsraum, um auf dem großen Bildschirm dort das Dienstagsspiel der Premier League anzusehen. Chief Mullins ist meistens auch dabei."

„Aber natürlich! Ich bin schon einige Male gefragt worden, ob ich nicht bei so einem Abend dabei sein möchte. Bis jetzt bin ich aber nie hingegangen. Fußball interessiert mich eigentlich nicht und feuchtfröhliche Gelage sind schon gar nicht mein Ding." Bonnie bedachte ihn mit einem amüsierten Blick.

„John, Sie sind wirklich ein untypisches Exemplar eines englischen Mannes!"

Nachdem Bonnie gegangen war, machte John sich auf, um Edwina Dunders einen Besuch abzustatten. Bonnie hatte ihm gesagt, dass die Frauengruppe momentan mit der Herstellung von Weihnachtsdekorationen beschäftigt war. Also hatte John seinen Geldbeutel eingesteckt. Er hatte ohnehin vorgehabt, ein paar hübsche Weihnachtssachen zu erstehen, um seine Wohnung zu schmücken und mit der Aussicht auf einige Einnahmen wäre Mrs. Dunders sicher zu einem kleinen Schwatz bereit.

Dieser Plan ging voll auf. Mit einem entzückten „Oh bitte, nennen Sie mich Edwina" hatte sie John hereingebeten, ihn zu einer Tasse Tee und frisch gebackenen Keksen eingeladen und eilfertig Körbe voller Dekorationen aus einem Hinterzimmer der Wohnung herangeschleppt. Als John den zarten Schmelz der Kekse lobte und mit einem gewinnenden Lächeln um einen Nachschlag bat, schmolz sie sichtlich dahin. Sie setzte sich zu ihm und schenkte sich ebenfalls eine Tasse ein.

„Ach, wie schön, wenn mein Selbstgebackenes so geschätzt wird. Mein Philipp, wissen Sie, ist nämlich zuckerkrank, seit etlichen Jahren schon. Er muss immer aufpassen, was er zu sich nimmt, und so kann er meine guten Kekse kaum noch genießen. Nun esse ich die meisten davon selbst." Sie schaute verschämt an ihrer molligen Figur hinunter.

„Aber Mrs. Dunders – Edwina – eine Frau wie Sie, die solche Köstlichkeiten zaubern kann, hat es sich doch auch verdient, sie zu probieren. Zumal sie offensichtlich kaum anschlagen.", erwiderte John galant. Sichtlich geschmeichelt zog Edwina einen der Körbe heran und begann, Weihnachtsschmuck aller Art auf dem Tisch auszubreiten.

„Wir arbeiten gerade mit Hochdruck an der Vorbereitung unseres Weihnachtsbasars. Es ist noch so viel zu tun. Nächste Woche werden wir im Innenhof einige Stände aufbauen und dort die Sachen verkaufen. Auch unser Chor wird singen. Da wir für das St. Bartholomew Krankenhaus spenden, wird der dortige Chefarzt die Eröffnungsansprache halten. Ein kleiner Teil wird auch für unsere Raben zur Verfügung gestellt, um die Voliere noch besser auszustatten und die Futterkosten zu decken. Deshalb wird auch unser Ravenmaster ein paar Worte sagen."

Während Edwina weiterschwatzte, besah sich John das vielfältige Angebot. Zu seiner Überraschung stellte er fest, dass viele geschmackvolle und schön gearbeitete Figuren dabei waren.

„Mein Kompliment, Edwina. Ihre Gruppe leistet ja hervorragende Arbeit. Durch Ihren Einsatz konnten Sie über die Jahre sicher viele Gelder für wohltätige Zwecke zur Verfügung stellen."

„Allein im letzten Jahr waren es über 5000 Pfund. Warten Sie, ich zeige Ihnen meine Sammlung." Edwina holte ein Album, in das sie fein säuberlich Zeitungsausschnitte eingeklebt hatte. Alle zeigten sie selbst, wie sie Schecks an diverse Organisationen überreichte. Die ersten Artikel waren über zehn Jahre alt. John äußerte seine ehrliche Bewunderung über ihr langjähriges Engagement und erkundigte sich dann beiläufig, „Sind Ihre Mitstreiterinnen auch schon so lange dabei?"

„Viele von ihnen. Ich spreche alle Frauen an, die mit ihren Männern hier im Tower leben und fast alle beteiligen sich auch." Sie rümpfte ein wenig die Nase. „Nur ganz wenige haben sich über die Jahre geweigert, unseren guten Zweck zu unterstützen. Von der momentanen Besatzung sind eigentlich alle dabei. Allerdings konnte sich Ellinor Burns nach ihrem Herzinfarkt die letzten Monate nicht mehr beteiligen und Rachel Armstrong macht ihr Rheuma so zu schaffen, dass sie kaum noch etwas mit den Händen arbeiten kann. Jaja, wir werden alle alt." Sie seufzte ein wenig, dann hellte ihr Gesicht sich auf und sie blätterte ans Ende des Albums.

„Da, sehen Sie. Das sind meine Damen." Die Aufnahme zeigte eine rund zwanzigköpfige Frauengruppe, die stolz einen Tisch mit Basteleien präsentierten, sowie zu Johns Erstaunen auch einen seiner Beefeater-Kollegen.

„Oh ja, George Denham ist unser Hahn im Korb. Er schnitzt leidenschaftlich gern. Von ihm sind auch einige der Weihnachtsfigürchen hier."

„Er hat wirklich Talent“, lobte John. „Ich denke, von diesen Engeln hier werde ich einige nehmen. Dann bräuchte ich noch einen schönen Türkranz…“ Als John schließlich die Wohnung der Dunders´ verließ, hatte sein Bauch deutlich an Umfang zugenommen, der Inhalt seines Geldbeutels war im Gegenzug jedoch stark geschrumpft. Dennoch war er mit der Ausbeute des Nachmittags sehr zufrieden. Er deponierte seine Schätze vorerst in der kleinen Abstellkammer neben der Küche und setzte sich dann mit seinem Laptop an den Tisch.

In seinen früheren Gesprächen mit den Rat suchenden Truppenangehörigen hatte er sich stets voll auf sein Gegenüber konzentrieren wollen. Daher hatte er sich vor langer Zeit angewöhnt, alle Informationen, die er erhielt, im Gedächtnis abzuspeichern und erst nach der Sitzung festzuhalten. Dies kam ihm nun zu Gute, hatte ihm Edwina doch, hocherfreut über sein Interesse, eine Fülle von Geschichten über „ihre Damen“ erzählt.

Besonders genüsslich hatte sie sich über die kleinen und großen Missetaten einiger Sprösslinge der Beefeater ausgelassen. Mit verschwörerischer Miene und geröteten Wangen hatte sie schließlich auch noch Andeutungen über ein, zwei Liebschaften gemacht, die der kleinen Tower-Gemeinschaft in den letzten Jahren Gesprächsstoff geliefert hatten.

„Wie nett, dass Sie Bonnie Sedgwick heute zum Mittagessen eingeladen haben.“, bemerkte sie abschließend mit einem Glitzern in den Augen. „Sie ist wirklich apart, finden Sie nicht? Auch wenn ihr Blondschopf natürlich gefärbt ist. Und sie dürfte in Ihrem Alter sein.“

Sprachlos angesichts der Schnelligkeit, mit der sich Neuigkeiten innerhalb des Towers herumsprachen, hatte John beschlossen, dass es nun an der Zeit wäre, den Rückzug anzutreten.

Kapitel 6

Eine Stunde später hatte er eine Tabelle, in der er methodisch alles, was er erfahren hatte, aufgeführt hatte. Bis auf Ellinor Burns, Rachel Armstrong und Marcia Campbell waren letzten Dienstag alle Frauen von 19 bis 22 Uhr bei dem Treffen gewesen, ebenso George Denham.

Die Gruppe hatte gerade begonnen, aufzuräumen und alle Materialien zu verstauen, als einer der Beefeater, die an der Suche nach der vermissten Studentin beteiligt gewesen waren, in den Raum geplatzt war und alle mit der schrecklichen Nachricht schockiert hatte.

Ebenso wie die Gruppe um Richard Campbell waren sie gebeten worden, bis zur Befragung durch die Polizei an Ort und Stelle zu bleiben. Die Handarbeitsgruppe hatte eine ganze Weile warten müssen, war aber dann von den Ermittlern nach kurzer Befragung entlassen worden.

John starrte nachdenklich auf seine Aufzeichnungen. Hätte es eine Möglichkeit gegeben, dass jemand den Raum für kurze Zeit hätte verlassen können, ohne Mrs. Dunders mit ihren Argusaugen aufzufallen? Da die Cafeteria im Innenhof des Towers und damit nicht weit vom Verrätertor entfernt lag, wären wenige Minuten ausreichend gewesen. Seine vorsichtige Frage, ob die fleißigen Helfer denn keine Pause bei ihren Treffen einlegen würden, hatte Edwina entschieden verneint.

„Gerade jetzt müssen wir jede Minute nutzen, wenn wir rechtzeitig zum Basar fertig werden wollen. Außerdem gestatte ich grundsätzlich keine Unterbrechungen, um etwa zum Rauchen nach draußen zu gehen.“, hatte sie bekräftigt. Zudem führten unmittelbar von dem Nebenzimmer Türen zum Toilettenbereich. Dank Edwinas eisernem Regiment war John sich daher ziemlich sicher, dass er die fünfundzwanzig Frauen und George Denham von der Liste der Verdächtigen streichen konnte.

Triumphierend trug er in eine Spalte seiner Tabelle neben deren Namen jeweils ein X ein. Auch die Frau des Pastors und Mrs. Hunter, die Frau des Arztes, waren dabei. John druckte die verbleibende Liste aus und überlegte, wo er weitermachen sollte. In der Stille seiner Wohnung vernahm er ein leises, aber durchdringendes Pfeifen. Nun wusste er, wen er als nächstes aufsuchen würde: Doc Hunter.

Glücklicherweise war kein anderer Patient in der kleinen Praxis. So hatte der Doktor Zeit, sich mit John zu unterhalten, nachdem er ihn an eine weitere Infusion angeschlossen hatte.

„Nun, Mackenzie, ich hoffe, Sie lassen es nun ruhig angehen und erholen sich gut?"

„Danke, Doc, es geht mir schon viel besser. Heute habe ich gemütlich mit Edwina Dunders Tee getrunken. Ihre Frau engagiert sich auch bei der Handarbeitsgruppe, wie ich gehört habe.", lenkte John geistesgegenwärtig das Gespräch auf das Thema, das ihn interessierte. Der Doktor lächelte verschmitzt.

„Jaja, das ist wirklich eine gute Sache. Vor allem für uns geplagte Männer. So haben wir immerhin einen freien Abend pro Woche." John grinste zurück.

„Und wie nutzen Sie Ihren freien Abend, Doc? Sehen Sie sich auch Fußball an?"

„Aber nein", wehrte Hunter ab. Dann zog er ein Päckchen Karten aus seiner Schreibtischschublade. „Poker, Mackenzie, Poker! Es gibt nichts Anregenderes." Er rieb sich die Hände.

„Am Dienstag habe ich unserem guten Pastor zwei Pfund abgeluchst. Hah, den hätten Sie fluchen hören sollen."

„Unser Pastor pokert?"

„Natürlich, warum nicht? So lange er nicht den Inhalt des Klingelbeutels verspielt." Hunter lachte dröhnend. „Ein paar von uns alten Kämpen nutzen die Zeit, wo unsere Frauen beschäftigt sind für ein paar Spielchen. Wir treffen uns hier bei mir, trinken einen gepflegten Whisky, schmauchen die eine oder andere Zigarre und zocken drei Stunden lang. Für mich das Highlight der Woche, sage ich Ihnen."

Wieder zurück in seiner Wohnung strich John vier weitere Namen von seiner Liste; außer dem Arzt und dem Pastor noch zwei seiner älteren Kollegen, die auch letzten Dienstag bei der Pokerrunde gewesen waren. Nun umfasste die Liste noch 26 Beefeater, die drei Frauen, die nicht beim Treffen der Handarbeitsgruppe gewesen waren und Richard Campbell mit seinen Gästen.

Zufrieden klappte John sein Notebook zu. Zu seinem Erstaunen bemerkte er, dass er trotz Edwinas zahlreichen Leckereien allmählich

Hunger bekam. Nach all den süßen Sachen verspürte er Appetit auf etwas Herzhaftes. Mit einem Blick in den Kühlschrank beschloss er, sich aus allerlei Resten ein Omelette zu braten. Gerade hatte er alle Zutaten bereitgelegt, als das Telefon klingelte.

Mit einem unwilligen Stöhnen griff er zum Hörer – und hörte eine tönende Stimme, die seit Jahrzehnten nicht nur über die Versammlungen des örtlichen Gartenbauvereins regierte.

„John, mein Liebling, wie geht es dir?"

„Hallo, Mum – " Weiter kam er nicht.

„Du hättest wirklich einmal anrufen können. Statt dessen mussten wir von diesem schrecklichen Mord direkt vor deiner Haustür aus der Zeitung erfahren. Wie gut, dass Simon die Ermittlungen führt. Bestimmt wird er den Mörder finden, bevor dieses Monster euch alle abschlachtet."

John schnitt eine Grimasse.

„Ich glaube nicht, dass wir in Gefahr sind, Mum. Mach dir keine Sorgen. Ist bei dir und Dad alles in Ordnung?" Als Emmeline Mackenzie daraufhin anhob, ihren Sohn auf den neuesten Stand der Ereignisse in seinem Heimatort Kew zu bringen, wusste John, dass dies ein längeres Telefonat werden würde. Er schaltete die Freisprecheinrichtung ein und machte sich ans Werk.

Während er Zwiebeln, Paprika und Champignons hackte, dazu etwas Käse und Schinken würfelte und sich schließlich ein riesiges Omelette briet, schwatzte seine Mutter unaufhörlich. Johns Gesprächsbeitrag beschränkte sich auf ein gelegentliches Brummen.

Aus Erfahrung wusste er, dass Emmelines Konversation von drei Themen beherrscht wurde, die er in Variationen immer wieder zu hören bekam: Zuerst einmal die ganz und gar außergewöhnlichen Fähigkeiten ihres jüngsten Enkels, des bisher einzigen Sohnes von Johns jüngerem Bruder David, der mit seinen zwei Jahren seine Großmutter mit allem, was er tat, in höchstes Entzücken versetzte. Als nächstes folgte in der Regel ihr Lamento, dass John es als Einziges ihrer Kinder bisher versäumt hatte, Nachwuchs in die Welt zu setzen. John rollte mit den Augen, während er sein Omelette auf einen Teller bugsierte. Schließlich berichtete seine Mutter wie immer noch in epischer Breite von den Aktivitäten ihres Vereins. Als sie ihm in allen Einzelheiten erklärte, warum ihre Dauerrivalin Jane Argyll bei der letzten Gartenschau des Jahres vollkommen zu Unrecht die blaue

Schärpe für den schönsten Kürbis bekommen hätte, beschloss John, sich lieber auf sein Essen zu konzentrieren und auf Durchzug zu schalten. Genussvoll schob er gerade die letzte Gabel in den Mund, als ihm die plötzliche Stille bewusst wurde.

„Äh, Mum? Tut mir leid, ich hatte gerade den Faden verloren." Er hörte seine Mutter ungeduldig seufzen.

„Ich hatte dich gerade gefragt, ob du für die Damen der *Red Hat Society* eine Sonderführung im Tower machen könntest."

„*Red Hat Society?* Was ist das denn?"

„Wenn du mir zugehört hättest, hättest du diese dümmliche Frage nicht zu stellen brauchen, John. Ich habe mich dieser Vereinigung für Frauen über fünfzig vor kurzem angeschlossen. Das ist zur Abwechslung einmal kein Wohltätigkeitsverein, sondern wir treffen uns einfach gelegentlich, um gemeinsam etwas zu unternehmen. Wir werden auch bei der Neujahrsparade in London in einem alten Bus mitfahren. Und wie immer werden wir dann unsere Vereinskleidung, lila Gewänder und rote Hüte, tragen."

Vor Johns innerem Auge formte sich ein Bild seiner Mutter, deren Kleidung, so lange er denken konnte, hauptsächlich aus robusten Tweedkostümen in gedeckten Farben und strapazierfähigen Schuhen bestanden hatte. Und nun wollte sie sich auf einmal in ein lila Gewand hüllen! Mit einem roten Hut! Alarmiert fragte er, „Geht's dir gut, Mum? Das klingt doch recht … ungewöhnlich."

Emmeline lachte herzhaft. „Keine Sorge, John. Ich möchte nur meinen Horizont etwas erweitern, das ist alles. Du musst nicht gleich denken, dass ich als nächstes den Hell´s Angels beitrete. Was ist nun mit der Führung?"

„Natürlich können wir das machen, Mum. Ich werde dich und deine neuen Freundinnen persönlich herumführen. Sag´ mir einfach, wann ihr kommen wollt."

Als er das Gespräch beendet hatte, nicht ohne noch einmal zu versprechen, dass er die Weihnachtstage in seinem Elternhaus verbringen würde, stützte er den Kopf erschöpft auf seinen Händen auf. Für heute konnte er keine weiteren Aufregungen vertragen. Er stellte das Geschirr in die Spüle, legte sich mit einem Buch auf das Sofa und schlief nach einer halben Seite prompt ein.

„John, darf ich dich um einen Gefallen bitten?“ Die aufgeregte Stimme des Ravenmasters drang früh am nächsten Morgen aus dem Telefonhörer.

„Richard wollte mich heute Vormittag zu einem Augenarzttermin und danach zum Smithfields Market bringen. Nun hat er gerade angerufen, dass er kurzfristig doch keine Zeit hat. Würdest du…“

„Das ist doch selbstverständlich, George. Natürlich fahre ich dich. Wann treffen wir uns in der Garage?“ Den Beefeatern standen für ihre Autos Plätze in einer nahen Tiefgarage zur Verfügung. John selbst besaß keinen Wagen. Während der Jahre bei der Armee hatte er keinen benötigt und seit er wieder in England war, schob er einen Autokauf beharrlich vor sich her. Maggie, die eine Schwäche für importierte Sportwagen hatte, konnte dies überhaupt nicht verstehen.

„Es gibt doch nichts Schöneres, als mit offenem Verdeck, den Wind im Haar, über eine idyllische Landstraße zu kreuzen, John. Du solltest dich endlich nach einem schicken Wagen umsehen.“

Ihr Bruder, der das englische Wetter für wenig cabriotauglich hielt und der als Beifahrer seiner Schwester schon oft ein imaginäres Bremspedal betätigt hatte, blieb jedoch stur.

Der Ravenmaster hatte einen geräumigen alten Wagen, in dem er das Futter für die Raben transportierte. Seit Jahrhunderten wurden die Raben mit frischem Fleisch gefüttert, das im Smithfields Market gekauft wurde.

Auf der Fahrt zum Arzt saß der Ravenmaster ungewohnt still neben seinem Freund. John, dem nach all den Jahren, in denen er kaum selbst gefahren war, die Übung fehlte, war vollauf damit beschäftigt, das Auto heil durch den morgendlichen Großstadtverkehr zu steuern. Als sie die Praxis erreicht hatten, schnaufte er erleichtert auf.

Nach weniger als einer halben Stunde kam George Campbell wieder zum Auto zurückgetrottet, einen grimmigen Ausdruck im Gesicht. John musterte ihn besorgt.

„Stimmt was nicht, George?“ George wandte sich ihm mit von der Untersuchung noch geweiteten Pupillen zu und verzog den Mund zu einem gezwungenen Lächeln.

„Nein, nein. Heute war ein reiner Routinetermin. Ich lasse meine Augen jedes Jahr von Dr. Arkwright durchchecken. Es ist alles in Ordnung. Und jetzt fahren wir zum Markt.“ John sah seinen alten

Freund forschend an. Der aber starrte mit eigensinnigem Gesichtsausdruck nach vorne. Schweigend ließ John den Motor an.

Nachdem sie das Auto mit ihren Markteinkäufen vollgepackt hatten, begann Campbell unvermittelt, „Die BBC hat Richard um ein Interview gebeten. Deshalb hatte er heute Vormittag keine Zeit. Ich hoffe wirklich, diese Sache im Tower wird seinen Wahlkampf nicht überschatten.“ John schloss die Kofferraumtür und lehnte sich gegen den Wagen.

„Du machst dir Sorgen um Richard…“ Er ließ den Satz in der Luft hängen. George sah ihn zum ersten Mal an und John war erschrocken, wie viel Verzweiflung in seinem Gesicht lag.

„John, du kennst doch unsere Presse. Für die ist dieser Mord ein gefundenes Fressen. Und Richard war nur einen Steinwurf vom Tatort entfernt. Wer weiß, was diese Sensationsreporter ihm da noch alles andichten werden, sobald das durchsickert.“

John wusste nur zu gut um die Macht der Medien und konnte Georges Ängste verstehen. Er nickte ernst.

„Das Wichtigste ist, dass der Fall schnell gelöst und der Täter gefunden wird. Es sind noch etliche Monate bis zu den Wahlen. Bis dahin ist die Geschichte sicher vergessen – vorausgesetzt, Richard hat nichts damit zu tun.“

Campbell fuhr hoch. „Wie kannst du so etwas nur sagen! Natürlich ist mein Sohn in keiner Weise in diese schreckliche Sache verwickelt. Er hat diese Frau noch nie in seinem Leben gesehen. Das hat er mir heute am Telefon selbst gesagt.“ Georges Stimme überschlug sich fast bei den letzten Worten. Röte stieg in seine faltigen Wangen. Abrupt drehte er sich um, stieg in den Wagen und knallte die Tür hinter sich zu. Nun klingelten bei John endgültig alle Alarmglocken. Noch nie hatte er den Ravenmaster so erlebt.

Er stieg ebenfalls ein, ließ den Motor aber nicht an.

„George, es tut mir leid. Natürlich wollte ich Richard in keiner Weise verdächtigen…“ Campbell schnitt ihm mit einer ungeduldigen Handbewegung das Wort ab. „Lass mich auf dem Heimweg bitte an der Royal Bank of Scotland aussteigen. Ich habe da noch etwas zu erledigen.“

Schweigend fuhren sie zurück. Als John vor der imposanten Glasfassade der Bank anhielt, hielt er Campbell, der hastig hinaus wollte, am Ärmel zurück.

„George, man muss kein Psychologe sein, um zu merken, dass dir etwas auf der Seele liegt. Falls du reden möchtest – ich bin da.“ Einen Moment lang schien der Ältere zu schwanken, doch dann öffnete er die Wagentür und stieg schwerfällig aus.

„Es gibt nichts zu reden, John. Danke, dass du mich gefahren hast. Ich gehe dann das letzte Stück nach Hause zu Fuß.“ Als er sich abwandte, war es John, als läge ein feuchtes Schimmern in seinen Augen.

Er sah seinem Freund nach, wie er die Bank betrat und auf einen Schalterbeamten zuging. Dann traute er seinen Augen nicht: George zog eine dicke Rolle Pfundnoten aus einer Innentasche seiner Jacke und reichte sie zusammen mit einem Sparbuch über den Tresen. Was hatte das zu bedeuten? Warum trug George eine solche Menge Bargeld mit sich herum?

Wenn George merkt, dass ich hier immer noch sitze und ihn beobachte, denkt er sicher, ich spioniere ihm nach, ging es ihm durch den Kopf und er fuhr eilig los.

In Gedanken immer noch beim merkwürdigen Verhalten seines Freundes, verfranste er sich nach kürzester Zeit im System der Einbahnstraßen. Erst nach über einer halben Stunde und etlichen für ihn untypischen Flüchen erreichte er wieder die Parkgarage. Mit neu bestärkter Entschlossenheit, auf ein eigenes Auto zu verzichten, steuerte er mit langen Schritten auf einen Seiteneingang des Towers zu, den ausschließlich die Bewohner des Towers benutzten.

Dort empfing ihn eine ganze Schar von Reportern, die Kameras auf ihn richteten und ihm Mikrofone unter die Nase hielten. Sie bombardierten ihn mit Fragen. John zog den Kopf ein, setzte ein Lächeln auf und schlängelte sich durch die Meute. Als er einen seiner Kollegen passierte, der mit Hilfe einiger Beamter der Metropolitan Police das Tor bewachte, seufzte der gequält auf.

„Seit gestern geht das schon so. Diese Typen sind wie die Geier. Hoffentlich wird dieser Fall bald gelöst und die Belagerung hier hört auf.“ John stimmte ihm aus vollem Herzen zu und machte sich sogleich zum Büro von Chief Mullins auf.

Kapitel 7

„Herein, herein, Mackenzie. Was haben Sie Neues herausgefunden?“, empfing der Kommandant ihn. John zog die Tabelle aus der Tasche, in die er seine bisherigen Erkenntnisse eingetragen hatte.

„Beeindruckend. Sie gehen sehr methodisch vor.“, lobte Mullins.

„Danke, Sir. Aber auch, wenn ich schon feststellen konnte, dass eine ganze Reihe von Leuten mit dem Mord nichts zu tun haben können, ist noch viel zu tun. Es sind noch 26 unserer Männer, drei Frauen und die Besuchergruppe mit Richard Campbell zu überprüfen.“

„Hm, dann lassen Sie mal sehen…“ Stirnrunzelnd starrte Mullins auf die Auflistung. Dann ging er zur Tür, riss sie auf und gab Bonnie Sedgwick den Auftrag, die Wachbücher des Towers zu besorgen. Während sie warteten, fiel ihm ein, „Ach ja, Conners hat unsere Daten über die Besucher der Schlüsselzeremonie überprüft. Keiner von denen, die an dem fraglichen Abend da waren, hatte die Zeremonie vorher schon einmal miterlebt. Wir erfassen alle Angaben der Besucher seit rund fünfzehn Jahren im Computer, daher ging die Überprüfung recht schnell. Ich denke nicht, dass es einen Sinn macht, auch noch die Listen zu durchwühlen, die aus den Jahren davor noch existieren. Das wäre ein ungeheurer Aufwand.“ John stimmte ihm zu.

Als die Aufzeichnungen des diensthabenden Offiziers auf seinem Tisch lagen, deutete Mullins triumphierend auf die Seite vom vergangenen Dienstag. „Da, sehen Sie. *Anstruther: 21.53 Uhr, Morgan: 21.54 Uhr*. Ihre beiden Wachkollegen der fraglichen Nacht waren also bereits vor ihrem Dienstbeginn um 22.00 Uhr und damit zum Zeitpunkt der Tat bei Dunders im zentralen Wachhaus. Damit können wir wieder drei Männer von unserer Liste streichen.“

Zufrieden lehnte er sich in seinem Stuhl zurück.

„Gott sei Dank ist Dunders ein besonders pedantischer Offizier, der wirklich über alles Buch führt.“ Grinsend deutete auf einen weiteren Eintrag: *Mackenzie: 22.00 Uhr (Ermahnung betreffs Kleiderordnung!)*.

„Meine Mütze saß schief.“, gestand John unter dem Gelächter seines Kommandanten. „Du liebe Güte, Dunders ist tatsächlich penibel. Aber immerhin können wir ihn, Anstruther und Morgan nun streichen.

Andernfalls müssten alle drei zusammen unter einer Decke stecken und das halte ich für sehr unwahrscheinlich."

Mullins nickte zustimmend und strich die drei Namen aus. Dann rieb er sich unternehmungslustig die Hände. „Gut, gut. Wo machen wir weiter?"

„Was ist mit den beiden Posten, die zusammen mit der Militärgarde die Kronjuwelen bewachen sollten? Ist es möglich, dass einer von ihnen seinen Platz zwischendurch verlassen hat? Ich hatte dort noch keinen Wachdienst und kenne daher die Gegebenheiten nicht." Mullins schüttelte entschieden den Kopf.

„Die Wachleute haben ihren Platz innerhalb des Hochsicherheitstrakts im Waterloo Block, also direkt in den Räumen, wo wir die Juwelen ausstellen. Dort erfassen unsere Kameras jeden Winkel und es wird automatisch aufgezeichnet, sobald sich die Tür zu dem Trakt öffnet. Nachdem ich unsere Aufzeichnungen vom Mordabend studiert habe, halte ich es für ausgeschlossen, dass jemand dort seinen Posten verlassen hat."

Er sah in den Wachaufzeichnungen nach, stellte fest, wer dort Dienst gehabt hatte und strich sichtlich zufrieden zwei weitere Namen von der Liste.

„Wir kommen gut voran, Mackenzie. Dennoch bleiben noch 21 Mann übrig." John nickte.

„Adams im Byward Tower hatte allein Dienst. Da es keine Möglichkeit gibt, seine dauernde Anwesenheit in der Wachstube zu überprüfen, habe ich bei ihm ein Fragezeichen notiert. Auch über unsere Männer, die sich das Fußballspiel angesehen haben, konnte ich noch nichts Näheres herausfinden."

„Aber natürlich, ich habe mir auch die erste Hälfte angesehen, bevor ich mich für die Schlüsselzeremonie vorbereitet habe. Arsenal gegen Manchester, ein absolutes Spitzenspiel. Allerdings war vorher schon klar, dass Arsenal ohne Dunnegan keine Chance haben würde, nicht wahr?"

Chief Mullins bemerkte Johns leicht verwirrten Blick.

„Interessieren Sie sich etwa nicht für Fußball, Mackenzie? Kommen Sie doch nächsten Dienstag auch vorbei. Was meinen Sie, wofür ich extra den Großbildschirm beim Schatzamt beantragt habe?"

Erstaunt sah John ihn an.

„Das Schatzamt hat uns für die Übertragung von Fußballspielen mit diesem High-Tech-Gerät ausgerüstet?“

Der Chief lachte schallend los.

„Manchmal sind Sie wirklich bemerkenswert naiv, Mackenzie. Selbstverständlich ist der Bildschirm ein unverzichtbarer Bestandteil unserer sicherheitsrelevanten Schulungen. Das habe ich diesen Sesselfurzern im Schatzamt klar gemacht und schon hatten wir unseren schönen Fernseher. Aber lassen wir das.“

Er sah John scharf an. „Sie haben also tatsächlich kein Interesse am Fußball? Hm….. Es geht mich ja eigentlich nichts an, aber wo waren Sie eigentlich letzten Dienstag Abend, bevor Sie Dienst hatten?“

„Im Museum. Die Tate Galerie für Moderne Kunst hatte abends lange geöffnet.“

„Moderne Kunst, was? Nun ja, ich kann dem Zeug ja nichts abgewinnen. Aber jedem das Seine. Kommen wir zurück zu unseren Ermittlungen.“

Das war John sehr recht.

„Sir, können Sie sich erinnern, wer von unseren Leuten an dem Abend da war?“

Mullins knetete nachdenklich seine Unterlippe und schüttelte dann den Kopf.

„Es waren während der ersten Halbzeit sicher fast alle da. Aber ich musste ja gegen halb zehn gehen und daher wissen wir für den fraglichen Zeitraum nichts. Als ich den Raum verließ, hatte gerade die Halbzeitpause begonnen. Da gehen viele vor die Tür, um zu rauchen. Falls jemand zur zweiten Halbzeit nicht zurück kam, oder später für ein paar Minuten hinausgegangen ist, wäre das wohl kaum jemandem aufgefallen, vor allem da das Spiel beim Stand von 4 zu 1 ohnehin schon entschieden war.“

Die beiden Männer sahen sich enttäuscht an.

„Nun gut, hier kommen wir momentan nicht weiter.“, stellte John schließlich fest. „Sehen wir uns die anderen an. Da wären noch die drei Frauen, die nicht bei der Handarbeitsgruppe waren.“

„Mrs. Burns und Mrs. Armstrong können wir vergessen. Beiden geht es gar nicht gut, sie könnten in ihrem gesundheitlichen Zustand mit Sicherheit keine junge Frau erwürgen. Marcia Campbell…“

Er verstummte. Gespannt wartete John darauf, dass Mullins weitersprach. „Was ich Ihnen jetzt sage, bleibt aber unter uns, Mackenzie." John lächelte den Kommandanten milde an.

„Sir, in meinem Beruf wird einem Verschwiegenheit zur zweiten Natur."

„Ach ja, natürlich. Ihr Seelenklempner seid ja wie Ärzte." Dann erhellte sich Mullins' Gesicht. „Was ich Ihnen erzählen will, fällt sowieso in Ihr Fachgebiet. Also, Marcia…" Der Chief stand auf, ging zum Fenster und starrte in den Hof hinaus.

„Als die Campbells vor gut 20 Jahren hierher kamen – damals war ich selbst noch nicht hier – war Richard gerade ein Teenager. Er war ein schwieriges Kind, eigensinnig und wild. Er hat grundsätzlich nur das getan, was ihm Spaß machte. Regeln waren für ihn da, um gebrochen zu werden. Auch hier hat er sich einige grobe Schnitzer geleistet. George war es immer unsagbar peinlich, wenn der Junge wieder unangenehm auffiel. Marcia aber stärkte Richard immer den Rücken und verteidigte ihn vehement. Er war – und ist – ihr Goldstück, sie hat seine Fehler und Schwächen noch nie erkennen wollen. Auch wenn er Schäden anrichtete, bezahlte sie immer klaglos alles. So bekam der Junge kaum einmal die Konsequenzen seines Tuns zu spüren."

Mullins drehte sich wieder um und lehnte sich an die Fensterbank.

„Irgendwann wurde klar, dass Richard die Schule auf diese Art und Weise nicht schaffen würde, da ihm alles andere wichtiger war als das Lernen. Da ließ sich Marcia endlich vom damaligen Kommandanten und von George davon überzeugen, ihn in ein Internat zu stecken, das für seine Strenge berühmt ist. Obwohl der Anfang natürlich schwierig war, war diese Entscheidung für den Jungen ein Gottesgeschenk. Nur die Erziehung dort hat ihm ermöglicht, sich zu dem Mann zu entwickeln, der er jetzt ist."

Nun umspielte ein amüsiertes Lächeln sein Gesicht.

„Als Politiker vertritt Richard ja erzkonservative Werte und er ist ein ausgeprägter *Law and Order*-Typ. Manchmal frage ich mich, ob er sich wirklich so grundlegend geändert hat im Vergleich zu seinen jungen Jahren oder ob er nur einfach die Parolen von sich gibt, von denen er sich den größten Anklang bei den Wählern erhofft."

John nickte.

„Na, wie dem auch sei. Ich wollte Ihnen ja eigentlich von Marcia erzählen. Als Richard ins Internat kam, war es, als hätte man ihr ihren ganzen Lebensinhalt weggenommen. George hat mir erzählt, dass sie viel weinte und ihm auch immer wieder Vorwürfe machte, er hätte ihr ihren Sohn weggenommen. Dabei war sie ja einverstanden gewesen, dass Richard ins Internat geschickt wurde. In den folgenden Monaten wurde sie immer gleichgültiger gegenüber ihrem Alltag und auch gegen George. Schließlich hatte sie nicht einmal mehr die Kraft, morgens aufzustehen und blieb den ganzen Tag im Bett. Für George war diese Zeit die Hölle."

John lehnte sich nach vorn.

„Konnte niemand sie dazu bewegen, zu ihrem Arzt zu gehen? Sie brauchte doch dringend Hilfe in diesem Zustand."

„Sie hat sich immer geweigert. Aber eines Tages fand George eine große Menge Schlaftabletten im Badschrank und er bekam große Angst, dass sie sich etwas antun könnte. Noch am selben Tag brachte er sie ins St. Bartholomew´s Krankenhaus."

„Wurde die Diagnose einer Depression gestellt?"

Mullins nickte.

„Sie haben Recht. Sie bekam Tabletten und war auch einige Monate lang regelmäßig bei einem Therapeuten. Seither hatte sie gelegentlich schlechte Phasen, aber nie mehr in dem Ausmaß wie damals."

Mullins setzte sich wieder in seinen Stuhl und sah John eindringlich an.

„Auch wenn Ihnen das vielleicht merkwürdig erscheinen mag: Marcia schämt sich bis heute für ihre „Schwäche", wie sie das sieht, und möchte unter keinen Umständen, dass Außenstehende davon erfahren. Sie hat sich sogar geweigert, sich von Doc Hunter betreuen zu lassen und sich lieber außerhalb einen Arzt gesucht."

„Ich kann das sehr gut verstehen. Marcia stammt noch aus einer Generation, in der der Gedanke einer psychischen Erkrankung von weiten Kreisen nicht akzeptiert wurde. Männer wie Frauen hatten zu „funktionieren" und wo dies nicht der Fall war, war schnell die Angst da, als meschugge abgestempelt zu werden." Nachdenklich strich John sich übers Kinn.

„Leidet Marcia tatsächlich unter Migräne? Oder liefert ihr diese nur den Vorwand, sich zurückzuziehen, wenn wieder einmal eine „schlechte Phase" kommt?"

Chief Mullins hob anerkennend eine Augenbraue.

„Richtig. Nach außen hin bemühen sich George und Marcia gerade jetzt ganz besonders darum, eine makellose Fassade zu präsentieren. Sie bemühen sich, alles nur Menschenmögliche zu tun, um ihren Sohn bei seiner politischen Karriere zu unterstützen. Bereits früher hat Marcia die Migräne vorgeschoben und nach meiner Einschätzung könnte sie das auch am Mordabend getan haben. Wie Sie ja wissen, hatte Richard wichtige Parteifreunde eingeladen. Falls Marcia sich nicht in der Lage fühlte, ihre Rolle als perfekte Kandidaten-Mutter zu spielen, könnte die Migräne eine willkommene Entschuldigung dafür gewesen sein, dass sie bei dem Treffen im Club nicht dabei sein konnte.“

Mullins verstummte. John wusste, dass es dem Chief sehr schwer gefallen war, ihn ins Vertrauen zu ziehen, da es um die Frau eines seiner ältesten Freunde ging. Diese Offenheit rechnete er ihm hoch an.

Er zog die Liste der Verdächtigen heran und beide starrten einige Minuten lang schweigend darauf. Als es klopfte, schreckten sie hoch.

„Sir, Sie hatten mich gebeten, Sie an Ihre Verabredung mit Mr. Donahue um 12.00 Uhr zu erinnern.“ Bonnie zeigte freundlich lächelnd auf die Wanduhr über dem Schreibtisch.

„Halb zwölf schon! Ich muss los, Mackenzie.“ Sie gingen gemeinsam ins Vorzimmer hinaus. Dort warf Chief Mullins einen Blick in seinen Terminkalender.

„So ein Mist! Morgen früh muss ich zu einer wichtigen Konferenz nach Canterbury fahren. Ich komme erst am Montag Abend wieder zurück. Mackenzie, wenn es etwas Dringendes gibt, wenden Sie sich an Bonnie, sie weiß, wie ich zu erreichen bin. Ansonsten sehen wir uns in vier Tagen. Bleiben Sie dran.“ Damit war er zur Tür hinaus.

John folgte ihm langsam. Im fahlen Dezembersonnenschein lenkte er seine Schritte beinahe unbewusst durch den Hauptausgang hinaus. Die wenigen Presseleute, die dort standen, hielten ihn offensichtlich für einen Touristen und ließen ihn unbehelligt passieren.

Ziellos schlenderte er die Promenade entlang bis zur Tower Bridge. Dort warb ein Zeitungsverkäufer lautstark um Kundschaft: „Tower-Mord: War die Tote eine deutsche Spionin? Warum musste sie ausgerechnet am Verrätertor sterben? Hier erfahren Sie alle

Neuigkeiten zu Großbritanniens spektakulärstem Verbrechen des Jahrhunderts!“

Wider Willen musste John grinsen. Die Boulevardpresse überbot sich wie üblich gegenseitig in wilden Spekulationen. Aber vielleicht konnten die Zeitungen ja auch nützliche Informationen über die Ermittlungen der Polizei liefern. Der Superintendent hatte seine Drohung, John erneut vernehmen zu wollen, bisher nicht wahr gemacht und auch Chief Mullins erfuhr zu seinem Ärger nichts von Seiten der Metropolitan Police.

Er kramte etwas Kleingeld heraus, kaufte eine *Times* und einen *Daily Mirror* und ließ sich auf einer Sitzbank am Ufer nieder. Nachdem er jede Zeile studiert hatte, die sich mit dem Fall beschäftigte, lehnte er sich halb enttäuscht, halb schadenfroh zurück.

Scotland Yard hatte in diesem Aufsehen erregenden Fall absolute Nachrichtensperre verhängt, *„um die Ermittlungen nicht zu gefährden*“. Daher hatten die Reporter aus den dürren Fakten, die man ihnen mitgeteilt hatte, phantasievolle Geschichten voller Andeutungen gesponnen und die Seiten mit Fotos des Towers und des Studentenwohnheimes der Toten gefüllt. Richard Campbells Name wurde zu Johns Erstaunen nicht erwähnt. Die Information über die Anwesenheit des Jungpolitikers am Abend des Mordes im Tower war offensichtlich noch nicht nach draußen gedrungen.

Die einzig neue Information für John war, dass Miss Feldmann seit acht Monaten an der *London School of Economics* studiert hatte. Ein Universitätsmitarbeiter, der ungenannt bleiben wollte, hatte sie als ruhig und überdurchschnittlich fleißig geschildert.

So, wie John seinen publicitysüchtigen Cousin kannte, hätte Superintendent Whittington der Öffentlichkeit nur zu gern eine heiße Spur präsentiert. Daher ging er davon aus, dass Scotland Yard derzeit genauso ratlos war wie er selbst.

Zurück in seiner Wohnung nahm er sich abermals die Liste vor. Auch wenn sie immer noch über zwanzig Namen von Towerbewohnern umfasste, ertappte er sich dabei, wie sein Blick immer wieder bei George Campbell und dessen Frau hängen blieb. Er wurde das nagende Gefühl nicht los, dass einer von ihnen oder ihr Sohn irgendetwas mit dieser Geschichte zu tun hatte. Aber nein, sein Freund George konnte unmöglich in einen kaltblütigen Mord verwickelt sein. Oder doch?

Frustriert schob er seinen Stuhl zurück und beschloss, sich bei Doc Hunter das OK für seine Dienstaufnahme zu holen. Er fühlte sich wieder fast vollkommen fit. Momentan war er ohnehin ratlos, wo er mit seinen Nachforschungen weiter machen sollte. Morgen Abend, bei Richards Wahlkampfveranstaltung, hoffte er auf die Gelegenheit, den drei Campbells weiter auf den Zahn fühlen zu können.

Kapitel 8

Der Saal des *Goose and Pickle* war bereits gut gefüllt, als John kurz vor Beginn der Wahlveranstaltung dort anlangte. Über dem Rednerpult prangte ein überdimensionales Plakat, von dem Richard Campbell ihm mit einem souveränen Lächeln entgegen blickte. Von eifrigen Helfern bekam er Broschüren der Konservativen Partei in die Hand gedrückt.

„John, hierher! Wir haben dir einen Platz frei gehalten!“ Marcia hatte ihn entdeckt und winkte ihm aus der ersten Reihe vor dem Rednerpult hektisch zu.

„Marcia, du siehst hervorragend aus.“ Galant wartete er, bis sie sich wieder gesetzt hatte und nahm dann neben ihr Platz. Verlegen strich sie den Rock ihres gediegenen blauen Kostüms glatt. Unter der Schminke leuchteten rote Flecke auf ihren Wangen. Sie nestelte an ihrer Handtasche herum.

„Wo George nur bleibt! Er wollte doch nur etwas zu trinken für uns besorgen…“ Unruhig sah sie sich im Saal um.

„Er wird sicher gleich da sein.“, bemühte John sich, sie zu beruhigen. „Es sind ja eine Menge Leute gekommen. Richard ist auf dem besten Weg, ein bekannter Mann zu werden.“ Marcias Augen leuchteten auf.

„Ja, nicht wahr? Er hat so hart für diese Kandidatur gearbeitet.“ Sie beugte sich näher zu John. „Einige der Parteioberen waren wohl skeptisch, ob sie ihm ihr Vertrauen schenken sollen, schließlich ist er mit seinen 35 Jahren noch sehr jung für einen Sitz im Parlament. Aber mein Junge hat sie überzeugt und jetzt wird er allen zeigen, was in ihm steckt.“ Nun strahlte sie. „Ich wusste immer schon, dass er etwas ganz Besonderes ist. Das ist er doch, John, nicht wahr?“

John lächelte unverbindlich und nickte. Erleichtert begrüßte er George, der soeben aufgetaucht war, vorsichtig zwei Getränke balancierend. Sie hatten sich seit dem Morgen, an dem George grußlos in die Bank verschwunden war, nicht mehr gesehen und John war unsicher, wie George ihm nun gegenüber treten würde. Der Ältere schien ihre Auseinandersetzung jedoch vergessen zu haben und begrüßte ihn herzlich.

„Schön, dass du da bist, John. Wir wissen dies wirklich zu schätzen.“

„Wen haben wir denn da? Einen Freund der Familie?“ Vor ihnen stand ein mittelgroßer Mann, der sein mausbraunes Haar scharf gescheitelt trug und seinen Bart akkurat gestutzt. Er streckte John jovial die Hand hin.

„Nigel Owen, Wahlkampfmanager.“ John stellte sich ebenfalls vor und Owen setzte sich auf den freien Stuhl neben ihm.

„Nigel leistet hervorragende Arbeit, John. Er hat Richards Kampagne von A bis Z durchgeplant.“, schwärmte Marcia.

„Er hat alles im Griff, es läuft wirklich generalstabsmäßig ab.“, lobte auch George. „Er hat es sogar geschafft, Richards Namen aus der Berichterstattung über … diese Sache herauszuhalten.“

Nigel Owen legte verschwörerisch den Finger an die Lippen.

„Psst. Das ist natürlich nicht die Art von Publicity, die wir uns wünschen. Aber ich habe wirklich nicht viel getan, nur ein paar meiner Verbindungen spielen lassen. Wir wollen ja den Wähler nicht mit solch dubiosen Geschichten verwirren. Unser Land braucht Männer wie Richard und ich werde alles in meiner Macht stehende dafür tun, damit er bei der Wahl einen Sitz im Unterhaus erringen wird.“

Richards Eltern strahlten den Wahlkampfmanager dankbar an.

Punkt acht betrat Richard das Podium. Wohlwollender Applaus begrüßte ihn. Während der folgenden Stunde verstand er es, sein Publikum mit einer leidenschaftlich vorgetragenen Rede in seinen Bann zu ziehen. Obwohl John viele Überzeugungen des Tory-Kandidaten ablehnte, musste er doch zugeben, dass dieser ein glänzender Redner war.

„Meine lieben Freunde, lassen Sie mich am Ende noch einige sehr persönliche Worte sagen, Worte des Dankes.“

Vom Podium herab richtete Richard den Blick auf seine Eltern. „Mum, Dad, bitte kommt doch einen Moment zu mir herauf.“

Die Campbells sahen einander einen Moment lang unsicher an, dann erhob George sich, rückte seine Krawatte zurecht und bot seiner Frau auf rührend altmodische Weise den Arm. Während die beiden das Podium bestiegen, begann Nigel Owen zu klatschen. John fiel ein und schließlich applaudierte der ganze Saal den Eltern des Kandidaten. Richard umarmte und küsste die beiden und ergriff dann wieder das Wort.

„Liebe Eltern, ich möchte mich ganz herzlich bei euch bedanken. Ihr habt so viel für mich getan und ich stehe tief in eurer Schuld. Ohne euch –“ An dieser Stelle brach Richards Stimme und er räusperte sich. „ – hätte ich es nicht bis hierher geschafft.“ Im Saal war es mucksmäuschenstill. Jeder konnte sehen, dass Marcia und George tief ergriffen waren. George hielt die Hand seiner Frau ganz fest und beiden standen Tränen in den Augen.

„Und so wie ihr euer Leben lang mit Freude und ganz selbstverständlich alles für mich, euren Sohn, getan habt, möchte ich nun –“, er wandte sich wieder dem Saal zu und seine Stimme schwoll zu einem kräftigen Timbre, „ – all meine Kraft in den Dienst unseres wunderbaren Landes und seiner Bürger stellen.“ Er reckte triumphierend die Faust in die Luft und das Publikum brach in Jubel und tosenden Applaus aus.

Während Richard seine Eltern abermals umarmte und dem Saal zuwinkte, beschlich John das Gefühl, Zeuge einer höchst wirkungsvollen Inszenierung geworden zu sein. Ein Seitenblick auf den Wahlkampfmanager verstärkte dies noch: Nigel Owen trug den durch und durch zufriedenen Gesichtsausdruck einer Katze, die soeben eine Schale fetter Sahne verzehrt hatte.

Als Richard schließlich Arm in Arm mit seinen Eltern vom Podium herabstieg, wurde er augenblicklich von einer begeisterten Schar Anhänger umringt.

„Na, das wäre geschafft. Gehen Sie mit mir eine rauchen?“ Nigel Owen stand auf und sah John auffordernd an.

„Ich rauche zwar nicht, aber ich begleite Sie gern nach draußen. Ein wenig frische Luft tut jetzt sicher gut.“ Im Hinterhof des *Goose and Pickle* zündete Owen sich eine Zigarette an und nahm einen tiefen Zug.

„Wie hat Ihnen die Rede gefallen?“

John zog seine Jacke enger um sich.

„Richard hat einen sehr guten Auftritt hingelegt, denke ich. Die Idee, seine Eltern auf die Bühne zu holen, stammt sicher von Ihnen?“

Owen lächelte ein wenig herablassend.

„So etwas kommt beim Wähler erfahrungsgemäß gut an. Glauben Sie mir, während der kommenden Monate werde ich alle Hebel in Bewegung setzen, damit Richard bei der Wahl einen Sieg gegen den Labour-Kandidaten in seinem Wahlbezirk einfahren wird. Und wenn ich Tag und Nacht dafür arbeiten muss. Ich werde nicht zulassen, dass irgendwelche dummen Geschichten oder Gerüchte seine Chancen schmälern werden."

John sah den anderen Mann prüfend an. „Sie sprechen von dem Mord. Sie waren an dem Abend zusammen mit Richard in unserem Club, nicht wahr?"

Owen trat seine Zigarette aus und zündete sich sofort eine neue an. „Ja. Wir hatten die Kreisvorsitzenden eingeladen. Ich hielt es für eine gute Idee, sie mit Richards Verbindung zu einem so ehrwürdigen Amt wie dem des Ravenmasters im Tower von London zu beeindrucken. Das hat nach meiner Einschätzung auch gut funktioniert. Richards Vater hat sie eine Weile mit Anekdoten über seine Arbeit unterhalten, dann hat er die Herrschaften zur Schlüsselzeremonie begleitet. Richard und ich blieben in der Zwischenzeit zusammen in der Bar, da wir einige wichtige Telefonate erledigen mussten. Unsere Gäste waren so begeistert von Mr. Campbells Geschichten, dass sie nach ihrer Rückkehr nach weiteren verlangt haben. Gott sei Dank hatte er sich von seinen ... Turbulenzen ...nach kurzer Zeit erholt und konnte noch ein paar Stories zum besten geben."

Verständnislos sah John ihn an. „Turbulenzen?"

„Naja, sie wissen schon, was ich meine. Er hätte etwas Schlechtes gegessen, sagte er. Kaum, dass er die Gruppe von der Zeremonie wieder zurückgebracht hatte, musste er erstmal zur Toilette verschwinden. Er sah auch wirklich blass aus. Nachdem er wieder da war, war er zwar immer noch bleich, aber ansonsten ging es ihm wohl wieder besser."

John bemühte sich, seine Erregung zu verbergen. Vom Gastraum des Clubs aus war wegen einer hölzernen Schwingtür nicht zu erkennen, ob jemand tatsächlich zur Toilette ging oder durch den Ausgang den Club verließ. Konnte es am Ende doch George gewesen sein, den er in der Dunkelheit durch die Water Lane hatte hasten gesehen?

Kapitel 9

Es war noch stockdunkel, als das Telefon John nach einer unruhigen Nacht aus dem Schlaf riss. Für einen Augenblick orientierungslos schoss er hoch und tastete nach dem Lichtschalter. Halb sechs Uhr morgens! Ein Anruf um diese Stunde konnte nichts Gutes bedeuten. Mit wenigen Schritten war er im Flur und hob mit klopfendem Herzen den Hörer ab.

„Guten Morgen, Mackenzie! Ich habe Sie hoffentlich nicht aufgeweckt? Ich brauche Ihre Hilfe in einer delikaten Sache.“ Als John die muntere Stimme seines Kommandanten vernahm, wurden ihm vor Erleichterung fast die Knie weich.

„Chief? Ich dachte, Sie wären auf einer Konferenz?“

„Bin ich auch. Aber gerade kam ein Anruf vom Außenministerium. Die Eltern unserer Toten treffen heute Vormittag auf dem Flughafen Heathrow ein. Sie haben den ausdrücklichen Wunsch geäußert, den Ort des Geschehens sehen zu dürfen. Damit sie nicht von Reportern belästigt werden, werden sie mit einem zivilen Geleitschutz wie normale Touristen in den Tower kommen. Ich möchte, dass Sie Mr. und Mrs. Feldmann in Empfang nehmen und herumführen. Mir wurde gesagt, dass die Herrschaften kaum Englisch sprechen, daher werden sie sich bei jemandem, der sich mit ihnen auf Deutsch unterhalten kann, am besten aufgehoben fühlen. Also, kann ich auf Sie zählen?“

„Selbstverständlich, Sir.“

„Gut. Halten Sie sich ab neun Uhr im Byward Tower bereit. Für heute sind Sie vom normalen Dienst befreit. Und sobald ich wieder da bin, melden Sie sich bei mir zum Rapport.“

Nachdem John aufgelegt hatte, ließ er sich in einen Küchenstuhl sinken und fuhr sich durch den vom Schlaf zerzausten Haarschopf. Er beschloss, dass es keinen Sinn mehr hatte, ins Bett zu gehen, also nutzte er die Zeit und widmete sich einmal wieder eingehend seinen Pflanzen. Zufrieden bemerkte er, dass auch der Mangokern, den er vor Wochen in die Erde gesteckt hatte, einen zarten Trieb gebildet hatte. Nachdem alle Topfpflanzen versorgt waren, kramte er den Berg an Weihnachtssachen heraus, die er bei Edwina erworben hatte. Als er sein Werk vollendet hatte, prangte die Wohnung in Rot-, Grün- und Goldtönen und John brummte fröhlich, *„Oh come, all ye faithful“*, sein Lieblingsweihnachtslied, vor sich hin. Als letztes hängte er den prächtig geschmückten Kranz an die Eingangstür seiner Wohnung. Er nahm sich vor, noch Tannenzweige zu besorgen, deren harzigen Duft er liebte.

Beschwingt setzte er sich mit einer Tasse Tee an den Tisch und begann zu überlegen, welche Geschenke er besorgen wollte.

Sein Neffe Tommy würde sich über neue Turnschuhe freuen, hatte Maggie ihm verraten. Tommys ältere Schwester Maureen würde gleich zu Jahresbeginn für einige Monate nach Südafrika gehen, um dort in einem sozialen Projekt mitzuarbeiten und konnte ein gutes Moskitonetz gebrauchen. Für seinen Vater hatte er einen neuen Bildband über die Ausgrabungen argentinischer Dinosaurier im Auge. Maggies jüngste Tochter Bella war glücklich über alle Dinge, die irgendetwas mit Pferden zu tun hatten. Fast hätte John über derlei angenehmen Gedankengängen die Zeit vergessen. Kurz vor neun Uhr schreckte er hoch, griff nach seinen Wohnungsschlüsseln und machte sich zum Towereingang auf. Auf die Beefeater-Uniform hatte er verzichtet. Er wusste, dass er sonst beständig von Besuchern angesprochen werden würde und sich dem deutschen Ehepaar nicht in Ruhe widmen könnte.

Bereits kurz nach neun wurden die Eltern von Julia Feldmann hereingeleitet. Es könnten auch ihre Großeltern sein, ging es John durch den Kopf, während er mit ausgestreckten Armen auf das ältere Ehepaar zuging. Sie sehen aus, als hätten sie ihr Leben lang hart gearbeitet.

Er schüttelte beiden die Hand. Raue, kräftige Hände. Nachdem er sich vorgestellt hatte, drückte er den beiden sein aufrichtiges Beileid aus. Die Frau wandte ihm ihr zerfurchtes Gesicht mit den verweinten Augen zu. „Haben Sie vielen Dank."

„Darf ich Ihnen erst einmal eine kleine Stärkung in unserer Cafeteria anbieten? Oder möchten Sie den Ort sehen, an dem Ihre Tochter … gefunden wurde?" Nach einem stummen Blickwechsel mit seiner Frau bat Mr. Feldmann ihn darum, sie sogleich zum Verrätertor zu führen.

Sie traten hinaus in die Water Lane. An diesem verhangenen Dezembermorgen hatten bisher nur wenige Touristen den Weg in den Tower gefunden, wofür John dankbar war.

Schweigend standen sie vor dem Verrätertor. Genauso wie an dem Abend, als Julia Feldmann gestorben war, herrschte Niedrigwasser.

Minutenlang starrten die Feldmanns eng aneinander geklammert hinunter auf die Stelle am Fuß der kleinen Steintreppe, wo Julia gefunden worden war. Dann brach es aus Julias Mutter hervor.

„Mein Mädchen! Oh Gott, Julia, Julia…“, schluchzte sie.

John überlegte fieberhaft, ob er die beiden lieber wegbringen sollte, als ihm die Entscheidung abgenommen wurde. Ein junger Mann, den Fotoapparat im Anschlag, eilte aus Richtung des Eingangs auf sie zu.

„Sind Sie nicht die Eltern der Ermordeten? Matt Burke von der *Sun*. Wie fühlen Sie sich, wenn Sie hier stehen, wo Ihre Tochter ermordet wurde? Bitte einen kurzen Kommentar für unsere Leser.“ Nun richtete er die Kamera auf die Feldmanns.

Obwohl die beiden wohl nicht verstanden hatten, was der Reporter gesagt hatte, stand ihnen blankes Entsetzen ins Gesicht geschrieben. John, der soeben noch wie gelähmt gewesen war, überraschte sich selbst, indem er den Reporter wegstieß und gleichzeitig nach dessen Kamera griff. Dann brüllte er nach seinen Kollegen. Binnen kürzester Zeit fand sich der Zeitungsreporter, wüste Verwünschungen ausstoßend von mehreren Beefeatern zum Tor hinausbugsiert.

Als die Flüche des Mannes verklangen, wandte John sich an das Ehepaar. „Ich kann Ihnen gar nicht sagen, wie leid mir dieser Vorfall tut. Wir bemühen uns, alle Hereinkommenden streng zu kontrollieren, aber dieser … Mensch … hat es leider doch hereingeschafft.“ Mr. Feldmann nickte nur, während seine Frau ihr Gesicht an seiner Brust versteckt hatte. Ihre Schultern bebten. Sanft legte John seine Hand auf den Arm des Mannes.

„Bitte, Herr Feldmann, ich denke es wäre besser, wenn wir Ihre Frau an einen ruhigen Ort bringen. Meine Wohnung ist gleich auf der anderen Seite des Innenhofes, dort mache ich Ihnen gerne einen Tee, wenn Sie möchten.“ Nach kurzem Zögern nickte Julias Vater wiederum und sie führten Mrs. Feldmann, die nun völlig willenlos erschien, vorbei am Tower Green und zu Johns frisch geschmückter Wohnungstür.

John platzierte seine Gäste am Küchentisch und beschäftigte sich damit, den Tee zu bereiten. Mr. Feldmann redete leise auf seine Frau ein. Schließlich ebbte ihr Schluchzen ab und sie fasste sich wieder. Als John Tee und einen Teller von Edwinas Keksen servierte, nahm sie die dampfende Tasse dankbar entgegen.

„Sie sind wirklich sehr freundlich. Ich kann es immer noch nicht fassen, dass jemand unser braves Mädchen umgebracht hat.“ Wieder wurde sie von ihren Gefühlen überwältigt, während ihr Mann ihr unbeholfen über den Rücken strich. Dann jedoch kramte sie ein Taschentuch hervor und schnäuzte sich kräftig.

„Wissen Sie, an Weihnachten wollte Julia endlich wieder einmal heimkommen. Wir hatten sie seit dem Sommer nicht gesehen. Hans, weißt du noch? Wir hatten gerade den Weizen abgeerntet, als sie heimkam.“

„Sie betreiben eine Landwirtschaft?“

„22 Hektar. Getreide und Zuckerrüben. Dazu noch Wald und eine kleine Rinderzucht.“ Aus der Stimme des Mannes klang Stolz.

„Unser ältester Sohn wird den Hof übernehmen. Er arbeitet jetzt schon fleißig mit.“

„Die mittlere Tochter hat einen Bauern aus dem Nachbardorf geheiratet, auf seinem Hof ist sie für den Stall verantwortlich. Das hat sie von mir gelernt.“ Auch seine Frau hörte sich nun lebhafter an.

„Es ist schön, dass die Kinder die Familientradition fortführen.“, meinte John freundlich und nahm sich ein Stück Zucker. Da verdüsterte sich das Gesicht von Mrs. Feldmann wieder.

„Nur unsere Julia, die hat gar nichts von der Landwirtschaft wissen wollen. Immer nur Bücher, Bücher, Bücher. Aber sie war ein sehr gescheites Mädel und ist als Erste in der Familie zur Universität gegangen.“ Sie schluckte. „Wäre sie nur daheim geblieben, dann wäre sie jetzt noch am Leben…“ John wartete, bis ihre neuerlichen Tränen versiegt waren.

„Sie hat Wirtschaft studiert, habe ich gehört.“

„Mhm. In gut einem Jahr hätte sie ihr Studium abgeschlossen. Sie hatte ihre Zwischenprüfungen so gut bestanden, dass sie ein Stipendium bekommen hat, um für ein Jahr ins Ausland zu gehen. Ansonsten hätten wir uns das gar nicht leisten können. Die ersten Monate hier hat sie uns regelmäßig geschrieben, aber in den letzten Wochen haben wir kaum noch etwas von ihr gehört. Wenn sie doch einmal angerufen hat, hat sie sich oft müde angehört. Es wäre so viel zu tun, sagte sie, dass sie kaum zum Schlafen käme. Aber sie hatte sich ganz fest vorgenommen, den best möglichen Abschluss zu machen und sie war bereit, hart dafür zu arbeiten.“ Stumm bekräftigte Mr. Feldmann die Worte seiner Frau mit einem heftigen Nicken und schnobte dann kräftig in ein Taschentuch. In der folgenden Stille klang das Klingeln des Telefons überlaut. John entschuldigte sich für einen Moment und hob ab.

„Mackenzie? Jemand von Scotland Yard will dich sprechen, bleib einen Moment dran." Frank Abbott, der heute am Eingang im Byward Tower Dienst tat, reichte den Hörer weiter.

„Hier Constable Hewitt, Sir. Superintendent Whittington lässt anfragen, wann Mr. und Mrs. Feldmann bereit sind für die Vernehmung im Yard. Wir haben eine Limousine hier, um sie hinzubringen." Als John die Frage an das Ehepaar weitergab, kehrte der verschreckte Ausdruck in das Gesicht von Mrs. Feldmann zurück.

„Oh, die Polizei, natürlich. Oh je. Wir hatten noch nie in unserem Leben etwas mit der Polizei zu tun."

„Aber Maria, die Herren wollen uns nur ein paar Fragen zu Julia stellen, das haben sie uns doch heute Morgen am Flughafen schon erklärt." Julias Vater wandte sich an John. „Richten Sie bitte aus, wir sind gleich da." Seine Frau griff sichtlich nervös nach ihrer Handtasche und erhob sich unbeholfen. Dann sah sie John plötzlich mit einem hoffnungsvollen Ausdruck im Gesicht an.

„Herr... Mackenzie, könnten Sie uns vielleicht begleiten? Sie könnten für uns übersetzen."

„Sehr gern, Frau Feldmann, aber die Kriminalpolizei hält mit Sicherheit einen Dolmetscher für Sie bereit. Darüber brauchen Sie sich keine Sorgen zu machen."

„Ich hätte aber lieber Sie dabei. Sie waren so nett zu uns, Ihnen vertraue ich."

Eine halbe Stunde und einige Telefongespräche später saß John zusammen mit dem Ehepaar im Fond eines geräumigen Wagens mit abgedunkelten Scheiben. Ein größeres Aufgebot an Beamten der Metropolitan Police hatte sie im Laufschritt vom Tower bis zum Wagen eskortiert und sie so gut es ging vor den wartenden Presseleuten abgeschirmt.

In der nüchternen Eingangshalle des New Scotland Yard nahm der Superintendent sie persönlich in Empfang. Während er den Feldmanns die Hand schüttelte, hatte John die Gelegenheit, sich an einem widerwärtig aussehenden Pickel am Kinn seines Cousins zu erfreuen, der Whittingtons sonst so gepflegtes Erscheinungsbild beeinträchtigte.

Ich wette, der kommt von diesem grässlichen Schal, in den er sich bei der Schlüsselzeremonie gehüllt hat, fiel es ihm ein.

Whittington, der Johns belustigten Blick bemerkte, hob unwillkürlich die Hand an sein Kinn und wandte sich ihm mit säuerlichem Gesichtsausdruck zu.

„Welch außerordentliche Freude, dich hier zu sehen. Ich respektiere selbstverständlich den Wunsch dieser trauernden Eltern. Du wirst verstehen, dass unser eigener Dolmetscher dennoch bei der Vernehmung anwesend sein wird. Außerdem weise ich dich auf deine Schweigepflicht über alles, was du hier hörst, hin."

John hielt seinem Blick stand, deutete auf den Pickel und erwiderte ungerührt, „Hast du es schon mit Zahnpasta versucht? In unserer fernen Jugendzeit hat das Wunder bewirkt gegen diese Dinger."

Bei der folgenden Vernehmung erlebte John seinen Cousin zu seinem großen Erstaunen von einer völlig neuen Seite: Ernsthaft und ohne eine Spur seiner sonst üblichen Arroganz führte er die Befragung von Julias Eltern durch, zudem erwies er sich als guter Zuhörer. Wie ein Kaleidoskop entstand allmählich ein Bild der Persönlichkeit, die Julia Feldmann gewesen war.

Das ruhige und lernbegierige Mädchen, das am liebsten die Nase in ihre Bücher steckte, schien von Anfang an kaum in ihr ländlich geprägtes Umfeld gepasst zu haben. Ermutigt von einer verständnisvollen Lehrerin, hatte sie sich gegen ihre Eltern durchgesetzt und hatte nach der Grundschule täglich den weiten Weg mit dem Bus in die nächste Kreisstadt auf sich genommen, um auf das Gymnasium gehen zu können. Nach einem glänzenden Abschluss war sie auf die Universität gegangen, obwohl ihr Vater anfangs strikt dagegen gewesen war.

Mit den Jahren hatte er jedoch erkannt, dass dieser Weg für seine jüngste Tochter der Richtige war und er war stolz auf ihre Leistungen. Dass sie das Stipendium einer renommierten Studienstiftung erhalten hatte, war der Heimatzeitung ihres Ortes sogar eine Meldung wert gewesen, schilderte er bewegt.

„Und dabei hat sie zusätzlich zum Studium sogar noch gearbeitet, um uns nicht auf der Tasche zu liegen. Sie hat geputzt, gekellnert, alles. Für nichts war sie sich zu schade.", ergänzte seine Frau.

„Hmm. Wirklich ein sehr zielstrebiges und fleißiges Mädchen. Hatte sie denn bei alledem je Zeit für Freundinnen oder Freunde?“

Diese Frage des Superintendenten hatte auch John sich insgeheim schon gestellt. Julias Eltern sahen sich eine Weile stumm an. Schließlich antwortete Mrs. Feldmann.

„Wissen Sie, das hat uns auch schon lange Sorgen gemacht. Julia hatte schon in der Schule kaum Freundinnen, weil die anderen Mädchen meistens andere Interessen hatten. Als sie angefangen hat, zu studieren, hat sie zuerst in einer Wohngemeinschaft gelebt, weil das preisgünstig war. Aber nach kurzer Zeit ist sie dort ausgezogen und hat sich ein kleines Apartment in einem Wohnheim gemietet. Die anderen würden sie mit ihren dauernden Partys vom Schlafen und Lernen abhalten, hat sie uns gesagt. An ihren Arbeitsstellen und bei den Praktika, die sie für das Studium gemacht hat, ist sie mit allen gut ausgekommen. Aber sie hat nie davon erzählt, dass sie sich auch in der Freizeit mit den Kollegen getroffen hätte.“

„Bis auf das eine Mal, Maria, kannst du dich erinnern? Als sie bei dieser Autofirma war.“

„Du hast Recht, Hans, da hat sie sich wohl ein paar Mal mit einem Kollegen getroffen.“

John konnte das Glitzern in den Augen des Superintendenten sehen.

„Bei welcher Firma war das?“

Herr Feldmann nannte den Namen eines bekannten deutschen Autoherstellers.

„Sie war dort direkt in der Konzernzentrale.“

Whittington wühlte sichtlich erregt in seinen Unterlagen und zog dann ein Foto heraus.

„Hat Ihre Tochter je den Namen Markus von Düntzen erwähnt?“

Verwirrt schüttelten beide Feldmanns den Kopf.

„Nein. Sie dürfen mir glauben, wenn Julia den Namen eines Mannes erwähnt hat, dann habe ich mir das gemerkt.“, sagte Frau Feldmann ein wenig verlegen. Whittington sah enttäuscht aus. Nun zeigte er den beiden das Foto, das er in der Hand gehalten hatte.

„Das ist der Mann – haben Sie ihn oder ein Bild von ihm je bei Julia gesehen?“

„Nein, tut mir leid. Wer ist das?“ Bevor der Superintendent Mrs. Feldmanns Frage beantworten konnte, war John mit einem Mal klar, wer dieser Mann war: Mr. Wichtig! Nun fiel ihm auch wieder ein, dass dieser ihm erzählt hatte, er wäre CFO bei just jenem Autobauer, bei dem Julia Feldmann ein Praktikum absolviert hatte. Bevor John diesen Gedanken weiter verfolgen konnte, ließ Whittington die nächste Bombe platzen.

„Wir haben im Rucksack Ihrer Tochter Spuren von MDMA – also Ecstasy – gefunden. Hat sie Ihres Wissens je Drogen konsumiert?“

John zog scharf die Luft ein. Nach einem vernichtenden Blick seines Cousins beeilte er sich, zu übersetzen. Die Feldmanns sahen ihn an, als wäre er von einem anderen Stern. Dann erhob sich Mr. Feldmann unvermittelt.

„Ich weiß zwar nicht, was das ist, das Sie da gefunden haben wollen. Aber meine Tochter hat mit Sicherheit nie Drogen oder sonst ein Teufelszeug genommen. Und wir werden uns auch nicht länger anhören, wie Sie ihr so etwas unterstellen. Maria, wir gehen.“ Damit zog er seine Frau von ihrem Stuhl hoch.

Whittington schaute einen Augenblick verdutzt, dann nickte er dem Sergeant zu, der Protokoll geführt hatte. „Murdoch, lassen Sie die Limousine bereit stellen und bringen Sie diese Herrschaften zum Flughafen.“ Mit einem versöhnlichen Ausdruck wandte er sich an das Ehepaar, das unschlüssig im Raum stand.

„Wenn ich Sie schockiert haben sollte, bitte ich um Entschuldigung. Sie werden verstehen, dass ich allen Hinweisen nachgehen muss, wenn ich den Mord an Ihrer Tochter so schnell wie möglich aufklären soll. Wir werden Ihnen Bescheid geben, wenn wir noch Fragen haben. Einstweilen wünsche ich Ihnen eine gute Heimreise.“ Er signalisierte John, das Ehepaar hinaus zu bringen.

John bemühte sich nach Kräften, die aufgebrachten Eltern ein wenig zu beruhigen. Beide bedankten sich höflich noch einmal für seine Hilfe und stiegen in den Wagen. John sah ihnen lange nach, auch als die Limousine aus seinem Blickfeld verschwunden war.

„Obwohl wir alles tun, was in unserer Macht steht, bleibt doch angesichts einer solchen Tragödie immer das Gefühl von …. Unzulänglichkeit, nicht wahr?“

John konnte nicht glauben, dass Simon Whittington diese Worte ausgesprochen hatte. Langsam drehte er sich um. Sein Cousin stand, eine Zigarette in der Hand, an einen Pfeiler gelehnt.

„Ja", erwiderte er schließlich schlicht. Simon hatte ihm aus der Seele gesprochen. „Nichts, was wir tun, wird diesen Eltern ihre Tochter zurückbringen können."

„Das Mindeste, was wir tun können, ist ihren Mörder zu finden. Und das werde ich." Damit drückte Simon entschlossen seine Zigarette aus und wandte sich um. „Komm noch einen Augenblick herein, John." Sie gingen nicht zurück in das Vernehmungszimmer, sondern in das Büro des Superintendenten.

Dieses entlockte John ein Schmunzeln: Hinter dem Schreibtisch hatte Simon nicht nur eine ganze Reihe Pokale aufgereiht – im Tennis und Golf war er immer schon ein Ass gewesen – sondern auch unzählige, liebevoll gerahmte Fotos aufgestellt. Bis auf eines, auf dem seine Frau Patricia an der Reling eines Schiffes zu sehen war, stand auf jedem Bild eine Person im Mittelpunkt: Simon Whittington. Simon mit dem Bürgermeister, Simon mit diversen weniger bekannten Angehörigen des Königshauses, immer wieder Simon auf Siegerpodesten von Sportwettkämpfen, Simon mit – John riss die Augen auf: Elton John! Sein Cousin hatte ihn mit einem überlegenen Lächeln beobachtet.

„Das ist auf einer Wohltätigkeitsveranstaltung für die Aids-Hilfe entstanden. Patricia hatte eine große Tombola dafür organisiert."

Beide setzten sich. Angesichts der chronisch klammen Finanzen der Metropolitan Police musste Simon wohl selbst für die stilvolle Einrichtung seines Büros mit den dunklen Holzmöbeln und den breiten Ledersesseln gesorgt haben, dachte John bei sich, als er den Blick durch das Zimmer schweifen ließ.

„Patricias Innenarchitekt hat den Raum hier eingerichtet.", beantwortete Whittington Johns unausgesprochene Frage. Dann wurde er wieder geschäftsmäßig.

„Schildere mir bitte den Besuch der Feldmanns im Tower von Anfang bis Ende. Jede Information kann wichtig sein."

John überlegte ein wenig und bemühte sich dann, seine Gespräche mit dem Ehepaar möglichst vollständig wiederzugeben.

„Ihre Mutter sagte noch, dass Julia in den letzten Wochen seltener mit ihnen Kontakt aufgenommen hätte und dass sie dann oft übermüdet geklungen hätte.", schloss er. Nachdenklich spielte Whittington mit seinem edlen Füller.

„Auch wenn ihre Eltern das nicht glauben können: Vielleicht hat das Mädchen ja doch auf chemische Substanzen wie MDMA zurückgegriffen, um ihre Leistungsfähigkeit zu erhöhen.“ John nickte zustimmend.

„Das ist durchaus vorstellbar. Beim Militär werden teilweise immer noch „Müdigkeitskontrollpillen“ eingesetzt, zum Teil mit fatalen Folgen. Amphetamine, Ecstasy, Speed... in einer Kaserne findest du alles, ob legal oder illegal. Oft sind es gerade die besonders leistungsorientierten und ehrgeizigen Soldaten, die der Verführung, tagelang fit zu bleiben, erliegen. Auch wenn sie zuvor keine Drogenkonsumenten gewesen sind.“

Simon sah ihn mit zusammengezogenen Brauen an.

„Hm. Das Labor hat keine aktuellen Hinweise auf einen Konsum gefunden. Aber das heißt ja nur, dass sie während der letzten paar Tage nichts zu sich genommen hat. Wir warten jetzt noch auf das Ergebnis der Haaranalyse, um einen womöglich länger zurückliegenden Konsum zu überprüfen. Allerdings wird dies noch einige Tage dauern.“ Er klappte die Akte zu.

„Was ist mit diesem Deutschen? Denkst du, er hat etwas damit zu tun?“, bemühte sich John hastig, noch ein paar Informationen zu ergattern, bevor ihn sein Cousin hinauskomplimentierte. Simons Gesicht erhellte sich.

„Das könnte eine viel versprechende Spur sein. Da die Eltern bestätigt haben, dass Miss Feldmann ihr Praktikum in der Konzernzentrale absolviert hat, in der auch von Düntzen beschäftigt ist, werde ich nun die deutsche Polizei um Amtshilfe bitten. Wenn ich Belege bekomme, dass die beiden sich kannten, kann ich ihn zum Verhör einfliegen lassen.“ In seinen Augen glitzerte es triumphierend.

„Wenn ich ihm nun noch nachweisen kann, dass er früher schon im Tower war und die örtlichen Gegebenheiten kannte, dann ist er dran.“

„War er aber nicht, genauso wenig wie die anderen, die am Mordabend bei der Schlüsselzeremonie waren. Wir haben das für alle Besucher geprüft. Mein Kollege Michael Conners hat die Aufzeichnungen der letzten fünfzehn Jahre durchgesehen, seit wir die Namen im Computer erfassen.“ Misstrauen keimte in Whittingtons Blick auf.

„Soso, da stellt ihr wohl eure eigenen Nachforschungen an, was? Wir werden das noch einmal überprüfen müssen.“ John zuckte mit den Schultern und lächelte unverbindlich.

„Ich wollte dir lediglich mit einer Information behilflich sein.“ Nun war Simon endgültig auf der Hut.

„Amateure, die meinen, sich in die Polizeiarbeit einmischen zu müssen, sind mir ein Gräuel. Ich habe die Sache im Griff und werde sie auch zu Ende bringen. Sollte ich Wind davon bekommen, dass du und deine Beefeater-Kollegen sich in meine Ermittlungen einmischen, werde ich rücksichtslos gegen euch vorgehen. Verlass dich drauf.“ Damit stand er auf. John erhob sich ebenfalls.

„Schade, dass der alte Simon nun wieder da ist. Heute hatte ich einige Momente lang doch noch die Hoffnung für dich, dass du dich zu einem menschlichen Wesen entwickeln könntest. Jemand, mit dem man sich wirklich auf einer Ebene austauschen könnte. Aber da bin ich wohl einer Illusion erlegen.“

Mit übertriebener Geste salutierte er.

„Sir. Bitte um Erlaubnis, mich zurückziehen zu dürfen, Sir.“

Damit drehte er sich auf dem Absatz um und verließ den Raum. Kaum hatte John das Gebäude verlassen, bedauerte er seinen Ausbruch. Sehr erwachsen, John, wirklich sehr erwachsen. Nun hatte er die Chance vertan, weitere Informationen über den Fall von seinem Cousin zu erhalten. Nachdem er heute durchaus geneigt gewesen war, John an den Ermittlungen teilhaben zu lassen, würde Simon sich von nun an mit Sicherheit wieder bedeckt halten. Verärgert über sich selbst stieg John in die U-Bahn und fuhr zurück zum Tower.

Kapitel 10

Am nächsten Morgen prasselte Regen gegen die Fensterscheiben. Mit Schrecken fiel John ein, dass er heute Vormittag für die Betreuung einer fünften Klasse der *Richmond Grammar School*, einer renommierten Mädchenschule in einem westlichen Vorort Londons, zuständig war.

„Im Rahmen des Geschichtsunterrichts sollen die Schülerinnen umfassende Kenntnisse über den Tower of London als nationales britisches Wahrzeichen erlangen.“, hatte ihm die Direktorin Ms. Grover bei einem Telefonat vor einigen Wochen mitgeteilt.

„Für den Aufenthalt im Tower sind zwei Stunden vorgesehen. In dieser Zeit erwarte ich einen kindgerechten Abriss über die Kulturgeschichte des Towers und die politische Rolle, die er in der Entwicklung unserer Nation gespielt hat.“

Die abschließende Bemerkung, sie werde die Mädchen persönlich auf dieser Exkursion begleiten, hatte in Johns Ohren ein wenig bedrohlich geklungen.

Eigentlich hatte John die letzten Tage dafür nutzen wollen, diese Spezialführung vorzubereiten, dieses Vorhaben angesichts der Ereignisse aber vollkommen vergessen.

So war ihm etwas bang zumute, als er Punkt zehn Uhr rund zwei Dutzend in graue Schuluniformen und dicke Winterjacken gekleidete Mädchen am Byward Tower in Empfang nahm. Die rothaarige, jugendlich wirkende Frau, die sie begleitete, passte in keiner Weise zu dem Bild, das er sich von Ms. Grover gemacht hatte. Als die Frau sich ihm als Ms. Murray, die Geschichtslehrerin der Unterstufe, vorstellte, schüttelte er ihr erleichtert die Hand.

„Willkommen im Tower. Mein Name ist John Mackenzie. Ihre Direktorin hatte nun doch keine Zeit, die Klasse zu begleiten?“

„Sie bedauert dies sehr. Sie legt üblicherweise großen Wert darauf, die Kinder zu diesem jährlichen Ausflug in die City zu begleiten. Nur leider hatte sie am Wochenende einen Sturz und hat sich den Fuß verstaucht – “

„Äh, Verzeihung, Ms. Murray?“ Verlegen stand ein rotbackiges Mädchen mit beschlagener Brille vor ihnen.

„Ja, Tiffany?“

„Ich muss aufs Klo."

Wie im Chor erklang aus der Masse der Schülerinnen, „Ich auch".

„Dann bringe ich euch jetzt erstmal zu den Toiletten und dann legen wir los.", wandte John sich an die Mädchen. Durch den strömenden Regen trabte er mit der Lehrerin die Water Lane hinauf, die Mädchen wild durcheinander schwatzend im Schlepptau.

„Iih, meine Haare werden ja ganz nass!"

„Wow, Mädels, das ist das Verrätertor, hier muss die Leiche gelegen haben"

„Meine Schuhe sind schon ganz durchgeweicht"

„Gut, dass wir die alte Schabracke heute nicht dabei haben"

„Wie findest du den? Er erinnert mich an den Typen mit dem Rentierpulli aus *Bridget Jones*. Ganz süß irgendwie."

Vielstimmiges Kichern. John, dem plötzlich bewusst wurde, dass die Mädchen von ihm sprachen, spürte seine Ohren heiß werden. Ms. Murray, die wie alle Lehrer gelernt hatte, ihre Augen und Ohren überall zu haben, lächelte John im Laufen entschuldigend zu, was die Sache für diesen noch peinlicher machte.

Endlich hatten sie die große Toilettenanlage hinter dem Club der Beefeater erreicht und die Schülerinnen stürzten hinein. Ms. Murray blieb mit John im Vorraum und setzte sich auf ein Fensterbrett.

„Das dauert jetzt.", meinte sie leise seufzend und lockerte ihren Schal. John, dem unter seinem dicken Umhang mit dem königlichen Emblem heiß wurde, zog ihn von den Schultern und nahm die nasse Mütze ab.

„Wie alt sind die Mädchen? Elf, zwölf?"

„Ja. In dem Alter sind sie so wahnsinnig unterschiedlich in Ihrer Entwicklung. Manche spielen noch mit ihren Puppen und sind sehr kindlich, andere benehmen sich schon wie richtige Teenager und haben auch dementsprechende Interessen. Dazu kommt noch, dass unsere Schülerinnen aus sehr unterschiedlichen Elternhäusern kommen. Viele stammen aus Familien, die sich das teure Schulgeld leisten können. Andere, aus einkommensschwächeren Schichten, haben den Weg an unsere Schule durch ein Stipendium für sehr gute schulische Leistungen geschafft, so wie die kleine Tiffany. In unseren Eingangsklassen ist es oft Schwerstarbeit, aus so einem bunten Haufen so etwas wie eine Klassengemeinschaft zu formen."

John nickte und sah dann auf die Uhr.

„Wenn ich Ms. Grover richtig verstanden habe, werden Sie um zwölf Uhr wieder abgeholt? Für einen kompletten historischen und kulturgeschichtlichen Überblick bleibt uns da nicht viel Zeit…“

Zu seinem Erstaunen lachte die Lehrerin vergnügt.

„Ach, Mr. Mackenzie, machen Sie sich da mal keine Gedanken. Ms. Grover hat sich als Schulleiterin auf die Fahnen geschrieben, stets höchsten Bildungsansprüchen gerecht zu werden. Dieses Ziel verfolgen wir an der *Richmond Grammar School* natürlich mit Ausdauer und Begeisterung.“

Sie lächelte verschwörerisch. „Trotzdem muss ich im Hinterkopf behalten, dass wir nach dem Tower heute noch Führungen durch die Houses of Parliament und Westminster Abbey haben werden. Die Menge an Daten und Fakten, die die Kinder an einem Tag aufnehmen können, ist nun einmal begrenzt. Außerdem schwirrt in ihren Köpfen natürlich auch diese Mordgeschichte herum, die ja alle Schlagzeilen bestimmt.“

„Ich hatte schon erwartet, dass die Kinder dazu Fragen stellen werden.“

„Ms. Grover hat der Klasse nachdrücklich klar gemacht, dass Sensationslust völlig unangebracht ist. Ich hoffe, dass die Mädchen dies beherzigen. Sollten sie doch etwas darüber wissen wollen, sagen Sie am besten, es wäre Ihnen nicht erlaubt, darüber zu reden.“

John nickte erleichtert und Ms. Murray fuhr fort. „Ich denke, wenn Sie die Mädchen heute für einige Facetten des Lebens im Tower interessieren können, haben wir viel erreicht. – Angela, Deirdre! Kommt mal hier herüber, bitte.“

Gerade waren zwei der Mädchen in den Vorraum getreten. Etwas widerwillig näherten sich die beiden.

„Ihr habt euch geschminkt. Das verstößt gegen unsere Schulregeln, wie ihr genau wisst. Also ab in den Waschraum und weg mit dem Zeug.“ Trotz des bestimmten Tons ihrer Lehrerin wagten die Mädchen es, zu protestieren.

„Aber Ms. Murray, heute ist doch kein Unterricht und der alte Drachen bekommt es auch gar nicht mit….“

„Angela, Schluss damit. Erstens ist der Tag heute sehr wohl zum Lernen da und zweitens sprichst du nicht in diesem Ton über unsere Direktorin. Ich will jetzt kein Wort mehr hören.“

Angelas Augen funkelten wütend, doch sie drehte sich schließlich um und steuerte mit ihrer Freundin wieder auf den Waschraum zu.

„Mann, die wird auch immer zickiger seit ihrer Scheidung."

„Dabei würde es in ihrem Alter auch nicht schaden, wenn sie sich mal etwas zurechtmachen würde."

Die giftigen Bemerkungen der Schülerinnen waren unüberhörbar. Nun war es an Ms. Murray, verlegen zu erröten.

„Also wirklich, ich muss mich für das Benehmen der Mädchen entschuldigen..."

„Ach was. Wir selbst sind in dem Alter wahrscheinlich auch eine Zumutung für alle anderen gewesen. Ich bewundere wirklich alle Eltern und Lehrer, die damit Tag für Tag zurecht kommen müssen und ihr Bestes tun, den Kindern auf ihrem Weg zum Erwachsensein beizustehen."

Gott, ich klinge wie ein pompöser Saftsack, bemerkte John und er räusperte sich. Doch Ms. Murray lächelte ihm dankbar zu – und sie hatte wirklich ein ganz reizendes Lächeln, wie John bei sich feststellte – und machte sich dann ebenfalls in den Waschraum auf, um den noch fehlenden Mädchen ein wenig Beine zu machen.

Bis alle bereit standen, hatte John den Entschluss gefasst, mit den Mädchen zuerst in den Mittelalterlichen Palast zu gehen. Dieser war nur wenige Schritte entfernt und konnte mit seinen detailgenauen Nachbildungen einen lebendigen Einblick ins höfische Leben des 13. Jahrhunderts geben. Er zeigte ihnen den Empfangsraum Edwards I und sein prächtig ausgestattetes Schlafgemach.

Für Edward, der sich den Beinamen „Hammer der Schotten" durch blutige Schlachten gegen das freiheitsliebende Volk im Norden verdient hatte, hatte John insgeheim wenig übrig. Er stellte sich vor dem königlichen Bett in Positur.

„Obwohl der König während seiner 35-jährigen Regentschaft nur 53 Tage hier im Tower verbrachte, wurde an nichts gespart, um es ihm so bequem wie möglich zu machen. Die edelsten Stoffe und Hölzer wurden für die Einrichtung verwendet. Seine Kerzen wurden aus farbigem Wachs gezogen, was für die damalige Zeit ein ungeheurer Luxus war. Durch den großen offenen Kamin hatte er es schön warm und er verfügte auch noch über etwas ganz Besonderes –" Damit zog John schwungvoll den schweren Vorhang beiseite, der eine Wandnische verdeckte.

„Was ist das?“

Die Mädchen drängten heran, um einen Blick zu erhaschen. In der Nische führte eine gepflasterte Stufe zu einem halbhohen, weiß gekalkten Mäuerchen, das oben von einem dunklen, glänzend polierten Brett abgedeckt war, in dessen Mitte ein rundes Loch prangte. Ausnahmsweise stumm sahen die Schülerinnen ihn erwartungsvoll an.

„Das ist des Königs Privattoilette, mit direktem Abfluss in die Themse, eine sehr moderne Errungenschaft für eine mittelalterliche Festung.“ Den angeekelten Blicken nach zu urteilen, sorgte diese Einrichtung bei den jungen Damen für wenig Begeisterung. John beeilte sich, die Gruppe weiter in Richtung der Räume von Heinrich III zu führen. In einem Durchgang erregte ein Gemälde das Interesse der Mädchen. „Der grüne Affe“ von George Stubbs brachte etwas Farbe in den ansonsten düsteren gemauerten Gang.

„Wieso hängt hier ein Affenbild?“

„Weil der Maler, George Stubbs, es im 18. Jahrhundert hier im Tower nach einem lebenden Modell gemalt hat. Bis dahin hatte man in England so gut wie noch nie einen Affen gesehen.“

„Hier im Tower gab es Affen?“ Nun waren die Mädchen ganz Ohr.
„Es gab Nashörner, Kamele und Bären in unseren Mauern. Soll ich euch ein bisschen von dem königlichen Zoo erzählen?“ Auch wenn einige der Schülerinnen gelangweilt dreinschauten, die Mehrheit nickte begeistert.

„Die Tierhaltung im Tower begann just mit Heinrich III, dem Vater Edwards. Der bekam 1235 von einem anderen König drei Löwen geschenkt. Natürlich wussten die Menschen hier nicht, wie die Tiere zu halten und zu füttern waren, deshalb überlebten die Raubkatzen nicht lange. Ein paar Jahre später wurde Heinrich III ein Eisbär zum Geschenk gemacht und dann sogar ein Elefant. Als der Elefant zu Fuß das letzte Stück seiner langen Reise aus Afrika hier in London zu Fuß zurücklegte, liefen Leute von nah und fern zusammen, so eine große Sensation war das. Immer mehr exotische Tiere fanden hier ihre Heimat, unter anderem ein Grizzlybär, Zebras, Tiger, Strauße, Hyänen, Geier, Schlangen und ein Stachelschwein.

Im 17. Jahrhundert wurde auf dem Gelände der Festung der heute nicht mehr erhaltene Lion Tower gebaut, in dessen Hof die Raubkatzen Auslauf bekamen. Gegen ein Eintrittsgeld konnte jedermann die Tiere besichtigen, so wie heute im Zoo.

Als vor rund 200 Jahren große Zirkusunternehmen begannen, durch das Land zu reisen und ebenfalls exotische Tiere zur Schau zu stellen, wollten immer weniger Leute die Tiere im Tower sehen und so wurden sie 1835 dem neu eröffneten Zoo von London geschenkt. Heute haben wir nur noch eine Tierart, die im Tower lebt. Ihr wisst sicher, was für Tiere ich meine."

„Die Raben", scholl es ihm aus etlichen Kehlen entgegen. John lächelte.

„Genau. Seit Hunderten von Jahren leben Raben im Tower. Laut königlichem Dekret sollen es immer mindestens sechs sein. Nach den schlimmen Jahren des zweiten Weltkrieges war nur ein Rabe, Grip, übrig geblieben, aber es gab seit dem 17. Jahrhundert nie eine Zeit, in der gar kein Rabe hier lebte. Momentan haben wir neun Raben."

„Warum fliegen sie nicht weg?"

„Ihre Flügel werden gestutzt. Das tut ihnen nicht weh und sie können durchaus kurz in der Luft bleiben, aber sie können keine weiteren Strecken zurücklegen. Allerdings ist ein Rabe Anfang der achtziger Jahre durch eine legendäre Flucht berühmt geworden. Angeblich wurde Grog zuletzt bei einem Pub in der Stadt gesehen. Er brauchte wohl mal etwas Abwechslung zum Leben hier in unseren Mauern." Die Mädchen bestürmten ihn noch mit einer Reihe weiterer Fragen und schließlich waren sie sogar bereit, sich in den Regen hinauszuwagen, um Ausschau nach den Vögeln zu halten.

John zeigte ihnen die Voliere am Wakefield Tower und ging dann mit ihnen zum Tower Green. Er wusste, dass Gworran sich dort gerne aufhielt und in einem Vogelbecken planschte. Tatsächlich stapfte der Rabe im Nieselregen herum und kam bereitwillig angehüpft, als John nach ihm rief. Als er seinen Kopf schief legte, als würde er Johns Worten lauschen, zogen einige der Mädchen entzückt ihre Kameras heraus.

„Darf ich ein Foto von Ihnen und dem Raben machen?"

„Mr. Beefeater, gibt es Souvenirs von den Raben im Tower zu kaufen?" John sah ratsuchend zu Ms. Murray hinüber. Die Uhr von St. Peter ad Vincula schlug viertel vor zwölf.

„Also gut, Mädchen. Die letzte Viertelstunde dürft ihr noch für Fotos und Andenkenkäufe verwenden." Ins Triumphgeheul der Klasse hinein erklärte John, dass der größte Souvenirladen des Towers sich in der Water Lane befand.

„Da sind wir vorhin schon vorbei gekommen, ich weiß, wo das ist. Oh bitte, Ms. Murray, dürfen wir schon los?“

„Na gut, lauft, ich komme gleich nach…“ Sie hatte noch nicht ausgeredet, als ein Großteil der Mädchen schon davon stob. Eine Handvoll von ihnen blieb noch einen Moment, um Fotos von John und Gworran zu schießen, bevor sie sich ebenfalls Richtung Souvenirladen trollten. Zurück blieb Tiffany.

„Ach, Ms. Murray, würden Sie ein Foto von mir mit dem Beefeater machen?“

„Natürlich. Möchtest du den White Tower im Hintergrund haben?“ Nachdem die Lehrerin das Foto geschossen hatte, reichte sie dem Mädchen die Kamera zurück.

„Und jetzt noch eins von Ihnen und dem Mann.“

„Du möchtest ein Foto von mir und Mr. Mackenzie? Na, warum nicht.“ Ms. Murray stellte sich neben John und beide lächelten in die Kamera.

„So, jetzt aber los, Tiffany. Wir müssen nach deinen Klassenkameradinnen sehen, die wahrscheinlich schon den ganzen Laden geplündert haben.“ Zu dritt schritten sie über den Innenhof des Towers und durch das Tor im Bloody Tower hinaus in die Water Lane.

„Ich muss den Kaufrausch der jungen Damen bremsen, in ein paar Minuten wartet der Bus auf uns.“ Energisch betrat Ms. Murray das große Geschäft und klatschte in die Hände.

„Kinder, geht jetzt bitte zur Kasse, wir wollen unseren Busfahrer nicht warten lassen.“ In Panik sah Tiffany zu John auf, der vor dem Laden wartete, um die Gruppe hinauszubegleiten.

„Ich wollte doch noch einen Plüschraben kaufen. Könnten Sie mir bitte schnell zeigen, wo ich die finde? Ich bin sowieso schon wieder die Letzte.“ Bei ihrem flehentlichen Blick hätte wohl niemand Nein sagen können. Also geleitete John sie durch das Geschäft direkt zu dem Regal, auf dem Raben in allen Größen ausgestellt waren.

Während Tiffany einen nach dem anderen in die Hand nahm und sich offensichtlich nicht entscheiden konnte, ließ John den Blick über den großen Raum schweifen, in dem Ms. Murray sich bemühte, die verstreuten Schülerinnen in Richtung Ausgang zu bewegen.

Angela, das Gesicht nun wieder frei von Wimperntusche und Lidschatten, steuerte mit einem zuckersüßen Lächeln auf John zu, Deirdre im Schlepptau.

„Sehen Sie mal, ich habe Anhänger für den Weihnachtsbaum gekauft. Einer davon sieht wie ein Beefeater aus."

„Sehr schön", brummte John. Die beiden drückten sich an John und Tiffany vorbei und gingen zur Kasse.

„Tiffany, ich glaube, du musst dich jetzt entscheiden. Die Zeit wird knapp." Endlich griff das Mädchen nach einem mittelgroßen Plüschtier mit leuchtend gelbem Schnabel.

„Der kostet 9.99 Pfund und ich habe 10 Pfund dabei", strahlte sie ihn an.

„Okay, dann los." Sanft schob John die Kleine vor sich her. Hinter der Kasse wartete Ms. Murray, die ihm einen dankbaren Blick schenkte.

„Sie ist wirklich sehr anhänglich, nicht wahr?", murmelte sie John zu, während Tiffany ihren Geldbeutel herauskramte.

„Schon in Ordnung. Wir nennen das individuelle Besucherbetreuung.", raunte er zurück. Zu dritt gingen sie zum Ausgang. Als sie die Tür passierten, heulte die Diebstahlssicherung los. Eine der Verkäuferinnen kam angelaufen.

„Ich muss Sie bitten, Ihre Taschen zu öffnen." Draußen schaute die Klasse mit großen Augen, als Tiffany und die beiden Erwachsenen wieder in das Geschäft zurückgingen und in einen rückwärtigen Raum geführt wurden.

„Bestimmt ist an der Kasse aus Versehen ein Sicherungsetikett nicht von der Ware genommen worden, das passiert manchmal.", äußerte die Verkäuferin beruhigend. „Bitte lassen Sie mich Ihre Einkäufe sehen." Ms. Murray zog ein Set Weihnachtskarten mit Motiven des Towers aus ihrer Tüte, dazu einen Waschhandschuh in Form eines Beefeaters.

„Den bekommt meine Nichte, ist der nicht süß?" John grinste.

„Und nun du, junge Dame. Öffne bitte deinen Rucksack." Tiffany nestelte am Verschluss ihres Rucksacks.

„Sie hat einen Plüschraben gekauft, ich war dabei.", erklärte John der Verkäuferin. Tiffany holte den Raben heraus.

„Mhm." Kritisch beäugte die Dame den Raben und griff dann nach dem Rucksack. Sie schritt damit eilig zur Ausgangstür und schwenkte ihn vor der Diebstahlssicherung hin und her. Wieder heulte die Anlage los.

„Tut mir leid, da muss noch etwas drin sein.“ Mit einem Griff war der Rucksack umgedreht und heraus fiel eine Brotzeitbox, eine Trinkflasche, der kleine Fotoapparat, der Geldbeutel – und ein Kühlschrankmagnet mit der Silhouette der Tower Bridge darauf. Entgeistert starrte Tiffany auf das kleine Ding.

Mit hochrotem Kopf stammelte sie, „Ich… ich hab… ich hab das nicht genommen, ehrlich.“ Die Verkäuferin aber sah das Mädchen streng an.

„Junge Dame, in Diebstahlsfällen verlangen wir von den Tätern 50 Pfund und wir leiten die Sache an die Polizei weiter. Von letzterem können wir in deinem Fall wohl absehen, dennoch müssen wir zumindest deine Eltern verständigen.“ Nun brach eine Sturzflut von Tränen hervor.

„Nein, nein, ich war das nicht, das müssen Sie mir glauben. So ein blöder Magnet interessiert mich doch gar nicht. Ich wollte nur den Raben.“, schluchzte das Mädchen. John, der die ganze Angelegenheit still verfolgt hatte, mischte sich nun ein.

„Mrs. Durrell, einen Moment bitte.“ Er kannte die Frau vom Sehen.

„Tiffany, würdest du dich bitte einen Moment da hinsetzen?“ Er bedeutete der Lehrerin, die geschockt da stand und Mrs. Durrell, mit ihm ein paar Schritte beiseite zu treten. Leise sagte er, „Ich glaube dem Mädchen. Ich bin ihr die ganze Zeit auf Schritt und Tritt gefolgt. Wir sind vom Eingang direkt zu den Raben gegangen und sind dort, wo die Magnete liegen, gar nicht vorbeigekommen.“

„Wir haben aber auch an der Kasse einige liegen, mit eben diesem Motiv.“, wandte die Verkäuferin ein. Nun ergriff auch Ms. Murray das Wort.

„Dort hatten sowohl Mr. Mackenzie wie auch ich das Mädchen im Auge. Da kann sie den Magneten nicht genommen haben. Aber wie kommt er dann in ihren Rucksack?“ Ratlos sah sie John an.

„Hm. Vielleicht hat ihn ihr jemand anders unbeobachtet hineingesteckt…“ Plötzlich dämmerte ihm etwas und er verließ hastig den Raum. Erstaunt sahen die Frauen ihm nach. In der Water Lane standen die Mädchen und tuschelten aufgeregt.

„Angela, Deirdre. Bitte kommt kurz hier herüber.“, sagte er ruhig. Nach einem kurzen Blickwechsel folgten die beiden ihm. Außer Hörweite der anderen blieb John stehen und sah die Mädchen mit eisigem Blick an.

„Ich weiß, dass ihr Tiffany den Magneten in die Tasche geschmuggelt habt, als wir vor dem Regal mit den Raben standen. Clever, Angela, wie du mich abgelenkt hast, während Deirdre den Magneten in den Rucksack fallen ließ. Nun sagt mir nur noch, warum.“ Entsetzt sahen die beiden sich an, dann sprudelte es aus Deirdre heraus.

„Es war Angelas Idee. Sie wollte es Tiffany heimzahlen, weil die sie nie die Hausaufgaben abschreiben lässt.“

„Von wegen meine Idee! Du kannst die miese Streberin doch auch nicht ausstehen.“, zischte Angela zurück. „Das Miststück hatte es verdient, endlich mal was auf die Mütze zu kriegen. Mit ihrem ganzen blöden Gerede *Nein, Angela, das wäre aber Unterschleif, das geht doch nicht*“, äffte das Mädchen Tiffany gehässig nach. „Als ob irgend jemanden die Scheiß-Regeln interessieren würden.“

John schob die zeternden Schülerinnen mit einem grimmigen Lächeln vor sich her in den Laden.

Alle Mädchen saßen abfahrbereit im Bus. Ms. Murray schüttelte John noch einmal die Hand.

„Ich möchte Ihnen wirklich ganz herzlich danken. Nicht nur für die lebendige und interessante Führung, sondern vor allem – “ Der Busfahrer hupte ungeduldig.

„Ms. Murray, bitte, keine weiteren Dankesworte mehr. Es war mir ein Vergnügen. Und nun wünsche ich Ihnen und den Mädchen noch einen schönen Tag in London.“ Als sie sich abwandte und im Bus verschwand, verspürte John ein leises Bedauern.

Es sollte ihm jedoch keine Zeit bleiben, in Gedanken bei der Lehrerin mit dem reizenden Lächeln zu verweilen. Als er zurück in den Byward Tower trat, überbrachte ihm der diensthabende Beefeater die Anweisung, dass die gesamte Einheit sich nach Schließung des Towers um 17 Uhr im Schulungsraum einzufinden hatte.

Kapitel 11

Dort wurden sie von einer Reihe Beamter der Metropolitan Police in Empfang genommen, die jeden Einzelnen dazu aufforderten, seine Fingerabdrücke abzugeben. Sofort summte der ganze Raum von verwirrten Nachfragen und vereinzelt lautstarken Protesten der Männer. John, der davon ausgegangen war, dass die Polizei ihre Ermittlungen auf die Verbindung von Julia Feldmann zu dem deutschen Manager konzentrierte, war besonders überrascht.

Die aufkeimende Unruhe erstarb, als Superintendent Whittington vortrat und das Wort ergriff.

„Es handelt sich hier um reine Routine. Bitte erschweren Sie die Tätigkeit meiner Leute nicht. Ich darf Sie daran erinnern, dass Sie alle eine Sondereinheit der Metropolitan Police von London bilden, daher erwarte ich von Ihnen volle Kooperation.“ Leise murrend kamen die Beefeater seiner Aufforderung nach.

Um Nachfragen seiner Kollegen aus dem Weg zu gehen, die wussten, dass er mit Julia Feldmanns Eltern im Polizeipräsidium gewesen war, stahl John sich gleich danach hinaus und unternahm einen langen Spaziergang. Aber auch die kalte Luft brachte keine Klarheit in seine Gedanken.

Am nächsten Morgen stand er besonders früh auf, um vor Dienstbeginn bei Chief Mullins Bericht zu erstatten. Als dieser ihm jedoch bereits im Innenhof des Towers im Laufschritt entgegen kam, war ihm klar, dass etwas passiert war. Die Nachricht, die sein Kommandant brachte, schlug in der gesamten Towergemeinschaft wie eine Bombe ein: Im Morgengrauen war die Polizei angerückt und hatte einen der ihren verhaftet.

„Ruhe, Leute!“ Chief Mullins hob beschwörend die Hände, um die vor ihm versammelten Männer und Frauen zum Schweigen zu bringen. „Setzt euch, und dann werde ich euch das wenige, das ich weiß, mitteilen.“

Er wartete, bis alle Platz genommen hatten und es im Raum mucksmäuschenstill war.

„Heute um sechs Uhr morgens erschien Superintendent Whittington von der Metropolitan Police mit einem Haftbefehl am Byward Tower, begleitet von mehreren Uniformierten. Die zuständige Wache informierte mich unverzüglich. Selbstverständlich – wenn auch zu unserem Leidwesen – mussten wir der Polizei Einlass gewähren.“ Mullins verstummte für einen Moment. Sichtlich erschüttert fuhr er dann fort.

„Ich mache es kurz. Sie haben unseren Ravenmaster George Campbell festgenommen. Er wird des Mordes an der Studentin Julia Feldmann angeklagt.“

Während in diesem Moment rings um John ein Pandemonium ausbrach, wirbelten in seinem Kopf unzählige Bilder durcheinander. Die dunkle Beefeater-Gestalt, die nachts durch die Water Lane davon eilte. Marcia, die ihm mit hektischen roten Flecken im Gesicht erzählte, George sei seit dem Mord nicht er selbst. George, der mit abweisendem Gesichtausdruck neben ihm im Auto saß. George, der mit einem Bündel Geldnoten in der Bank verschwand. Verzweifelt schüttelte John den Kopf.

Nein. Der Mann, den er in den letzten Monaten kennen gelernt hatte, der ihm so viel über seine geliebten Raben beigebracht hatte, mit dem er gelacht hatte, der eine Art väterlicher Freund für ihn geworden war – er konnte es nicht glauben, dass dieser Mann ein junges Mädchen getötet haben sollte. Abrupt stand John auf. Er musste hinaus, brauchte frische Luft. Als er sich durch seine Kollegen drängte, wurde er jedoch jäh aufgehalten.

Chief Mullins packte ihn am Arm und rief ihm im Durcheinander ins Ohr, „Einen Moment, Mackenzie. Gehen wir hier herein.“ Er zog John in einen Nebenraum.

„Sie glauben auch nicht, dass er es getan hat, nicht wahr?“ John schüttelte stumm den Kopf. Mullins fuhr sich müde durch seinen Schopf.

„Wir müssen jetzt alles tun, um George beizustehen. Ich habe bereits Sir Fitzgerald Walters kontaktiert. Er ist ein angesehener Anwalt, mit dem ich seit langem bekannt bin und dem ich voll vertraue. Bonnie kümmert sich einstweilen um Marcia. In dieser Situation können wir sie nicht allein lassen, befürchte ich. Ich selbst werde gleich zum New Scotland Yard fahren. Vielleicht kann ich erreichen, dass diese Geier mich mit George sprechen lassen. Nun brauche ich hier jemanden, der die Raben versorgt. Da Sie sich ja einiges Wissen über die Tiere angeeignet haben, möchte ich Sie darum bitten."

John schluckte. „Sir, ich danke Ihnen für Ihr Vertrauen, aber ich bin mir nicht sicher…" Weiter kam er nicht.

„Papperlapapp. Sie machen das schon, Mackenzie. George hatte ohnehin vor, Sie in naher Zukunft zu seinem neuen Assistenten zu machen." Er zog einen Schlüsselbund aus der Tasche.

„Hier, ich gebe Ihnen einstweilen meinen Schlüssel zum Rabenhaus. Also los, die Tiere warten sicher schon auf ihre Morgenfütterung." Damit schob der Kommandant John sanft, aber energisch hinaus und schritt eilig davon.

John, der keine Ahnung von den Plänen des Ravenmasters gehabt hatte, sah ihm einen Moment verblüfft nach. Da er wusste, wie viel die Vögel George Campbell bedeuteten, rührte dieser Vertrauensbeweis ihn sehr.

Als er sich dem Rabenhaus näherte, empfing ihn lautes Gekrächze. Die Raben waren daran gewöhnt, bei der ersten Morgendämmerung aus ihrer Voliere nach draußen gelassen und gefüttert zu werden. Er schickte sich an, die Holztür zum Haus der Raben zu öffnen und erstarrte: Von drinnen hörte er, wie der Kühlschrank, in dem das frische Fleisch gelagert wurde, geöffnet wurde. Wer machte sich dort drinnen im Halbdunkel zu schaffen?

Mit klopfendem Herzen schob er die Tür auf und tastete nach dem Lichtschalter. Ungläubig suchte er mit den Augen den kleinen, hell erleuchteten Raum ab. Es war niemand zu sehen. Da hörte er das Geräusch wieder. Mit einem Mal wurde ihm klar, woher der Laut kam und er lachte verlegen auf.

„Gworran, du kleines Monster! Da habe ich mich schön von dir ins Bockshorn jagen lassen." Der junge Rabe legte den Kopf schief und sah ihn erwartungsvoll an. John griff nach dem Schlüssel für das Vorhängeschloss der Voliere und ging wieder hinaus. Er sperrte auf und zog die mit Drahtgeflecht überzogene Tür auf, durch die die Vögel hinaus konnten.

Bran, das ranghöchste Tier der Gruppe, schritt auf die Wiese vor der Voliere. Das große Männchen war nach einer keltischen Gottheit benannt und benahm sich auch so. Hinter ihm kamen die anderen

Raben zögerlich heraus. Scheinbar unentschlossen hockten sie dann vor ihrem Nachtquartier. John wusste, dass zwischen den Vögeln und ihrem Pfleger eine enge Bindung bestand. Sicher waren sie verwirrt, dass George nun nicht da war.

Dann wandte er sich entschlossen um. Er konnte ihnen ihren gewohnten Pfleger nicht ersetzen, aber zumindest konnte er etwas für ihre knurrenden Mägen tun.

Glücklicherweise führte der Ravenmaster detailreich Buch über jeden seiner Schützlinge. Dankbar nahm John den dicken Hefter vom Regal, der Georges Aufzeichnungen enthielt. Für jedes der Tiere wurde festgehalten, was und wie viel es zu fressen bekam, wann eine Impfung fällig war und wann die Flügel wieder gestutzt werden mussten.

John blätterte ein paar Seiten zurück und bemerkte erleichtert, dass das Stutzen der Flügel erst vor wenigen Wochen erfolgt war und daher erst wieder in rund zwei Monaten anstand. Da die Vögel diese Prozedur verständlicherweise hassten und ihren Unmut mit ihren scharfen Schnäbeln auch zum Ausdruck brachten, war hier großes Geschick nötig. John hoffte inständig, dass George bis dahin wieder seinen Platz als Ravenmaster würde einnehmen können.

Im Kühlschrank fand er genügend Fleisch für die nächsten beiden Tage. Jeden zweiten Tag bekamen die Vögel auch je ein gekochtes und klein geschnittenes Ei, dazu noch spezielles Trockenfutter. Nachdem John die Näpfe der Vögel geschrubbt, unter dem zunehmendem Gekrächze der hungrigen Raben für jeden das Fressen hergerichtet, Wasser hingestellt und schließlich die Voliere gesäubert hatte, ließ er sich erschöpft auf einen Hocker fallen.

Nach Sonnenuntergang würde er die Tiere wieder in die Voliere hereinholen müssen, wo sie nach der Abendfütterung die Nacht verbrachten. Ein Blick auf die Uhr sagte ihm, dass er sich nun beeilen musste, um rechtzeitig die erste seiner heutigen Führungen zu beginnen.

Während des Tages fiel es John schwer, sich auf die Besucher des Towers und ihre Fragen zu konzentrieren. Während er in der Kapelle die Gräber der dort Bestatteten erläuterte, verlor er komplett den Faden, was ihm außerordentlich peinlich war. Er konnte dennoch nicht verhindern, dass seine Gedanken immer wieder zu George Campbell abschweiften.

Während er Besuchergruppen kreuz und quer durch den Tower führte, hielt er nach den Raben Ausschau, die tagsüber über das Gelände stolzierten.

Er hatte gerade eine Führung beendet, als Bonnie auf ihn zutrat.

„Oh, John, ist es nicht schrecklich? Ich verstehe nicht, wie die Polizei annehmen kann, unser Ravenmaster wäre ein Mörder."

John nickte ernst. „Wie geht es Marcia?"

„Sie ist total zusammengebrochen. Erst tobte sie, schrie und schlug um sich. Sie hat mir richtig Angst gemacht. Dann, ganz plötzlich, ist sie in sich zusammengesunken. Sie saß nur noch ganz still da und starrte vor sich hin. Das war wirklich unheimlich. Ich wusste mir nicht mehr anders zu helfen, als den Arzt kommen zu lassen. Er hat ihr erst einmal ein Beruhigungsmittel gegeben und wir haben sie ins Bett gebracht. Später kommt er noch einmal. Er sagte, es wäre vielleicht besser, sie in eine Klinik zu bringen."

„Ist jetzt jemand bei ihr?"

„Ja. Richard und sein Wahlkampfmanager sind da. Mr. Owen sagte, ich sollte mir etwas zu essen holen, sie hätten die Lage im Griff. Ich bin gerade auf dem Weg in die Cafeteria. Kommen Sie mit?"

John sah auf die Uhr. Er hatte zwanzig Minuten bis zur nächsten Führung. „Ja, gerne. Ein kleine Stärkung kommt jetzt wie gerufen." Kurze Zeit später saßen beide vor Tellern mit Eintopf.

„Ich finde es ein wenig merkwürdig, dass Richard in dieser … Krise … mit seinem Wahlkampfmanager hier auftaucht.", meinte John nachdenklich. Bonnie verzog spöttisch das Gesicht.

„Pff, Wahlkampfmanager. Mir kommt er schon eher wie ein Babysitter vor. Genau so jemanden braucht Richard auch, denke ich. Ohne ihn wäre er in dieser Situation bestimmt hilflos. Außerdem habe ich den Verdacht…"

Bonnie verstummte und rührte geistesabwesend in ihrem Teller herum. John sah sie abwartend an.

„Naja, das hört sich jetzt wahrscheinlich boshaft an… Aber ich werde das Gefühl nicht los, dass Richard sich in erster Linie Sorgen um seinen Wahlerfolg macht. Als ob das Schlimmste an der Situation wäre, dass die Verhaftung seines Vaters ein schlechtes Licht auf ihn als aufstrebenden Politikstar werfen könnte.“ Bonnie schob ihren Teller von sich.

„Dieser Owen kündigte an, er müsste jetzt eine Reihe von Telefonaten mit unglaublich wichtigen Leuten führen – *Schadensbegrenzung hat jetzt oberste Priorität*, waren seine Worte.“, schloss sie, Verachtung in der Stimme, und stand dann auf.

Im nachhinein wusste John nicht mehr, was er den Besuchern des Towers an diesem Nachmittag erzählt hatte. Nach Abschluss seiner letzten Führung eilte er schnurstracks zu Mullins´ Büro. Das Vorzimmer war leer. Durch die halb offene Tür konnte er den Chief am Fenster stehen sehen, wie er reglos in die hereinbrechende Dunkelheit starrte.

John klopfte leise an die Tür. Mullins drehte sich um.

„Kommen Sie rein.“ Schwer ließ er sich in seinen Sessel fallen und stützte den Kopf auf den Händen auf. John erschrak, wie ausgelaugt und mutlos sein sonst so energiegeladener Kommandant wirkte.

„Chief? Was ist los?“

Mullins schien nach Worten zu suchen. „Ich … weiß es nicht.“ Damit verfiel er wieder in Schweigen.

Johns Beunruhigung wuchs mit jedem Moment und er musste an sich halten, den Chief nicht bei den Schultern zu packen und zu schütteln.

„Sir – was ist im Yard passiert?“ Endlich schien Mullins sich aus seiner Erstarrung zu lösen. Er blickte John müde an.

„Mackenzie, leider sieht es so aus, als könnte unser Freund George doch diesen abscheulichen Mord begangen haben.“

John fuhr auf, doch Mullins brachte ihn mit einer Handbewegung zum Schweigen. „Hören Sie zu. Als ich in den Yard kam, hieß es, der Superintendent wäre in einer wichtigen Lagebesprechung und daher unabkömmlich. George dürfte mit niemandem sprechen außer seinem Anwalt. Endlich traf Sir Fitzgerald ein und wurde von den Beamten zu George gebracht. Mir blieb nicht anderes übrig als zu warten. Ich sage Ihnen, das hätte mich fast verrückt gemacht. Das waren endlose Stunden.“

John konnte sich vorstellen, wie zermürbend die erzwungene Untätigkeit für Mullins gewesen war, der es gewohnt war, zuzupacken und das Kommando zu führen.

„Irgendwann viel später kam dann Sir Fitzgerald heraus. Er konnte mir sagen, warum George verhaftet worden war.“ Zum Zerreißen gespannt beugte sich John über den Schreibtisch.

„Das Opfer hatte einen Rucksack dabei. Auf einer Schnalle haben sie Georges Fingerabdrücke gefunden.“ Blitzartig tauchte vor Johns innerem Auge der offen stehende Verschluss von Julia Feldmanns Rucksack auf, den er am Mordabend gesehen hatte.

„Was sagt George dazu? Sicher hat ihn die Polizei mit diesem Indiz konfrontiert.“

Mullins seufzte tief auf.

„Er sagt keinen Ton. Sir Fitzgerald sagte, während der gesamten Vernehmung hätte George kein Wort geäußert. Letzten Endes hat er als Verdächtiger ja auch das Recht, die Aussage zu verweigern. Was mich aber viel mehr erschüttert, ist, dass er weder mit dem Anwalt noch mit mir reden wollte.“

Entgeistert sah John ihn an. Mullins nickte traurig.

„Sir Fitzgerald hatte nach langem Hin und Her erreicht, dass ich mit George sprechen dürfte. Dann wurde uns jedoch mitgeteilt, George habe eindeutig den Wunsch geäußert, in seine Zelle gebracht zu werden, ohne vorher noch mit jemandem zu reden.“ Mullins atmete tief durch.

„Nun werde ich das Gefühl nicht los, dass dieses Verhalten nicht zu einem Mann passt, der unschuldig im Gefängnis sitzt. Und ich frage mich, ob ich George tatsächlich so vollkommen falsch eingeschätzt habe. Mackenzie, was meinen Sie: Könnte unser Ravenmaster tatsächlich ein Mörder sein?“

John rang einen Moment mit sich und fasste dann einen Entschluss.

„Sir, ich glaube, ich muss Ihnen etwas sagen.“

In knappen Sätzen schilderte er seinem Kommandanten alles, was ihm seit dem Mordabend aufgefallen war. Auch wenn er sich bemüht hatte, die einzelnen Vorfälle als bedeutungslos abzutun, hatten sie sich immer wieder in seine Gedanken gedrängt. Er endete mit der Aussage Nigel Owens, dass George in der fraglichen Zeit den Gastraum des Clubs für kurze Zeit verlassen hatte.

„Sir, es tut mir leid. Meine Freundschaft zu George hat meinen Blick getrübt. Ich – wollte es einfach nicht sehen, dass er schuldig sein könnte.“ Er ließ den Kopf hängen.

Da hieb Chief Mullins plötzlich mit der Faust auf den Tisch.

„Einen Moment mal, Mackenzie. Was sagte Owen genau? In welchem Zeitraum war George allein an dem Abend?"

John kramte in seinem Gedächtnis. „Das war, gleich nachdem er die Besuchergruppe von der Schlüsselzeremonie zurückgebracht hatte – " Schlagartig wurde ihm klar, worauf Mullins hinauswollte.

„Aber selbstverständlich! Wenn er mit den Besuchern nach dem Ende der Schlüsselzeremonie den Innenhof verlassen hat, war es bereits kurz nach zehn, als sie beim Club anlangten. Zu dem Zeitpunkt war das Mädchen bereits tot. Selbst wenn George nicht auf die Toilette ging, sondern tatsächlich hinaus in die Water Lane, kann er sie nicht getötet haben."

Dann jedoch erlosch sein Lächeln. „Es sei denn, er hat die Politikertruppe während der Zeremonie verlassen und hat sich unbemerkt in die Water Lane hinausgestohlen."

Ernüchtert sahen die Männer sich an.

„Das wird die Polizei herausfinden, wenn sie die Herren befragt. Dann gehen wir noch einmal durch, was Ihnen sonst aufgefallen war: Sind Sie sicher, dass die Gestalt, die Sie im Dunkeln gesehen haben, George war?"

John zögerte. „Nicht hundertprozentig."

„Aha. Dann sagten Sie, George wäre in den letzten Tagen abwesend und nicht er selbst gewesen. Aber wir wissen schließlich, dass der Erfolg von Richards Wahlkampagne für George und Marcia immens wichtig ist. Es könnte daher doch sein, dass er einfach in Sorge war, Richards Pläne würden nun durchkreuzt werden."

„Das sagte mir George auch, aber ich denke nicht, dass das alles war, was ihm auf der Seele gelegen hat."

„Hm. Schließlich das Geld. Dafür könnte es eine Menge Erklärungen geben. Von einem gewonnenen Preisausschreiben über eine Erbschaft bis hin zu der Möglichkeit, dass die Campbells gespartes Geld, das sie bisher zu Hause aufbewahrt hatten, nun doch besser auf der Bank aufgehoben sahen."

„Chief, selbst wenn es für alles eine vernünftige Erklärung gibt: Es bleiben Georges Fingerabdrücke auf dem Rucksack."

John hasste es, Mullins´ aufkeimende Hoffnung wieder zu zerstören. Der Kommandant raufte sich frustriert die Haare.

„Wenn wir nur mit George reden könnten!“ Entschlossen stand er auf.

„Wissen Sie was? Ich werde morgen noch mal in den Yard gehen und so lange dort bleiben, bis er zu einem Gespräch bereit ist. Vielleicht kann ihn Sir Fitzgerald ja doch dazu bewegen. Was könnten wir sonst noch tun, um ihm zu helfen?“ Auch John stand auf.

„Erst einmal werde ich die Raben hereinholen, es ist schon dunkel geworden. Danach könnte ich einen Schwatz mit unserem Barmann halten und ihn ein wenig über den Mordabend aushorchen. Vielleicht ist Sid ja irgendetwas aufgefallen, während er Richard und seine Gäste bewirtet hat.“

„Glänzende Idee, Mackenzie. Und ich werde mir die erste Halbzeit des heutigen Fußballspiels im Schulungsraum ansehen. Dabei kann ich die Männer nach dem Fußballabend letzte Woche befragen, auch wenn ich nicht glaube, dass ich etwas Nützliches herausfinden kann.“

Sie trennten sich und John ging eilig über den Hof zur Voliere.

Kapitel 12

Mittlerweile war es stockdunkel, obwohl es noch nicht einmal 17 Uhr war. Aus dem Waterloo Block traten ein paar letzte Touristen nach dem Besuch der Kronjuwelen in den erleuchteten Innenhof und strebten dem Ausgang zu.

Als John sich der Voliere näherte, empfing ihn lautes Keckern und Kreischen. Auf der kleinen Wiese vor dem Nachtquartier hatten sich alle Vögel bereits versammelt und gaben ihrem Missfallen über seine Verspätung lautstark Ausdruck.

Die Raben waren seit jeher daran gewöhnt, mit dem Sonnenaufgang den Tag zu beginnen und in der Dämmerung zur letzten Fütterung des Tages wieder in die Voliere gelassen zu werden. Da sie ohnehin ihren Pfleger vermissten, sorgte diese neue Störung ihres Tagesablaufs für erhebliche Unruhe.

„Hallo, ihr Schreihälse. Es tut mir sehr leid, dass ich ein wenig spät komme. Ich war in einer Besprechung mit Chief Mullins und habe unterschätzt, wie schnell die Dunkelheit in dieser Jahreszeit hereinbricht – " Gott, was rede ich da. Den Raben sind meine Worte egal, sie haben ein Anrecht auf pünktliche Fütterung ohne Wenn und Aber, schalt John sich selbst.

Also hielt er den Mund und beeilte sich, den Käfig für die Tiere zu öffnen und dann möglichst schnell ihr Futter zu bereiten. In wachsender Ungeduld veranstalteten die Vögel einen ohrenbetäubenden Lärm, während er sich bemühte, für jedes Tier die richtige Fleischmenge abzuwiegen – wenigstens hatte er morgens schon alles klein geschnitten – und mit Trockenfutter zu bestreuen.

Nachdem er den letzten Napf gefüllt hatte, öffnete er die kleine Tür, die von innen in die Voliere führte, und trug die ersten Näpfe hinein. Drinnen fiel ihm siedendheiß ein, dass Bran grundsätzlich als Erstes an seinem gewohnten Platz sein Futter erhalten musste, da er sich ansonsten auf das Futter der anderen stürzte. Also drehte er sich wieder um, um den Napf des Anführers der Raben zu holen.

Bran, der ihn aufmerksam beäugte, bemerkte, dass das ersehnte Futter im Begriff war, den Käfig wieder zu verlassen. Erbost stürzte er sich von seiner erhöhten Sitzstange auf John und hackte auf dessen linke Hand ein. Mit seinem rasiermesserscharfen Schnabel konnte er tiefe Wunden reißen.

Mit einem Schmerzschrei ließ John die beiden Näpfe fallen und flüchtete aus der Voliere. Alle Raben machten sich in Windeseile über das verteilte Futter her. John starrte einige Momente hilflos auf das Gewirr und auf die beiden klaffenden Wunden auf seinem Handrücken, aus denen helles Blut auf den Boden rann.

Dann setzte wieder das Kreischen ein – nur kam es diesmal nicht von den Vögeln, sondern aus seinem Kopf. Verflucht, schoss es ihm durch den Kopf, jetzt muss sich zu allem Überfluss auch noch der Tinnitus wieder melden.

Er atmete ein paar Mal tief durch und griff dann zum Telefonhörer.

„Doc? Gott sei Dank sind Sie da. Ich hätte hier einen Notfall und wäre sehr dankbar, wenn Sie schnell zum Rabenhaus kommen könnten. Bringen Sie Ihr Verbandszeug mit."

In der Zwischenzeit hatten die Raben das Futter verzehrt und hüpften nun mit gierigen Blicken auf die restlichen sieben Näpfe hinter dem Gitter auf und ab. Innerhalb weniger Minuten kam Doc Hunter angelaufen, seine dunkle Arzttasche in der Hand.

„Mackenzie, was ist los? Hat einer der Raben Sie angegriffen?"

„Es war meine Schuld. Ich war zu spät dran und dann habe ich auch noch die Reihenfolge der Fütterung missachtet. Dass Bran aggressiv reagiert hat, war sein gutes Recht. Vielleicht könnten Sie die Futternäpfe irgendwie in den Käfig bringen und sie einfach auf den Boden stellen, wo alle daraus fressen können. Der Fütterungsplan ist jetzt sowieso schon durcheinander."

Hunter nahm die Lederhandschuhe vom Regal, die George Campbell zum Schutz verwendete, wenn er den Vögeln die Flügel stutzte. Dann bugsierte er eilig das restliche Futter in die Voliere und verschloss die Tür.

„Und jetzt zu Ihnen. Donnerwetter, da hat Bran ja ganze Arbeit geleistet. Mit einem Hieb hat er Ihnen ein ganzes Fleischstück herausgerissen und die zweite Wunde geht bis zum Mittelhandknochen hinunter. Das muss ganz schön weh tun."

John nickte schwach.

„Da hilft uns das Verbandszeug nicht weiter. Die Verletzungen müssen sorgfältig desinfiziert und genäht werden. Das kann ich nur in meiner Praxis machen." Kritisch beäugte der Arzt den Blutfluss, der ein wenig schwächer geworden war, aber auf dem Boden bereits eine Pfütze hinterlassen hatte.

„Wir werden die Hand provisorisch verbinden, damit Sie keine Blutspur hinter sich her ziehen, die morgen die Touristen verstören würde.“

John musste trotz der heftigen Schmerzen grinsen.

„Ich könnte mir die Schlagzeilen in der *Sun* schon vorstellen: *Nach dem Mord im Tower: Killerrabe im Blutrausch. Welche Gräuel kommen als Nächstes? Fortsetzung folgt.“*

Eine halbe Stunde später war Johns Hand verarztet und mit einem dicken Verband versehen.

„Halten Sie eine neue Infusion wegen des Tinnitus für sinnvoll?“, fragte John und bewegte die pochende Hand probeweise ein wenig hin und her. Der Arzt sah ihn streng an.

„Die nächsten Tage sollten Sie die Hand möglichst still halten. Sie werden auch Schmerzen haben. Ich gebe Ihnen ein paar Tabletten mit und Sie kommen morgen zum Wechseln des Verbandes vorbei. Dass das Ohrensausen in dieser Situation wieder aufgetreten ist, sehe ich weniger kritisch. Warten wir mal bis morgen, ob es nicht von selber wieder abflaut.“

„In Ordnung. Schwerer als die Verletzung wiegt für mich eigentlich das Gefühl, dass ich dem Vertrauen, das George in mich gesetzt hat, nicht gerecht geworden bin. Er und Chief Mullins haben mir die Sorge über die Raben anvertraut und ich habe gleich am ersten Tag Mist gebaut…“

„Junger Mann“, unterbrach Hunter ihn in ungeduldigem Ton. „Verzeihen Sie meine offenen Worte, aber allmählich nervt mich Ihr ewiges Bemühen, immer alles hundertprozentig richtig zu machen. Wenn Sie nicht aufhören, diese überzogenen Ansprüche an sich zu stellen, werden Sie Ihr Ohrensausen wohl nie loswerden. Verflixt, kapieren Sie doch endlich, dass wir alle – Sie eingeschlossen – unsere Grenzen haben und Fehler machen und leben Sie damit.“

John blieb der Mund offen stehen. Er schluckte.

„Okay“, sagte er dann langsam. Er erhob sich und reichte dem Arzt die unverletzte Hand. „Danke, Doc. Ich sage es nicht gern, aber Sie haben wohl Recht. Ich … werde versuchen, Ihren Ratschlag zu beherzigen.“ Lächelnd geleitete Hunter seinen Patienten zur Tür.

In der kalten Nachtluft atmete John tief durch. Dann ging er noch einmal zurück zur Voliere. Als er die Tür zu dem Holzverschlag aufzog, stieg ihm der Geruch seines Blutes in die Nase und er schüttelte sich. Nachdem ein Blick in den Käfig ihm gezeigt hatte, dass die Raben sich nach ihrer Mahlzeit beruhigt hatten und schläfrig auf ihren jeweiligen Lieblingsplätzen saßen, machte er sich daran, den Blutfleck vom Boden zu wischen.

Obwohl er Rechtshänder war, stellte sich dies ohne die verbundene Hand als mühseliges Unterfangen heraus. Er schreckte hoch, als hinter ihm eine weibliche Stimme erklang.

„Hallo, John. Ich komme gerade von Marcia. Sie hat sich wieder etwas stabilisiert. Der Arzt sagt, sie muss vorerst doch nicht in die Klinik, so lange immer jemand bei ihr ist. Edwina Dunders bleibt nun über Nacht – “

Nun hatte Bonnie seinen Verband entdeckt. „Was ist denn mit Ihnen passiert? Kommen Sie, lassen Sie mich das machen.“ Trotz seines Protests ergriff Bonnie energisch den Wischlappen und bedeutete John, sich auf den kleinen Hocker zu setzen.

„Nun erzählen Sie.“, befahl sie. Verlegen erklärte John, wie es zu der Verletzung gekommen war.

„Sie Ärmster“, meinte sie, als er geendet hatte. „Mit Bran ist nicht zu spaßen. Ich kann mich noch erinnern, wie er vor einigen Jahren hierher kam. Damals hatte er kaum den Babyflaum abgelegt, aber er hat es innerhalb eines Tages geschafft, sich in der Rabentruppe als Gangleader zu etablieren. Haben Sie starke Schmerzen?“

„Ich habe das Gefühl, dass die Hand momentan mehr weh tut als gleich zu Beginn. Vielleicht nehme ich doch eine von Doc Hunters Schmerztabletten.“

„Sie sollten sich besser hinlegen.“

„Nein, es geht schon.“, wehrte John ab. „Ich möchte heute noch in den Club und mit Sid über den Abend des Mordes reden.“

„Oh, da komme ich mit. Nach so einem Tag kann ich einen kleinen Absacker gut gebrauchen.“ Mit einem Blick in Johns Gesicht beeilte sich Bonnie, hinzuzufügen, „Natürlich nur, wenn Sie möchten.“ John rang sich ein Lächeln ab.

„Selbstverständlich, Bonnie, ich freue mich über charmante Begleitung. Wie wäre es, wenn wir uns um halb sieben im Club treffen? Ich möchte erst mal raus aus der Uniform.“

„Gern, dann sehe ich im Büro noch schnell nach dem Rechten. Heute ist meine ganze Arbeit liegen geblieben.“

In seiner Wohnung schluckte John erst einmal eine Schmerztablette. Als er seine Uniform auszog, entfuhren ihm einige Flüche. Jede Bewegung der verletzten Hand schmerzte mittlerweile höllisch. Er streifte sich gerade mühselig einen dicken Wollpullover über den Kopf, als das Telefon klingelte. Mit dem widerspenstigen Kleidungsstück kämpfend, hastete er aus dem Schlafzimmer und schlug unvermeidlich heftig mit dem Ellbogen am Garderobenschrank an. Als er schließlich den Hörer hochriss, hörte er nur noch das Freizeichen. Er knirschte mit den Zähnen. Dann legte er den Hörer, den er in diesem Moment gern gegen die Wand geworfen hätte, betont sanft hin und griff nach Jacke und Schirm.

Durch den wieder einsetzenden Regen trottete er missmutig zum Club. Als er eintrat, saß Bonnie bereits mit einem Martini an der Bar und lächelte ihm zu. Sid, der Barmann, zog bei seinem Anblick theatralisch die Augenbrauen in die Höhe.

„Mackenzie, welch seltener Gast in dieser Hütte. Was führt dich denn hierher?“ John ließ sich auf einen Barhocker fallen.

„Sid, es war einfach mal wieder überfällig, dass ich im Club hereinschaue.“ Er zwinkerte dem Barmann zu. „Und so reizende Gesellschaft wie unsere Bonnie hier schafft es sogar, mich an diesem scheußlichen Abend aus dem Haus zu locken.“

„Was darf ich dir bringen?“

„Einen Tee bitte.“

In gespieltem Entsetzen sah der Barmann ihn an.

„Du kommst hier herein und willst einen Tee von mir? Mann, ich habe siebzehn verschiedene Sorten Ale auf der Karte und einen ganzen Keller voll feinster Whiskys und du verlangst so ein Krankengesöff?“

John hob seine Hand und hielt Sid den dicken Verband vor die Nase. „Ich habe gerade eine Schmerztablette genommen, also fallen deine zweifellos überragenden hochprozentigen Angebote leider flach. Also bring mir schon einen Tee.“

Unvermutet hatte die Verletzung doch einen Vorteil, ging es John mit einem Anflug von Galgenhumor durch den Kopf. Er machte aus seiner Abneigung gegen Alkohol kein Hehl, fand es aber zuweilen ermüdend, sich dafür immer wieder rechtfertigen zu müssen.

Sid gab sich geschlagen und kramte in einer Schublade nach einem Teebeutel. John beschloss, darüber hinwegzusehen, dass dieser aussah, als hätte er dort seit Queen Victorias Zeiten sein Dasein gefristet. Bonnie hatte das Gespräch amüsiert verfolgt.

„Das passiert nicht oft, dass jemand etwas Antialkoholisches verlangt, was? Ich wette, die werten Herren Politiker, die letzte Woche hier waren, haben deine Sammlung von Single Malts durchaus zu schätzen gewusst.“

Beeindruckt von ihrer Geistesgegenwart warf John ihr einen schnellen Seitenblick zu. Sid setzte ein selbstgefälliges Lächeln auf und beugte sich vertraulich zu ihnen herüber.

„Ich sage nur so viel: Die Herrschaften haben es weidlich genossen, sich auf Richards Kosten durch einige meiner besten Flaschen zu probieren.“ Er zwinkerte vielsagend. John rührte zwei Stück Zucker in das schmutzig braune Gebräu, das Sid vor ihn gestellt hatte.

„Dann hoffen wir, dass sich der Abend für Richard auch gelohnt hat.“

„Oh, das glaube ich auf jeden Fall. Richard hat ja ein sehr gewinnendes Wesen und er ist jung und dynamisch. So einen kann die Partei gut gebrauchen. Und sein Manager ist ein Profi, das merkt man sofort. Immer alles im Blick, gut organisiert, und er kann Richard geschickt in Szene setzen. Ich sage euch, die beiden sind ein gutes Team und werden es noch weit bringen – oder vielmehr hätten sie es noch weit gebracht, wenn George jetzt nicht mitten im Wahlkampf verhaftet worden wäre. Tragisch, so was.“ Der Barkeeper schüttelte betrübt den Kopf.

„Ich kann mir vorstellen, dass die Verhaftung seines Vaters Richards Erfolg gefährden könnte. Auch wenn ich mir partout nicht vorstellen kann, dass George wirklich schuldig sein soll.“, warf John ein.

„Eigentlich ist das für mich auch undenkbar. Aber er war wirklich ein wenig seltsam an jenem Abend. Die meisten Leute hätten es nicht gemerkt, aber als Barkeeper bekommt man ein besonderes Gespür für die Menschen, das könnt ihr mir glauben.“

„Das glaube ich gern, Sid. Du bist einfach ein guter Menschenkenner.“ Unter Bonnies bewundernden Blicken plusterte der so Gelobte sich ein wenig auf und fuhr fort.

„Von dem Moment an, als er den Club betreten hat, war George angespannt. Er hat zwar mit seinen ganzen alten Anekdoten die Gäste sehr gut unterhalten, aber trotzdem war er anders als sonst, als wäre er mit dem Kopf woanders. Ich hatte ja die ollen Kamellen schon tausendfach gehört, daher war ich froh, als George dann endlich mit der Gruppe zur Schlüsselzeremonie ging. Richard und sein Manager haben die Zeit genutzt, um irgendwelche Telefonate von ihren Handys aus zu führen, also hatte ich Gelegenheit, schnell ins Lager zu verschwinden, um eine zu rauchen. Als die Gruppe kurz nach 22 Uhr zurückkam, entschuldigte sich George für ein paar Minuten – “, Sid rieb sich vielsagend über den Bauch, „und nach seiner Rückkehr ging es weiter mit dem Geschichten erzählen. Die Gäste haben sich bestens amüsiert. Wie gesagt, es wäre ein sehr erfolgreicher Abend gewesen, wenn nicht der Mord dazwischen gekommen wäre.“

Um halb drei Uhr morgens wälzte John sich schlaflos herum. Die Wirkung des Schmerzmittels hatte nachgelassen und in seiner linken Hand tobte es. Das Klingeln in seinen Ohren hatte ein wenig nachgelassen, dennoch empfand er es in der Stille der Nacht als Qual.

Nachdem er wohl ein Dutzend Mal auf die Uhr gesehen hatte, gab er auf und warf die Bettdecke beiseite. Im Morgenmantel schlurfte er in sein Wohnzimmer und öffnete den Schrank, in dem er seine CDs aufbewahrte. Er wählte eine Sammlung von gälischen Instrumentalstücken aus, die er von einer Reise in die schottischen Highlands mitgebracht hatte. Etwas wehmütig ging ihm durch den Kopf, dass wohl fünfundzwanzig Jahre vergangen waren, seit er mit seinem Vater zuletzt dessen alte Heimat besucht hatte.

Die jahrhundertealten Gebäude des Towers sorgten mit ihren dicken Mauern für beste Schallisolierung, daher konnte John die Lautstärke so weit herauf drehen, dass das Geräusch in seinem Kopf übertönt wurde. Er griff nach der Packung mit den starken Schmerzmitteln, die der Doc ihm mitgegeben hatte, und ließ sich auf das Sofa fallen. Der Blick auf den Beipackzettel wirkte abschreckend. Ob er das Risiko von Nierenversagen, Magenblutungen und unaussprechlichen Syndromen, von denen er noch nie gehört hatte, auf sich nehmen sollte? Unentschlossen wog er das Päckchen in der Hand und legte es dann wieder weg. Seine Gedanken wanderten zurück zum gestrigen

Tag. Es erschien ihm unvorstellbar, dass Georges Verhaftung noch keine vierundzwanzig Stunden zurücklag.

Er lehnte sich zurück, schloss die Augen und ließ sich von den Klangwellen überspülen. Die melancholischen Melodien ließen vor seinem Auge weite, menschenleere Landschaften erstehen. Tiefgrüne Hügel und gemächlich dahin fließende Flüsse vor einem unendlichen Horizont. Seine Züge entspannten sich. Er schlief endlich ein.

Am nächsten Morgen war er pünktlich auf, um den Raben ihr Frühstück zu servieren und sie in einen zwar eiskalten, aber wolkenlos herandämmernden Morgen zu entlassen. Wie sie ihm gestern Abend noch versprochen hatte, stand Bonnie bereit, um ihn zum Markt zu bringen. Danach wollte sie Edwina Dunders ablösen und tagsüber bei Marcia Campbell bleiben.

Routiniert und zügig lenkte sie ihren Wagen durch den morgendlichen Verkehr.

„Wie geht es Ihnen heute Morgen, John?“, fragte sie teilnahmsvoll.

„Schon etwas besser, danke. Es ist wirklich sehr nett von Ihnen, mich zu fahren.“

„Keine Ursache. Mit Ihrer Hand hätten Sie das heute nicht geschafft.“ Sie manövrierte geschickt in eine enge Parklücke.

John hatte eine exakte Liste erstellt, welche Zutaten er für die Fütterungen der nächsten Tage benötigen würde, nur um festzustellen, dass Joe Cavanaugh, der Besitzer von *Cavanaughs Fleisch und Geflügel – frisch auf den Tisch* genau wusste, was er brauchte. Der Fleischer lachte über Johns verblüfftes Gesicht.

„Mann, ich habe seit Jahrzehnten das Privileg, das Fleisch und die Eier für die königlichen Raben zu liefern, ebenso wie mein Vater vor mir. Ich kenne mich aus. Und heute gebe ich Ihnen noch eine besonderen Leckerbissen mit.“ Er überreichte John ein längliches Paket, das in braunes Papier eingeschlagen war. „Ein Hase, den habe ich gestern selbst geschossen. Den legen Sie den Vögeln so hin, wie er ist, mit Fell und allem. Sie werden sehen, was die Kerlchen für eine Freude daran haben. Manchmal brauchen die das einfach, das frische Fleisch direkt von den Knochen herunterzufetzen, so wie draußen in der Natur.“ Eingedenk seiner gestrigen Erfahrung konnte John nur zustimmend nicken. Dann wurde der Fleischer ernst.

„Eine Schande ist das mit George. Unsere Polizei ist wirklich noch dümmer, als ich immer geglaubt habe. Wie können die Bullen nur darauf kommen, er hätte diesen Mord begangen?“ Er zog eine Zeitung hinter der Theke heraus.

„Königlicher Rabenpfleger unter Mordverdacht“ – unter der riesigen Schlagzeile prangte ein Archivbild von George, wie er in seiner Beefeater–Uniform vor dem Rabenhaus posierte.

„Und in diesen Schundblättern wird sein Ruf jetzt natürlich in den Dreck gezogen. Junger Mann, ich sage Ihnen, ich kenne George Campbell jetzt seit über zehn Jahren – der Mann ist kein Mörder.“ Erbost warf er die Zeitung hin.

Auf dem Rückweg überflog John den Artikel im *Daily Mirror*, den Cavanaugh ihnen überlassen hatte. Dann ließ er die Zeitung verwirrt sinken.

„Bis auf die üblichen wilden Spekulationen über Mädchenhändlerringe und Drogenkartelle blablabla steht hier überhaupt nichts drin. Nicht einmal die Sache mit Georges Fingerabrücken auf dem Rucksack von Julia Feldmann wird erwähnt. Offensichtlich weiß die Presse lediglich, dass George verhaftet wurde, aber nicht, warum. Ich frage mich, weshalb…“ Nachdenklich knetete er seine Unterlippe.

„Aber auch dieser substanzlose Schrott wird von Hunderttausenden gelesen und beschädigt George und seine ganze Familie.“ Frustriert ballte er die Hände zu Fäusten und zuckte gleich darauf vor Schmerz zusammen.

„Wenn wir nur irgendwas tun könnten! Aber so lange sich George weigert, mit seinem Anwalt oder Mullins zu reden, stochern wir nur im Nebel herum.“

„Machen Sie sich keinen Vorwurf. Sie und Chief Mullins tun doch wirklich Ihr Möglichstes. Haben Sie aus unserem Gespräch mit Sid etwas Neues erfahren?“

John seufzte. „Leider nein. Was er gesagt hat, bestätigt die Darstellung von Nigel Owen bis ins Detail. Hm. Ich würde gerne auch mit Marcia und Richard sprechen. Denken Sie, Marcia ist wieder stabil genug, dass ich ihr einige Fragen stellen könnte?“ Bonnie überlegte und schüttelte dann den Kopf.

„Ihr Arzt hat ausdrücklich gesagt, wir sollen sie in Ruhe lassen, da sie immer noch sehr angeschlagen ist. Aber ein Gespräch mit Richard könnte klappen: Ich bin sicher, dass er im Verlauf des Tages herkommt, um seine Mutter zu besuchen. Wie wäre es, wenn ich Sie benachrichtige, sobald er da ist?“

„Eine hervorragende Idee, Bonnie. Der Doc hat mich für heute vom Dienst befreien lassen, also erreichen Sie mich in meiner Wohnung oder im Rabenhaus.“

Bonnie sah ihn belustigt an. „Haben Sie denn immer noch kein Mobiltelefon?“

„Doch. Meine Schwester hat mir eines geschenkt, aber ich kann mich noch nicht daran gewöhnen, es immer bei mir zu tragen. Meistens liegt es irgendwo in der Wohnung oder der Akku ist leer. Ich hasse diese Dinger. Bei der Army musste ich Tag und Nacht eines bei mir tragen, um für Notfälle erreichbar zu sein. Sie können sich vorstellen, dass es kaum einmal etwas Gutes bedeutet hat, wenn es dann geklingelt hat. Seit ich den Dienst quittiert habe, genieße ich den Luxus, nicht mehr überall und immer erreichbar zu sein.“

Bonnie nickte. „Das kann ich verstehen. Ich selbst habe mich daran gewöhnt, immer eins bei mir zu tragen, seit ich vor Jahren auf einer Landstraße einen Platten hatte und kein Mensch weit und breit war. In solchen Situationen kann es doch recht hilfreich sein.“

„Sie haben Recht. Genau so argumentiert meine Schwester auch immer. Ich werde versuchen, das Ding in Zukunft öfter einzustecken.“

John schnitt gerade den Fleischvorrat klein, als das Telefon im Rabenhaus klingelte. In der Erwartung, Bonnie wäre dran, hob er ab. Statt dessen meldete sich Chief Mullins.

„Mackenzie, Lagebericht.“, bellte er kurz angebunden in den Hörer.

„Sir, ich habe mich gestern noch mit Sid unterhalten, allerdings nichts Neues herausgefunden. Im Laufe des Tages werde ich noch versuchen, mit Richard zu sprechen.“

„Tun Sie das. Ich bin im Yard, falls es etwas Neues gibt. Sir Fitzgerald ist gerade bei George. Ich hoffe, dass ich dann endlich auch ein Gespräch mit ihm führen kann. Ah, da kommt Sir Fitzgerald ja. Wir hören uns, Mackenzie.“ Damit legte er auf. Wenige Minuten später klingelte es erneut.

Erst einmal drang ein Schwall von Schimpfwörtern aus dem Hörer.

„Das hört sich an, als wollte George immer noch nicht mit Ihnen reden“, warf John ein, als Mullins die Luft ausging.

Wieder ein paar phantasievolle Flüche.

„Guter Gott, was sollen wir denn noch tun? Sir Fitzgerald hat mir gerade gedroht, er würde sein Mandat niederlegen, wenn George weiterhin nicht mit ihm spricht. Dieser Mann treibt mich noch zur Raserei, Mackenzie. Er schaufelt sich sein eigenes Grab, wenn er so weitermacht. Und diese Ar..“ John hörte eine Stimme im Hintergrund murmeln, dann sprach Mullins wieder, diesmal leiser. „Ist ja gut, Fitz, ich beruhige mich ja. Also die geschätzten Kollegen dieser Eliteeinheit der britischen Polizei weigern sich ebenfalls, uns irgendwelche Informationen zu geben. Ihr vermaledeiter Cousin hat uns sogar nahe gelegt, wir möchten doch nach Hause gehen und die Spezialisten – *Spezialisten!* – nicht in ihrer Ermittlungsarbeit behindern.“ Wieder Murmeln im Hintergrund. Dann knurrte Mullins. „Ich komme jetzt zurück in den Tower. Hier richte ich heute doch nichts mehr aus. Ich will Sie mittags in meinem Büro sehen, Mackenzie. *Over and out.*“

John verstaute das Fleisch im Kühlschrank, wusch sich die Hände und ging zurück in seine Wohnung. Es gab nur eine Person, die ihnen jetzt weiter helfen konnte.

Kapitel 13

„John, weißt du, was du da von mir verlangst? Es verletzt alle Prinzipien, Informationen aus einer laufenden Ermittlung – noch dazu einer, die nicht in mein Ressort fällt – unautorisiert nach außen zu geben. Abgesehen davon kann es mich meine gesamte Karriere kosten, wenn das aufkommt."

John tat es beinahe körperlich weh, seine Schwester in eine so folgenschwere Zwickmühle gebracht zu haben. Schon als Kind war Maggie ein sehr geradliniger Mensch gewesen, klug, fleißig und pflichtbewusst. Gleichzeitig hatte sie sich immer schon leidenschaftlich für Schwächere eingesetzt. Folgerichtig war sie in jedem Jahr ihrer Schulzeit zur Vertrauensschülerin gewählt worden.

„Ich weiß, Maggie. Ich würde dich auch nicht darum bitten, wenn die Lage nicht so verzweifelt wäre." In der Leitung herrschte Stille. Schließlich hatte seine Schwester eine Entscheidung gefällt.

„Verdammt. Ich werde sehen, was ich tun kann." Sie schnitt Johns Dankesworte ab und fuhr fort. „Aber du wirst keiner Menschenseele verraten, woher du diese Informationen hast, versprich es mir. Niemandem!"

John versprach es.

„Komm heute zum Abendessen. Alan ist gestern nach Brüssel geflogen, aber die Kinder freuen sich sicher, dich endlich einmal wieder zu sehen. Dann können wir uns in Ruhe unterhalten."

Als John auflegte, war ihm ein wenig leichter zumute.

Gleich darauf rief Bonnie an. „Dieser Richard!", schimpfte sie erbost. „Gerade kam ein Anruf von ihm. Nachdem ich ihm mitgeteilt hatte, seine Mutter hätte eine ruhige Nacht gehabt und wirkte nun wieder etwas gefasster, sagte er nur, ich solle sie schön grüßen und er würde dann morgen vorbeischauen. Heute hätte er eine Reihe wichtiger Termine. Was sagen Sie dazu? Ich weiß gar nicht, warum Marcia ihn so vergöttert. Seine Masche als liebender Sohn zieht er wohl nur für die Öffentlichkeit durch, aber in Wirklichkeit ist er ein egoistischer, kalter Fisch." Sie redete sich immer mehr in Rage, bis sich ihr Ton mit einem Mal schlagartig änderte. „Marcia, wieso sind Sie aufgestanden? Ich bringe Ihnen sofort Ihren Tee, legen Sie sich nur wieder hin. Ich habe gerade John Mackenzie erklärt, wie schön es doch ist, dass Richard sich trotz seiner immens wichtigen Termine morgen die Zeit nimmt, um seine Mutter zu besuchen.“, flötete sie. Dann leiser, „Ich versuche, Sie zu erreichen, sobald er da ist. Wiedersehen, John.“

Mit dem Gefühl, auf der Stelle zu treten, legte er frustriert auf. Vor dem Gespräch mit Maggie heute Abend würde er offensichtlich nichts Neues herausfinden. Ein Blick in den Kalender zeigte ihm, dass Weihnachten mit Riesenschritten näher rückte. Er beschloss, den heutigen Tag für seine Einkäufe zu nutzen, nachdem Doc Hunter seinen Verband gewechselt hatte und er mit Mullins gesprochen hatte.

Während der Arzt sehr zufrieden war – „Die Wunde hat sich nicht entzündet. Wenn Sie´s noch ein, zwei Tage ruhiger angehen lassen, sind Sie so gut wie neu.“ – fand John Chief Mullins am Rande eines Tobsuchtsanfalls vor.

Bonnies Schreibtisch war mit ungeöffneter Post übersät. Mit dem Brieföffner traktierte Mullins gerade einen dicken Umschlag.

„Wie soll ich den ganzen Betrieb hier am Laufen halten, wenn ich Stunden und Tage damit vergeude, mich sinnlos mit diesen hirnlosen Vollidioten von der Polizei herumzustreiten und dann auch noch den Job meiner Sekretärin übernehmen muss. Wo ist die verdammte Schere?“ Er hielt inne, als sein Blick auf Johns frisch verbundene Hand fiel. „Was haben Sie denn angestellt?“

„Kleiner Fütterungsunfall, nichts Ernstes. Ab morgen bin ich wieder im Dienst.“

„Hm.“ Mullins warf den Briefumschlag hin und lehnte sich an Bonnies Schreibtisch.

„Es ist zum Kotzen, Mackenzie. Gestern habe ich mit den Männern über den Fußballabend letzte Woche gesprochen. Die meisten konnten mir genau sagen, welche Spielzüge jedem einzelnen Tor vorausgegangen waren und wer wen wie gefoult hatte, aber ansonsten hat keiner etwas mitbekommen. Logischerweise kann sich keiner erinnern, wer wann den Raum verlassen hat.“ Er seufzte. „Haben Sie schon mit Richard gesprochen?“

„Nein, Sir, er hat Bonnie gesagt, er würde doch erst morgen wieder herkommen.“ Zu gerne hätte er Mullins von seinem Gespräch mit Maggie erzählt, aber sein Versprechen verpflichtete ihn zum Stillschweigen. Missmutig griff Mullins erneut nach dem Brieföffner.

„Dann stecken wir fest. Es fällt mir schwer, das zu akzeptieren. Ich kann meine Verpflichtungen als Kommandant dieser Einheit auch nicht länger ruhen lassen, um jemandem beizustehen, der jede Hilfe ablehnt.“ Er seufzte. „Und ich brauche auch Bonnie schnellstmöglich wieder hier, sonst drehe ich noch durch. Von mir aus engagieren wir eine Krankenschwester für Marcia, falls das nötig ist. Und nun lassen Sie mich allein, damit ich anfangen kann, dieses Chaos in den Griff zu bekommen.“ John zog sich eilig zurück.

Eine Stunde später tauchte er in die vorweihnachtliche Glitzerwelt der Konsumtempel von Knightsbridge ein. Bewaffnet mit einer langen Einkaufsliste ließ er sich von der Menge dick vermummter Menschen ins Kaufhaus *Harrods* hineinschieben.

Wie immer überkamen ihn in der prunkvollen Lebensmittelabteilung zwischen den vielen Theken mit Spezialitäten aus aller Welt Kindheitserinnerungen. Eine Tasse heiße Schokolade und eine Süßigkeit in diesen Räumen, die sich seither kaum verändert hatten, war für die drei Mackenzie-Geschwister oft der krönende Abschluss eines samstäglichen Stadtbummels der gesamten Familie gewesen.

Nun stand er staunend vor einer endlos langen Anrichte mit handgemachten Pralinen. Ingwerstäbchen, Himbeer-Champagner-Trüffel, Mokkapralinen, Kompositionen aus Marzipan und Nougat und auch in seinen Augen ungewöhnlichen Zutaten wie Rosmarin, Chili und Calvados.

Spontan erstand er für Maggie eine kleine Auswahl aus liebevoll verpackten Nuss-Schokoladen-Kreationen. Als er erheblich später zur Kasse ging, quoll sein Einkaufskorb schier über: Darjeeling- und Earl Grey-Tees für seine Mutter, mit der er die Leidenschaft für das britische Nationalgetränk teilte, dazu schottisches Shortbread, das Lieblingsgebäck seines Vaters, und dessen bevorzugte Marke bitterer Orangenmarmelade. Sein Bruder David würde sich über die biologisch angebauten Kaffeesorten aus Costa Rica, Panama und Brasilien freuen, Maggies Ehemann Alan über eine Flasche Ardbeg-Whiskey.

Er deponierte alles in einem Schließfach des Kaufhauses und wanderte weiter in die Spielzeugabteilung. Wenig später gesellten sich zu den Leckereien in seinem Depot ein großes Plüschpferd, mehrere Puzzles und zwei Modellautos.

Auf dem Weg in die Sportabteilung passierte er einen Sonderstand mit herrlich weichen Kaschmirschals, denen er nicht widerstehen konnte. Er hatte bereits für seine Auswahl bezahlt, als ihm ein leuchtend roter Schal ins Auge sprang. Der würde Bonnie sicher gut stehen. Kurz entschlossen packte er erneut sein Portemonnaie aus.

Danach steuerte er einen gut sortierten Buchladen an. Aus seinem Plan, mit dem Bildband über die Dinosaurierausgrabungen das Geschäft prompt wieder zu verlassen, wurde nichts. Bücher waren eine seiner Leidenschaften. Er genoss es, in die Welten, die sich zwischen ihren Seiten auftaten, einzutauchen.

Und so amüsierte sich Michael Conners, der sich gerade auf den Weg zum Karatetraining machte, zwei Stunden später über seinen zerzaust aussehenden Kollegen, der eilig aus einem Taxi sprang und sich mit Hilfe des Fahrers einen Berg Päckchen und Tüten auflud. Gehindert durch die verletzte Hand, verlor John auf dem Weg zum Eingang unvermeidlich einige der Päckchen.

Conners sprang ihm bei. „Hallo, John. Komm, ich helfe dir beim Tragen. Wenn ich mich zum Training ein paar Minuten verspäte, macht das nichts.“ John bedankte sich erleichtert und sie eilten in der Dämmerung über das Tower Green.

„Ich möchte mich keinesfalls wieder für die Abendfütterung der Raben verspäten.“ Conners warf einen betonten Blick auf Johns linke Hand und grinste.

„Beim Mittagessen habe ich schon unterschiedliche Geschichten gehört, was dir gestern passiert ist. Abbott sagte, einer unserer Raben hätte dir einen Finger abgehackt. Denham meinte, du hättest dich beim Herrichten des Futters selbst geschnitten. Die Version, die Raben hätten dir aufgelauert und sich alle vereint auf dich gestürzt, konnte keiner von uns glauben.“ John musste wider Willen lachen.

„Keine Sorge, es sind noch alle Finger dran. Ich erzähle dir die Geschichte mal in einer ruhigen Minute, Michael. Aber jetzt muss ich wirklich los.“

„Oh, zur Abwechslung einmal pünktlich“, begrüßte Maggie John, als sie ihm die imposante Eingangstür ihres Hauses in Belgravia öffnete. Sie umarmten sich und er überreichte ihr die Naschereien, die er heute gekauft hatte. Ihre Augen leuchteten auf.

„Mmh, dunkle Schokolade und Macadamia-Nüsse, meine Lieblingskombination. Ich danke dir, Bruderherz.“ Sie verpasste ihm einen herzhaften Kuss. Von hinten kam Bella angerannt und warf sich in die Arme ihres Onkels. John schwenkte sie herum.

„Hallo, mein Mädchen. Wie geht es dir?“

„Guuuuuuut. Gestern durfte ich in der Reitstunde zum ersten Mal galoppieren!“

„Donnerwetter, du musst mir beim Essen alles darüber erzählen. Wo ist dein Bruder?“

„Yo, John.“ Sein ältester Neffe Tommy kam herangeschlurft.

„Äh, yo.“ Mit seinen vierzehn Jahren fühlte Tommy sich zu alt für eine Umarmung, also reichte John ihm die Hand. Fasziniert starrte er den klobigen Silberring an, der die Nase seines Neffen zierte.

„Der ist wohl neu?“ Er bemühte sich, seinen Ton neutral zu halten. Tommys Augen leuchteten auf.

„Ja, cool, was?“

„Äh…“

„Kommt, wir essen jetzt. Ab zum Hände waschen.“ Geistesgegenwärtig hatte Maggie ihren Bruder vor einer Antwort gerettet.

„Ich hätte ihn erwürgen können, als er gestern mit diesem Ding hereinspaziert ist, einfach so, mir nichts, dir nichts.“, raunte sie John zu, während die Kinder im Badezimmer verschwanden. „Und Alan gleich mit dazu. Er findet dieses widerliche Teil, das seinen Sohn verunstaltet, „lässig“. Na, eigentlich kein Wunder.“

Alan Hughes hatte sich in seinen jungen Jahren regelmäßig auf dem Dachboden seiner Großmutter versteckt, um an allen möglichen technischen Geräten herumzuschrauben und er hatte wie ein Besessener Stunden und Tage mit den damals aufkommenden Computerspielen verbracht. Dann hatte er angefangen, selbst Spiele zu programmieren und an Gleichgesinnte zu verhökern. Für die Schule war dadurch verständlicherweise keine Zeit geblieben und so hatte er mit sechzehn Jahren ohne Abschluss die Lehranstalt verlassen. Seither hatte sein außerordentliches Talent für das Programmieren ihm zu seiner eigenen florierenden Firma verholfen, die die Computersysteme internationaler Organisationen gegen Angriffe von außen schützte.

Maggie und Alan hatten es geschafft, all diejenigen Lügen zu strafen, die vor über zwanzig Jahren prophezeit hatten, die Beziehung dieser so unterschiedlichen Menschen würde keine zwei Monate halten.

John lachte. „Ach, Maggie, du und Alan, ihr habt euch immer schon gut ergänzt, auch wenn eure Ansichten manchmal auseinander gehen. Mach dir keine Sorgen, Tommy wird sich schon nicht gleich den Hell´s Angels anschließen.“ Dabei fiel ihm etwas ein. „Hast du in letzter Zeit mit Mum gesprochen?“

Während sie die sämige Kürbissuppe verzehrten, diskutierten die beiden Geschwister lebhaft über Emmeline Mackenzies ungewöhnliches neues Interesse an der *Red Hat Society*.

„Wie bitte? Oma in einem lila Kleid?“ Bella kicherte. Sogar Tommy verzog einen Mundwinkel nach oben. Maggie schob ihren leeren Teller von sich.

„Eine meiner älteren Kolleginnen, die leitende Staatsanwältin für Wirtschaftsstrafverfahren, ist auch dort Mitglied. Ich denke, sie genießt die Aktivitäten dieser Gruppe als Kontrast zu ihrem Berufsleben. Die *Red Hat Sisters* haben sich auf die Fahnen geschrieben, die humorvollen und auch frivolen Seiten des Lebens gemeinsam auskosten zu wollen.“ Sie stand auf, um die Teller abzuräumen. „Ich finde es gut, dass Mum mal aus ihrem ewigen Kreislauf ausbricht. Schließlich hat das Leben noch andere Seiten zu bieten, als Haus und Garten, Enkel und Gartenclub.“ Auf dem Weg zur Küche drehte sie sich noch einmal um. „Ach übrigens, John, hast du schon gehört, dass Tante Isabel dieses Jahr mit uns Weihnachten feiern wird?“ Erstaunt sah John auf.

„Wie kommt das denn? Ist ihr die weite Reise nicht zu beschwerlich?“ Maggie zuckte die Schultern.

„Mit dem Flieger ist sie von Inverness in einer Stunde hier. Mum hat mich heute angerufen und mich gebeten, sie am 23. Dezember am Flughafen abzuholen und nach Kew zu bringen.“ Sie kicherte. „Scheinbar hatte Tante Isabel sich einfach selbst über die Feiertage eingeladen. Mum war einigermaßen aufgebracht, dass Isabel ihr am Telefon schlicht mitgeteilt hat, wann sie ankommen wird und dass sie eine extra Heizdecke in ihrem Zimmer wünscht. Ach, und natürlich bringt sie Sir Walter Scott mit.“ John sah seine Schwester an, als hätte sie den Verstand verloren. Auch Bella merkte auf.

„Sir Walter Scott? Von dem haben wir gerade in der Schule etwas gelernt. Er hat *Ivanhoe* geschrieben. Aber ist der nicht schon lange tot?“

„Über 170 Jahre, Schätzchen. Aber Tante Isabels Walter Scott ist kein Schriftsteller, sondern ein Hund. Unsere Großtante ist nämlich nicht nur Schaffarmerin, sondern auch eine bekannte Hundezüchterin und Walter ist – oder war, sollte ich besser sagen, ihr letzter Champion. Mittlerweile ist er wohl schon in einem ziemlich gesegneten Alter. Ohne ihn geht sie nirgendwohin.“

„Jetzt kann ich mich wieder erinnern.“, sagte John. „Hat sie nicht irgendeine Terrier-Rasse gezüchtet? Als wir zuletzt bei ihr waren, hatten sie doch einen Rüden mit Namen Robert the Bruce, nicht wahr?“

„Du hast Recht. Es waren Scotch Terrier und ihre besten Hunde trugen immer die Namen schottischer Nationalhelden.“ Maggie schüttelte lächelnd den Kopf. „Sie ist nun mal Schottin durch und durch. Ich bin ja gespannt, ob sie und Mum sich wieder Redegefechte liefern werden. Dann werden die Weihnachtstage sicher amüsant.“ John nickte grinsend.

„Was sie wohl für einen Grund hat, nach so vielen Jahren wieder einmal herzukommen? Na, sie wird es uns schon mitteilen. Auf jeden Fall freue ich mich, das alte Mädchen wieder zu sehen.“

Während sie den Gemüseauflauf aßen, hörte sich John geduldig die Pferdegeschichten seiner Nichte an, bis er das Gefühl hatte, er müsste selbst loswiehern.

„Hey, was ist das denn? Ihr veranstaltet hier eine Dinnerparty und sagt mir nichts?“ Mit gespielter Entrüstung stand Maggies Älteste in der Tür. Maureen Hughes, genannt Renie, die von ihrer Mutter deren soziale Ader und Organisationstalent und von ihrem Vater eine gehörige Portion von Unbeirrbarkeit – oder, wie Maggie es genannt hätte, Dickköpfigkeit – und Abenteuerlust geerbt hatte, studierte im zweiten Jahr Anthropologie in London.

Da sie partout so schnell wie möglich auf eigenen Beinen stehen wollte, hatte sie ihr komfortables Zuhause für ein winziges Zimmer in einer Wohngemeinschaft aufgegeben. Nur zähneknirschend akzeptierte sie, dass ihre Eltern einen Teil ihres Lebensunterhaltes finanzierten. Den Rest verdiente sie sich selbst, indem sie bei *Starbucks* hinter der Theke stand, so oft es neben ihrem Studium ging.

Maggie umarmte ihre Tochter. „Hallo, mein Schatz. Ich wusste gar nicht, dass du heute vorbeikommen wolltest. Komm, setz dich, du kommst gerade rechtzeitig zur Nachspeise."

„Onkel John! Was machst du denn hier? Wir haben uns ja ewig nicht gesehen. Lass dich drücken." Da John bei Renies Geburt bereits im Ausland gewesen war, hatten sie sich über die Jahre nur selten gesehen. Dennoch bestand eine besondere Sympathie zwischen beiden. Renie ließ sich auf einen Stuhl plumpsen und verkündete, „Eigentlich wollte ich nur schnell einen Packen von meinen Sachen vorbei bringen. Aber wenn das so ist, dann bleibe ich heute Nacht hier und wir können uns gemütlich unterhalten."

„Natürlich kannst du hier bleiben, Renie. Es ist mir sowieso lieber, wenn du nachts nicht allein unterwegs bist."

Renie rollte bei den Worten ihrer Mutter belustigt die Augen.

„Ach, Mum, sei doch nicht immer so gluckenhaft. Mir passiert schon nichts. Übrigens konnte ich mein Zimmer für das nächste halbe Jahr an eine Kommilitonin aus Ecuador untervermieten. So lange ich in Südafrika bin, brauche ich es ja nicht. Oh, ich kann kaum noch erwarten, dass es losgeht." Während sie gesprochen hatte, hatte sie mühelos eine Schale Pudding verdrückt. Sie holte sich einen großzügigen Nachschlag.

„Erzähl mal, Renie. Was wirst du dort tun?"

Erfreut über das Interesse ihres Onkels schilderte sie ihm haarklein, welche Aufgaben in Mhluzi, einem Township nordöstlich von Johannesburg, auf sie warteten.

„Es wird also ganz toll werden und wir können wirklich etwas für die Leute bewirken", schloss sie schließlich mit leuchtenden Augen und fuhr im selben Atemzug fort „Nun erzähl du aber mal von dieser Mordgeschichte im Tower. Das Mädchen war ja wie ich an der LSE. Aber diese Businesstypen an der Wirtschaftsfakultät haben mit uns Sozialwissenschaftlern so gut wie nichts zu tun. Die haben meistens nur Dividendenausschüttungen und Börsenkurse im Kopf."

John warf seiner Schwester einen schnellen Seitenblick zu. Sie presste die Lippen aufeinander.

„Renie, ich weiß auch nicht viel mehr, als die Zeitungen schreiben.", sagte er vorsichtig.

„Denkst du, euer Ravenmaster ist wirklich der Täter? Als du uns damals bei unserem Besuch im Tower vorgestellt hast, hat er eigentlich sehr nett gewirkt."

„George und ich sind Freunde. Daher fällt es mir schwer zu glauben, dass er ein Mörder sein soll.", antwortete John ausweichend. Renies hellwacher, prüfender Blick erinnerte John lebhaft an den Superintendenten.

„Gibt es denn Hinweise auf eine Verbindung zwischen ihm und Julia?", bohrte sie weiter.

„Äh..."

Wieder rettete Maggie ihren Bruder, indem sie ihre wissbegierige Tochter ermahnte, „Renie, zügle deine Neugierde. Erstens ist dies kein geeignetes Thema für ein Abendessen mit deiner achtjährigen Schwester und zweitens kannst du dir doch denken, dass John als Mitglied der Beefeater über interne Vorgänge nichts sagen darf."

„Aber wir sind doch hier unter uns – ", begehrte Renie auf, ließ das Thema aber nach einem mörderischen Blick ihrer Mutter wohlweislich fallen.

Nachdem John mit den drei Kindern ein lebhaftes Tischfußball-Match geführt hatte, fanden die beiden Erwachsenen Zeit, sich ins Wohnzimmer zurückzuziehen. Einige Augenblicke lang genossen beide schweigend den Anblick des lodernden Feuers im offenen Kamin, während sich der riesige Familienkater King Olaf häuslich auf Johns Schoß einrichtete. John kraulte den Kater unterm Kinn.

„Renie ist eine tolle junge Frau. Sie geht zielstrebig ihren Weg und ist bei allem, was sie tut, mit Leidenschaft dabei."

Maggie schnaubte.

„Ja, sie weiß genau, was sie will und sie ist ungeheuer zäh darin, das auch zu erreichen. Wenn ich bedenke, wie viele Diskussionen ich mit dem Kind schon hatte! Schon in der Vorschule hat sie angefangen, mit mir Auseinandersetzungen zu führen, egal über was. Vom Pausenbrot über die Hausschuhe bis hin zur Frage, warum wir in England Linksverkehr haben. Was war ich froh, dass das Jurastudium mich argumentieren gelehrt hat." Sie kicherte. „Und sie ist wohl einer der der stursten und neugierigsten Menschen auf Gottes Erde. *Nein* und *warum* waren ihre ersten Worte."

„Nun gib schon zu, Maggie, dass du stolz auf deine große Tochter bist. Du hast auch allen Grund dazu. In zwanzig Jahren sehe ich sie schon als Entwicklungshilfeministerin oder Präsidentin der Welthungerhilfe.“ Die Geschwister lachten.

„Und ich wüsste sogar noch einen weiteren Beruf, in dem sie gut wäre: Kriminalpolizistin. Sie ist clever, will den Dingen auf den Grund gehen und sie kann einen schon jetzt beinahe so gut in die Mangel nehmen wie unser geliebter Cousin.“

Dies brachte sie zu dem Anlass, aus dem er heute Abend hier war. „Hast du irgendetwas herausfinden können, Maggie?“

„Ja. Aber John, du darfst keinesfalls mit jemandem über unser Gespräch reden.“

„Das habe ich dir doch schon versprochen. Du kennst mich, ich würde nie dein Vertrauen missbrauchen.“

„Ja, natürlich.... Also, bis jetzt weiß die Metropolitan Police Folgendes: Obwohl die Tote tatsächlich zeitweise in der Konzernzentrale beschäftigt war, wo auch dieser von Düntzen arbeitet, ließ sich bisher keinerlei Verbindung zwischen den beiden finden. Stattdessen hat sich leider herausgestellt, dass es mindestens einen Kontakt zwischen Miss Feldmann und einem Mitglied der Familie Campbell gab: Von ihrem Handy aus wurde in der Wohnung der Campbells angerufen.“ John sog scharf die Luft ein.

„Dann hat George also gelogen? Verdammt.“

Maggie wog zweifelnd den Kopf.

„Es ist nicht bewiesen, dass sie mit George gesprochen hat. Es könnte ja auch seine Frau am Apparat gewesen sein oder vielleicht sogar der Sohn, falls er gerade zu Besuch bei seinen Eltern war. Weiter: George hat am Tag des Mordes 20 000 Pfund bei seiner Bank abgehoben und diese wenige Tage später wieder bis auf den letzten Pence auf sein Konto eingezahlt.“

„20 000 Pfund! Ich habe gesehen, wie er mit einem Geldbündel in der Bank verschwand, aber dass es so viel war, hätte ich nicht gedacht.“ John seufzte. „Oh je, das sieht schlecht für George aus. Wenn ich Kriminalbeamter wäre, würde sich mir der Gedanke aufdrängen, die Studentin hätte versucht, George zu erpressen und er hätte sie bei der Übergabe des Geldes umgebracht.“

„Die Theorie verfolgt Simon ebenfalls.“

„Wenn Scotland Yard schon so niederschmetternde Indizien gefunden hat, warum gehen sie dann nicht an die Öffentlichkeit damit? Ich verstehe das nicht.“

„Darauf allein lässt sich kein Fall aufbauen, und das weiß Simon. Gerade bei so einer Geschichte von nationalem Interesse darf er sich keinen Fehler erlauben. Und es gibt auch noch ein, zwei Haare in der Suppe.“ John beugte sich erregt nach vorn.

„Was ist das? Nun sag schon“

„Zum einen sind die Tory-Herren, die mit George bei der Schlüsselzeremonie waren, so gut wie sicher, dass er sie zu keinem Zeitpunkt verlassen hat – “

„Damit hat George ein Alibi!“ Wie elektrisiert sprang John aus dem Sessel. King Olaf hatte alle Pfoten voll zu tun, um sich mit einem Satz vor einem Sturz zu retten. Sichtlich beleidigt zog er sich zurück.

„Tut mir Leid, Dicker. Aber das ist ja phantastisch!“

„Immer langsam, John. Keiner von ihnen ist bereit, Georges stete Anwesenheit auch vor Gericht zu beschwören, da sie sich ihrer Sache eben nur *fast* sicher sind. Dennoch wecken ihre Aussagen Zweifel daran, dass George während des Appells im Innenhof sich, ohne Aufmerksamkeit zu erregen, minutenlang hätte entfernen können.“

„Okay. Du sagtest, es gäbe ein, zwei Haare in der Suppe – was also noch?“

„Schon lange, bevor die Kollegen in Deutschland eine mögliche Verbindung des Managers zu Julia Feldmann überprüfen konnten, erhielt die Polizei einen anonymen Hinweis auf eine Verwicklung des Ravenmasters in die Sache. Daraufhin startete Simon einfach ins Blaue hinein die Aktion mit den Fingerabdrücken aller Beefeater. Und Bingo – hatte er George im Sack.“ John stand wie vom Donner gerührt.

„Ein anonymer Anrufer? Wer könnte das sein?“

Maggie zuckte die Achseln.

„Das konnte bisher nicht ermittelt werden. Um ehrlich zu sein, interessiert das Simon auch nicht. Da er keinen anderen Verdächtigen hat, versucht er jetzt mit aller Macht, trotz der Ungereimtheiten ein Geständnis von George zu bekommen. Aber dein Freund übt sich beharrlich in Stillschweigen und treibt Simon damit noch zur Raserei.“

Beide Geschwister konnten sich ein schadenfrohes Lächeln nicht verkneifen.

„Simon hat nun vor, Marcia so schnell wie möglich zu befragen. Ihr Arzt hat ihm bis jetzt ein Verhör untersagt, da er die Gefahr eines Nervenzusammenbruchs sieht, aber Simon wird sich nicht länger hinhalten lassen. Er hat vor, morgen mit einem forensischen Psychiater im Tower anzurücken, um ihre Vernehmungsfähigkeit kritisch zu prüfen." John runzelte die Stirn.

„Hm. Das wird sicher schwierig für Marcia. Dennoch verstehe ich, dass Simon mit ihr sprechen will. Niemand kann bezeugen, dass sie sich zur fraglichen Zeit wirklich in ihrer Wohnung aufgehalten hat. Und letzten Endes könnte es sein, dass George wirklich unschuldig ist und die Aussage verweigert, um seine Frau zu schützen." Spontan ergriff er Maggies Hände und drückte sie.

„Ich weiß nicht, wie ich dir danken soll. Du bist ein großes Risiko eingegangen, um George zu helfen, aber die Informationen sind es wert, denke ich." Auf dem Weg zur Haustür fragte er, „Wie hast du es eigentlich geschafft, unauffällig an sie heranzukommen?" Maggie legte den Finger an die Lippen und schüttelte den Kopf.

„Du möchtest das gar nicht wissen, John. Und nun pass auf dich auf und sieh zu, was du für deinen Freund tun kannst."

Am Eingang zur U-Bahn entschied John kurzerhand, nicht zurück zum Tower zu fahren. Er musste ein wichtiges Gespräch führen.

Kapitel 14

Wenig später stand er vor einem Polizeibeamten der Nachtschicht, der ihn misstrauisch beäugte.

„Grundsätzlich darf Mr. Campbell Besucher empfangen, aber er hat bisher jeden Kontakt nach außen abgelehnt. Außerdem schläft er vielleicht schon. Ist es denn so dringend? Vielleicht kommen Sie besser morgen früh wieder."

„Nein, es handelt sich um einen Notfall.", drängte John und zeigte dem Beamten seine verbundene Hand. „Mr. Campbell ist der Ravenmaster des Towers von London, wie Sie sicher wissen. Ich vertrete ihn, seit er verhaftet wurde. Allerdings gibt es nun große Probleme mit einem der Raben und da ich noch sehr unerfahren bin, brauche ich Georges Rat. Und zwar sofort. Sie werden sehen: Wenn Sie ihm sagen, dass es um die Raben geht, wird er einem Gespräch zustimmen." Mit einem zweifelnden Blick wandte sein Gegenüber sich um. Nach einem kurzen Telefonat brummte er, „Warten Sie da hinten."

John setzte sich auf einen der unbequemen Besucherstühle.

Als nach einigen Minuten eine vergitterte Tür aufging und ein weiterer Polizist ihn zu sich winkte, tat sein Herz einen Sprung. Seine Finte hatte geklappt.

Nach einer umständlichen Prüfung seiner Personalien wurde er in einen fensterlosen Raum geführt, der von einer Plexiglasscheibe mit winzigen Löchern durchtrennt wurde. „Setzen Sie sich dahin. Er wird gleich kommen." Damit wurde er allein gelassen.

Als George wenig später eintrat, erschrak John. Mit seiner fahlen Hautfarbe und dem zerknitterten Gesicht wirkte George um viele Jahre gealtert. Der hoffnungslose Ausdruck in seinen Augen versetzte John einen Stich.

„Alter Freund! Ich freue mich, dich wiederzusehen.", begrüßte er ihn warm.

„John, man hat mir gesagt, es hätte einen Notfall mit einem der Raben gegeben? Was ist los?" John schluckte.

„Nun, George, ich muss zugeben, dass ich den Vorfall etwas übertrieben dargestellt habe. Tatsächlich hat Bran mich gestern angegriffen.", beeilte er sich, hinzuzufügen und hob die Hand, damit George den Verband sehen konnte. „Das war jedoch mein Fehler und es war auch halb so schlimm. Aber ich wusste mir nicht anders zu helfen, um dich zu einem Gespräch zu bewegen." Wortlos erhob George sich. John sprang ebenfalls von seinem Plastikstuhl auf. „George, hör mir zu, ich bitte dich, nur fünf Minuten. Bitte." Als George nicht reagierte und nur noch wenige Schritte von der Ausgangstür zum Zellentrakt entfernt war, wurde sein Ton hart.

„Verdammt, George. Wenn schon nicht um deinetwillen, dann tu´s wenigstens für Marcia." Beim Namen seiner Frau erstarrte George.

„Willst du, dass Marcia damit leben muss, dass ihr Mann im Mordfall des Jahrzehnts für schuldig erklärt wird, und das nur auf Grund einiger Indizien und seiner Sturheit, die ihn jede Aussage verweigern lässt? Willst du unschuldig den Rest deines Lebens im Gefängnis sitzen?" Langsam drehte George sich um.

„Du glaubst, dass ich unschuldig bin?"

„Ich sage dir, was ich glaube: Irgendetwas, ich weiß nicht was, verbindet dich mit der Toten. Aber du hast sie nicht umgebracht. Ich denke, du schweigst, um jemanden zu schützen."

George ließ sich schwer auf den Stuhl fallen. Zu Johns Bestürzung vergrub er das Gesicht in den Händen und begann zu weinen. Hilflos saß John hinter der Plexiglasscheibe. Aus dem Augenwinkel bemerkte er, wie die Wache durch das verglaste Guckloch der Tür hereinsah. Gleich darauf öffnete sich die Tür.

„Ist alles in Ordnung, Campbell?" George nickte und wischte sich mit dem Ärmel seiner grauen Häftlingskleidung über das Gesicht. Der Beamte ließ sie wieder allein. Minutenlang herrschte Stille im Raum. Schließlich hob George den Kopf.

„Ich … muss nachdenken. Könntest du morgen wiederkommen?" John nickte. George stand auf und gab der Wache durch das Glasfenster ein Zeichen, die Tür zu öffnen. Im Hinausgehen wandte er sich noch einmal um. „Wie geht es Marcia?"

„Die erste Zeit nach deiner Verhaftung war schlimm. Bonnie und Edwina Dunders waren rund um die Uhr bei ihr. Mittlerweile hat sie sich wieder ein wenig gefangen. Ihr Hausarzt hat eine Krankenschwester geschickt, die sich um sie kümmert." Wieder traten Tränen in Georges Augen. Wütend wischte er sie fort und sagte leise

„Bitte sag ihr, sie soll sich keine Sorgen machen. Und sag ihr … dass ich an sie denke.“

Als John den Tower betrat, war es bereits Mitternacht. Geistesabwesend grüßte er im Vorbeigehen seine Kollegen, die in dieser bitterkalten, klaren Nacht Dienst taten. Obwohl er nach der Fahrt in der überhitzten U-Bahn fror, ging er nicht auf kürzestem Weg zu seiner Wohnung. Statt dessen machte er einen Abstecher zum Rabenhaus.

Die nächtliche Beleuchtung des White Towers sorgte für einen schwachen Lichtschein auf der Wiese hinter der Voliere. Der Nachtfrost ließ seine Schritte leise knirschen. Da er die Raben nicht stören wollte, blieb er einige Meter vom Haus entfernt stehen. Einer der Vögel hob den Kopf aus dem Gefieder und steckte ihn gleich wieder hinein. Ansonsten war alles ruhig. Zufrieden ging John weiter und blieb dann unschlüssig mitten im Innenhof des Towers stehen. Marcia würde sich sicher sehr über Johns Botschaft freuen, nachdem sie tagelang nichts von ihm gehört hatte.

Also lenkte John seine Schritte zum Constable Tower in der äußeren Wallanlage des Towers. Dort waren etliche der Beefeater mit ihren Familien untergebracht. Die Campbells bewohnten eine geräumige Wohnung im Erdgeschoss. Durch die geschlossenen Vorhänge war im Wohnzimmer Lichtschein zu sehen. John klopfte an die Scheibe. Drinnen bewegte sich ein Schatten auf das Fenster zu.

„Ich bin´s, John Mackenzie. Ich habe eine Nachricht von George.“ Der Vorhang wurde beiseite geschoben und eine Frau in Schwesterntracht öffnete nach kurzem Zögern das Fenster einen Spalt breit. John stellte sich noch einmal vor.

„Ah, Sie sind derjenige, der Mrs. Campbells Gatten als Rabenpfleger vertritt. Sie hat mir von Ihnen erzählt. Worum geht es denn?“

„Ich komme gerade von Scotland Yard. Dort konnte ich mit George sprechen. Er bat mich, Marcia etwas auszurichten. Ist sie noch wach?“

„Das könnte sein. Als ich vor einer halben Stunde nach ihr gesehen habe, war sie noch nicht eingeschlafen. Kommen Sie einfach kurz herein, dann sehen wir nach.“

Im Wohnzimmer der Campbells war es gemütlich warm und John nahm dankbar auf dem Sofa Platz, während die Pflegerin – Ms. Doyle, wie auf ihrem Namensschild zu lesen stand – in den Flur verschwand. Gleich darauf ließ ihn ein Schrei hochfahren. Als er in das Schlafzimmer stürzte, starrte Ms. Doyle fassungslos auf das leere, sauber gemachte Doppelbett. „Aber wie konnte sie nur hinausgelangen? Ich war doch die ganze Zeit im Wohnzimmer.“, wimmerte sie.

„Da!“ John zeigte auf eines der Fenster. „Es ist einen Spalt offen. Sie muss hinaus geklettert sein.“ Er packte die aufgelöste Frau am Arm. „Schnell! Rufen Sie die Nachtwache an, die sollen eine sofortige Suchaktion einleiten. Die Nummer ist 111, das Telefon steht im Flur.“ Nachdem sie hinausgelaufen war, durchsuchte John fieberhaft das Zimmer nach einem Hinweis, wohin Georges Frau verschwunden sein könnte. Und tatsächlich, auf der Kommode sprang ihm ein Zettel ins Auge, der an einen Keramikengel gelehnt war.

Ich bekenne mich schuldig am Mord an Julia Feldmann. Meine Krankheit hat mich unzurechnungsfähig gemacht. Mein tiefstes Bedauern gilt der Toten sowie meinem Mann und meinem Sohn, die in keiner Weise mit dieser Sache zu tun haben und nicht für meine Tat bestraft werden sollen. Um weiteren Schaden von ihnen abzuwenden, nehme ich die Gerechtigkeit nun selbst in die Hand. Marcia Campbell

Ungläubig stand er einen Augenblick da, dann rannte er aus der Wohnung, den handgeschriebenen Zettel in der Jackentasche. Dunders hatte schnell reagiert, schon konnte John Stimmen und Schritte hören, die sich ihm eilig näherten. Zwei seiner Kollegen bogen im Laufschritt um die Ecke. „Sie hat vor maximal 30 Minuten die Wohnung verlassen. Mittlerweile kann sie überall auf dem Gelände sein.“

Oder bereits tot. Diesen Gedanken sprach John nicht aus. „Verteilen wir uns.“

Die beiden Männer rannten in entgegen gesetzte Richtungen entlang des äußeren Walls davon, John durch einen Gang neben dem Hospital Block in den Innenhof des Towers. Dort stieß er auf Philip Dunders, der neu hinzu stoßende Männer methodisch mit Funkgeräten ausstattete und in verschiedene Richtungen dirigierte.

„Verflucht, falls sie sich etwas antun will, gibt es dutzende Stellen. Allein all die Orte, von denen sie sich in die Tiefe stürzen könnte.“

Unwillkürlich sahen sie zu den Zinnen des White Towers hinauf, 30 Meter über ihnen.

„Wissen wir, ob sie irgendwelche Schlüssel mitgenommen hat? Wenn sie Georges Schlüsselbund hat, dann kann sie überall hinein."

„Ich versuche, es herauszufinden." John sprintete zurück zum Constable Tower. Die Wohnungstür stand offen.

„Ms. Doyle! Wir brauchen Ihre Hilfe." Die Pflegerin hatte sich wieder gefasst und kam aus dem Schlafzimmer gelaufen.

„Soweit ich das sehen kann, ist sie in Morgenmantel und Pantoffeln unterwegs. Ihr Schrank scheint unberührt und an eine Jacke kam sie nicht heran, die hängen alle im Flur."

Oh Gott, dann hat sie allein schon durch die eisigen Temperaturen kaum eine Chance, wenn sie draußen ist, stöhnte John innerlich. „Haben Sie eine Ahnung, wo die Campbells ihre Schlüssel aufbewahren? Vielleicht in der Garderobe?"

„Ich weiß es nicht. Sehen wir nach."

John riss einige Schubladen auf und erblickte Georges vertrauten Schlüsselbund. Er raste zurück in den Innenhof. Chief Mullins war mittlerweile zu Dunders gestoßen. Er sprach gerade in ein Funkgerät.

„Schlüssel hat sie keine bei sich, wir können uns also auf die Außenanlagen konzentrieren.", brachte John schnaufend hervor. „Und sie ist nur mit einem Morgenmantel bekleidet." Mullins ließ das Funkgerät sinken.

„Nord-, West und Südwall sind gecheckt. Ein Trupp durchsucht jetzt die Mauerumgänge im Osten." John zog ihn einige Schritte zur Seite.

„Hier ist der Zettel, den sie zurück gelassen hat." Mullins las halblaut „*…nehme ich die Gerechtigkeit nun selbst in die Hand.* Hm. Das hört sich an, als habe sie ein Zeichen setzen wollen – " Er ließ den Blick über den hell erleuchteten Innenhof des Towers schweben. „Man sollte meinen, der symbolträchtigste Ort wäre der Hinrichtungsplatz. Am Tower Green ist sie aber offensichtlich nicht. Was könnte sonst noch ein geeigneter Ort sein…" Einen Augenblick lang sahen Chief Mullins und John sich an, dann rannten beide wortlos los.

Durch den Bloody Tower hinaus in die Water Lane, zum Verrätertor. Der Pegel der Themse, dessen eiskaltes Wasser die dunkle Nische füllte, hatte beinahe die Obergrenze erreicht. Mullins packte John am Arm.

„Da hinten!“ Im selben Augenblick entledigten sich beide Männer ihrer Jacken und Schuhe, sprangen über das Geländer und tauchten in das nachtschwarze Themsewasser ein.

Die Kälte raubte John den Atem. Er hatte das Gefühl, sein Herz wäre stehen geblieben. „Nun machen Sie schon, Mackenzie. Helfen Sie mir!“ Als er die energische Stimme des Chiefs hörte, löste er sich aus seiner Erstarrung. Mit wenigen Zügen war er am Gitter des Verrätertores angelangt. Gemeinsam bugsierten sie Marcias leblose Gestalt hinüber zum Geländer, wo mehrere Beefeater ihnen helfend die Hände entgegenstreckten. Jemand hatte geistesgegenwärtig das kleine Tor im Geländer aufgesperrt, so dass sie ihren Körper in die Water Lane hinaufziehen konnten.

Doc Hunter war bereits zur Stelle. Ohne Mullins´ Hilfe hätte John es nicht mehr die Betonstufen hinauf geschafft, die unter Wasser hinauf zur Water Lane führten. Mullins schob und von oben zogen einige Kollegen an ihm, bis er neben Marcia auf dem Pflaster der Water Lane lag. „Schnell, schnell, Bahren aus der Krankenstation“, befahl Hunter. Während einige Männer davon rannten, ließ Mullins sich neben John auf den Boden fallen.

„Ist … sie noch am Leben?“, krächzte er. John hob mühselig den Kopf und blickte zu Marcia hinüber. Hunter hatte sie in eine wärmespeichernde Rettungsfolie eingewickelt, bis er Decken gebracht bekam. Er antwortete nicht. Mit grimmigem Gesicht begann er mit einer Herzdruckmassage.

Nach wenigen, endlos erscheinenden Minuten, in denen John mit dem Bedürfnis kämpfte, einfach die Augen zu schließen und sich in ein schwarzes Loch fallen zu lassen, wurden die beiden Männer in Decken gehüllt und auf zwei Bahren gelegt. Zugleich kam aus dem Byward Tower ein Notarztteam herbeigeeilt. „Ich fahre mit ihr in die Klinik. Ihr beide lasst euch in der Krankenstation versorgen.“, bestimmte Doc Hunter. Mullins protestierte schwach.

„Ich will euch in die Klinik begleiten.“

„Sie hören jetzt auf mein Kommando. Ihr habt genug getan. Ich halte euch auf dem Laufenden.“ Weg war der Arzt. Also ließen John und Chief Mullins sich quer durch den Tower zu der kleinen Krankenstation neben der Wohnung des Docs bringen. Ms. Doyle, die sich sichtlich Vorwürfe wegen des Verlusts ihrer Patientin machte, freute sich, sich nützlich machen zu können. Sie wies ihre Helfer an, den beiden Unterkühlten die stellenweise steif gefrorene Kleidung vom Körper zu ziehen. Frank Abbott rief kurzerhand seine Frau an, die heißen Tee, Heizdecken und Wärmflaschen organisierte. Nachdem die Pflegerin Temperatur, Puls und Blutdruck gemessen hatte, nickte sie zufrieden. „Ihre Körpertemperatur ist nicht im kritischen Bereich, dazu war Ihr Aufenthalt in dem Eiswasser Gott sei Dank zu kurz. Sie haben beide momentan sehr hohen Blutdruck, aber das ist normal in einer solchen Situation. Passen Sie nur auf, morgen bleibt Ihnen als Erinnerung an Ihr Abenteuer höchstens ein kleiner Schnupfen."

Mullins und John, die immer noch heftig zitternd unter ihren jeweiligen Decken lagen, warfen sich einen Blick zu und rollten mit den Augen.

Mit einem frischen Verband für Johns Hand und einer Thermoskanne heißen Tees versorgt, fanden die beiden Männer sich schließlich allein wieder. Johns Frösteln hatte nachgelassen und er genoss die wohlige Wärme unter dem dicken Federbett, das man ihm gebracht hatte, die Füße auf einer heißen Wärmflasche. Er merkte, wie er wegdämmerte, als Mullins´ heisere Stimme an sein Ohr drang.

„Wie verzweifelt muss Marcia gewesen sein, in diese eiskalte Brühe zu steigen. Der Mord an dem Mädchen muss ihr entsetzliche Qualen verursacht haben."

„Ich … glaube nicht, dass sie es war." Mit diesen Worten schlief John ein.

„Aufstehen, Mackenzie! Ich habe gute Nachrichten."

„Mmmmm." Grummelnd öffnete John ein Auge. Als er den Kommandanten vor seinem Bett stehen sah, fielen ihm die Ereignisse der Nacht schlagartig wieder ein. „Was…" Heftiges Niesen überkam ihn. Mit tränenden Augen richtete er sich schließlich auf und nahm ein Taschentuch, das Mullins ihm reichte.

„Ich habe mit Doc Hunter gesprochen: Marcia lebt!" John blieb der Mund offen stehen.

„Offensichtlich haben wir sie gerade noch rechtzeitig aus dem Wasser gezogen. Es stand spitz auf Knopf, sagen die Ärzte." Mullins schüttelte staunend den Kopf. „Sie hatte sich die Pulsadern aufgeschnitten, aber durch die extreme Kälte ist nur wenig Blut ausgetreten. Allerdings war sie bereits bewusstlos und wäre kurze Zeit später wegen Unterkühlung gestorben."

„Pff. Das sollte sogar ein medizinischer Laie wissen, dass man sich die Pulsadern am besten in der warmen Badewanne aufschneidet." Schwester Doyle war unbemerkt hereingekommen. Als sie die Blicke der beiden Männer bemerkte, schlug sie sich verlegen die Hand vor den Mund. „Aber selbstverständlich bin ich sehr froh, dass Mrs. Campbell das nicht wusste und noch gerettet werden konnte."

„Wie wäre es, wenn Sie einen frischen Tee für Mr. Mackenzie hier besorgen könnten?" Bei Mullins′ nur mühsam beherrschtem Ton floh die Krankenschwester aus dem Zimmer.

Mullins setzte sich auf den Bettrand. „Gestern Nacht sagten Sie etwas, das mir Rätsel aufgibt: Sie denken, Marcia ist nicht die Mörderin von Julia Feldmann? Obwohl sie es in ihrem Schreiben selbst zugibt?" John nieste abermals und nickte dann.

„Ich denke, sie hat den Selbstmordversuch aus demselben Grund unternommen, aus dem George seit Tagen stur die Aussage verweigert: Sie will jemanden schützen." Mullins sah ihn verständnislos an.

„Wie kommen Sie darauf? Woher wollen Sie wissen, aus welchem Grund George so ausdauernd schweigt?" John fiel ein, dass der Chief noch gar nichts von seinem Besuch bei Scotland Yard wusste. Also wiederholte er das Gespräch mit George, so genau es ging. Er musste sich auf die Zunge beißen, um Maggies Informationen nicht preiszugeben. Als er geendet hatte, fuhr Mullins sich verwirrt durch die Haare.

„Also scheint bei den Campbells jeder vom anderen zu glauben, dass er schuldig ist. Aber wenn wir davon ausgehen, dass Sie richtig liegen und weder George noch Marcia haben die Studentin getötet: Dann bleibt uns ja nur noch eine Möglichkeit." John wiegte den Kopf.

„Lassen Sie uns keine voreiligen Schlüsse ziehen: Aber wir sollten dringend ein Gespräch mit Richard führen. Außerdem müssen wir versuchen, mit Marcia zu reden. Darf sie schon Besuch empfangen?" Mullins sprang auf.

„Sie stehen jetzt auf und ich rufe Hunter im Krankenhaus an. Ach, und übrigens", er drehte sich noch einmal um. „Nach Ihren Worten gestern habe ich Marcias Abschiedsbrief erst einmal sicher bei mir verwahrt. Außer Ihnen und mir weiß keiner von seiner Existenz. Ich hielt es vorerst für unnötig, ihn weiterzugeben. Whittington würde sie sicher unter Arrest stellen, sollte er davon erfahren. Das möchte ich ihr nicht zumuten, falls sie wirklich unschuldig ist.“ Damit war er aus der Tür. John schüttelte staunend den Kopf. Der Chief musste großes Vertrauen in ihn setzen, wenn er auf seine Einschätzung hin der Polizei wichtiges Beweismaterial vorenthielt.

Eine Stunde später standen ihnen Doc Hunter und der behandelnde Arzt in einem beengten Sprechzimmer des St. Bartholomew´s Krankenhauses gegenüber.

„Es ist wirklich sehr wichtig, dass wir mit ihr reden. Bitte lassen Sie uns zu ihr. Nur fünf Minuten.“

Hunter beugte sich zu seinem Kollegen und raunte ihm zu, „Das sind die Herren, die die Patientin aus der Themse gerettet haben.“ Daraufhin wurde der Blick des Stationsarztes etwas freundlicher.

„Na gut, ich werde gleich noch mal nach ihr sehen. Wenn ich es verantworten kann, dann können Sie kurz hinein.“

Hunter rieb sich müde über die Augen. „Marcia hatte unglaubliches Glück, dass Sie sie entdeckt haben. Wenig später wäre es vorbei gewesen. Ich nehme an, der Druck ist ihr einfach zu groß geworden, mit Johns Verhaftung und Richards Wahlkampagne, die sie sich so zu Herzen nimmt.“

Mullins und John vermieden es, einander anzusehen und brummten etwas Unverbindliches. Hunter gähnte herzhaft.

„Ich muss mich aufs Ohr hauen. Eine der Schwestern soll mir ein Taxi besorgen.“ Er verließ das Sprechzimmer, kam aber gleich wieder zurück. „Whittington ist im Anmarsch“, zischte er. „Eine Vernehmung steht Marcia in ihrem Zustand nicht durch. Ich werde versuchen, ihn abzuwimmeln.“ Damit verschwand er wieder. Mullins und John grinsten sich an, als sie hörten, wie Hunter den Superintendenten in aufgeblasenem Ton mit einer Woge von unverständlichen Fachbegriffen überschüttete.

Whittington jedoch ließ sich von der medizinischen Terminologie nicht beeindrucken und verlangte, Marcia auf der Stelle zu sehen. Dabei wurde er zunehmend laut. Da riss Hunter der Geduldsfaden.

„Superintendent, bei aller gebotenen Achtung: Dieser Skandal wegen Misshandlung von Verdächtigen bei der Metropolitan Police im vergangenen Jahr ist den Leuten noch in bester Erinnerung. Wenn Sie nun darauf bestehen, die Patientin, die vor wenigen Stunden knapp dem Tode entronnen und noch keineswegs stabil ist, mit Ihren impertinenten Fragen zu behelligen, werde ich dies an Ihre Vorgesetzten und an die Medien weitergeben. Und wie Sie sehen, verfüge ich über eine ganze Reihe von Zeugen für Ihr Verhalten. Ich gebe Ihnen einen guten Rat: Verabschieden Sie sich jetzt. Sofort."

Nach einer endlosen Minute des Schweigens war zu hören, wie sich Schritte entfernten. Draußen murmelten mehrere Leute durcheinander. John lugte vorsichtig hinaus. Whittington hatte den Rückzug angetreten, einige Schwestern und Pfleger sahen ihm missbilligend nach. Doc Hunter brummte, „Dieser Popanz. Meint, er muss sich mit mir anlegen."

„Gut gemacht, Doc. Erstmal sind wir ihn los."

„Oh Patrick, warum musstet ihr mich herausziehen?" Marcias Stimme war ein raues Flüstern. Chief Mullins fehlten die Worte.

„Wie kannst du so etwas nur fragen? Ich…" Hilfesuchend sah er John an, der sich im Hintergrund hielt.

„George wird dich brauchen, wenn er aus der Untersuchungshaft entlassen wird. Scotland Yard wird früher oder später herausfinden, dass er unschuldig ist.", sagte dieser sanft. Marcias stumpfer Blick wurde mit einem Mal klar.

„Was sagst du da, John? George … hat nichts mit dem Mord zu tun?" John schüttelte lächelnd den Kopf. „Nein. Er hat die ganze Zeit geschwiegen, weil er Angst hatte, du oder Richard wären darin verwickelt. Er wollte euch schützen, genauso wie du versucht hast, durch deine Tat deine Familie zu schützen. Ihr seid schon ein tolles Team, wie ihr euch füreinander aufopfern wolltet."

Marcia Gesicht spiegelte den unbändigen Wunsch wider, Johns Worten Glauben zu schenken. „Aber woher weißt du, dass er unschuldig ist, wenn er doch mit niemandem spricht?"

„Gestern Abend konnte ich kurz mit ihm reden. Ich bin überzeugt davon, dass er Julia Feldmann nicht umgebracht hat, auch wenn wir es noch nicht beweisen können. Er war es, der mich zu dir schickte. Ich sollte dir ausrichten, er würde an dich denken und du solltest dir keine Sorgen machen."

Einen kurzen Moment lang dachten alle drei daran, was geschehen wäre, hätte John in dieser Nacht nicht vor Marcias Tür gestanden.

Dann ergriff Marcia bewegt die Hände der beiden Männer. „Ihr seid so gute Freunde für uns. Wie konnte ich nur an George zweifeln, während ihr an ihn geglaubt habt?“ Plötzlich stockte sie. „Aber was ist dann mit den Fingerabdrücken? Mir wurde gesagt, die Polizei hätte Georges Abdrücke auf dem Rucksack des Mädchens gefunden. Darum dachte ich, es müsste George gewesen sein, der …“

„Der Fingerabdruck beweist lediglich, dass er den Rucksack in der Hand gehabt haben muss, aber nicht, dass er ein Mörder ist. Könnte er sonst irgendwie in Kontakt mit dem Mädchen gestanden haben oder ihr irgendwo begegnet sein?“ Marcia sah sie ratlos an.

„Ich habe keine Ahnung. Ich bin sicher, dass er sie nie erwähnt hat.“

Mullins tätschelte ihre Hand und stand auf. „Es wird sich schon alles aufklären. Wichtig ist erstmal, dass du wieder auf die Beine kommst. Also ruh dich schön aus.“ Sie schickten sich an, zu gehen. Marcia aber umklammerte Johns Hand. „Mein Sohn – er hat doch nichts damit zu tun?“

„Nigel Owen sagte mir, er wäre in der fraglichen Zeit mit Richard zusammen in der Bar gewesen, um Telefonate zu führen. Mach dir keine Gedanken um ihn.“, beruhigte John sie und löste sich behutsam aus ihrem Griff.

In der Tür drehte Mullins sich noch einmal um. „Ach, da fällt mir etwas ein, Marcia: Deinen Abschiedsbrief hat außer John und mir niemand gesehen. Wir werden ihn vernichten. Wir wollen die Polizei doch nicht durch ein falsches Geständnis verwirren, nicht wahr?“

Er zwinkerte ihr zu und sie verabschiedeten sich. Trotz der Verbände um ihre Handgelenke, der zahlreichen Schläuche und Monitore, an die sie angeschlossen war, wirkte Georges Frau so gelöst, als sei eine tonnenschwere Last von ihr genommen worden.

Draußen wurde John wieder von heftigem Niesen überfallen. „Ich brauche jetzt dringend etwas Warmes, bevor wir zurück fahren. Gehen wir in die Cafeteria.“

Angesichts eines Gebräus, das wie Spülwasser aussah und als Earl Grey verkauft wurde, entschied John sich für eine Tasse Kaffee. Sie setzten sich.

„Kein Wunder, dass die hier kaum Gäste haben. Die Stühle sind noch unbequemer als die von Scotland Yard und was sie einem da für zwei Pfund als Kaffee verkaufen…“ Mullins schüttelte sich. Dann sah er John anerkennend an.

„Sie lagen richtig mit Ihrer Vermutung Marcia betreffend. Aber was jetzt? Wenn Richard auch nichts mit der Sache zu tun hat, dann stehen wir wieder am Anfang.“

John schüttelte den Kopf. „Ich bin mir nicht sicher, ob wir Owens Aussage, dass er pausenlos mit Richard zusammen war, für bare Münze nehmen können. Er scheint ja wie besessen davon zu sein, Richard zum Wahlerfolg zu verhelfen. Daher frage ich mich, ob er nicht auch bedenkenlos für ihn lügen würde.“ Mullins nickte nachdenklich.

„Außerdem, Chief, überlegen Sie: Wenn keiner der Campbells eine Verbindung zu Julia Feldmann hatte: Warum hätte George dann die Notwendigkeit gesehen, sie durch sein Schweigen schützen zu wollen? Ich denke, es gibt da doch irgendeinen Berührungspunkt, von dem wir nichts wissen. Aber George kennt ihn.“

Kapitel 15

Angespannt betrat John das mittlerweile vertraute Gebäude von Scotland Yard. Er hoffte inständig, durch sein Gespräch mit George einige Antworten finden zu können. Er meldete sich beim Empfang an. Nachdem er einige Minuten gewartet hatte, sah er sich jedoch der Person gegenüber, der er am allerwenigsten begegnen mochte: Simon Whittington. Sein Cousin schritt durch die Eingangshalle auf ihn zu und musterte ihn mit ausdruckslosem Gesicht. „John. Wir müssen uns unterhalten." John fluchte lautlos und folgte dem Superintendent in dessen Büro.

Unaufgefordert ließ er sich in einem der Besuchersessel nieder und setzte ein unschuldiges Lächeln auf.

„Wie geht es mit dem Fall voran, Simon? Der Presse lässt sich ja leider kaum etwas darüber entnehmen." Whittington knipste ebenfalls ein Lächeln an und ließ seine makellosen Zahnreihen blitzen. „Ich freue mich über dein Interesse. Du bist sicher gekommen, um mir zu berichten, was dir George Campbell bei eurer nächtlichen Unterredung gestern erzählt hat."

John zeigte wieder einmal seine verbundene Hand, die kaum noch schmerzte.

„Wie du weißt, ist George der Ravenmaster des Towers. Seit er verhaftet wurde, habe ich seine Pflichten übernommen. Allerdings habe ich noch zu wenig Erfahrung, wie man sieht. Stell´ dir vor, was passiert ist: Ich kam zu spät zur Abendfütterung und – "

„Ich hatte dich gefragt, über was du und Campbell gesprochen habt.", unterbrach Whittington ihn Zähne knirschend.

„Das versuche ich dir ja gerade zu erklären. Nachdem mich einer der Raben angegriffen hatte – allerdings war ich selbst daran schuld – brauchte ich dringend einige Tipps von George. Immerhin stehen die Raben sozusagen in königlichen Diensten und haben das Anrecht auf die beste Pflege – "

„Du willst doch nicht behaupten, ihr habt euch nur über diese Viecher unterhalten? Nach den Aufzeichnungen der Wache hat Campbell während eures Gesprächs einen sehr betroffenen Eindruck gemacht und sogar geweint. Wie willst du mir das bei so einem läppischen Thema plausibel machen?" John legte einen tief erschütterten Ausdruck auf sein Gesicht. „Läppisches Thema? Die Raben sind Georges Lebensinhalt, und das seit über zwanzig Jahren. Natürlich war er bestürzt, als er von Brans Verhalten gehört hat. Bran ist sozusagen der Rudelführer der Tiere – " John konnte sehen, wie eine Ader an der Stirn seines Cousins anschwoll und er musste sich ein Grinsen verbeißen.

Abrupt stand sein Cousin auf und baute sich vor John auf. „Was kannst du mir über den Suizidversuch von Marcia Campbell sagen?"

„Ich weiß nur, dass wir sie gerade noch rechtzeitig gerettet haben. Doc Hunter hat uns heute Morgen aus dem Krankenhaus angerufen, dass sie zwar noch nicht über den Berg ist, aber immerhin lebt. Deswegen bin ich hier, schließlich muss George davon erfahren."

„Warum hat sie das getan?"

John zuckte mit den Schultern. „Keine Ahnung. Das wirst du sie selbst fragen müssen, sobald man wieder mit ihr sprechen kann. Aber welche Frau würde es nicht schwer nehmen, wenn ihr geliebter Gatte unter Mordverdacht verhaftet wird?"

„Wie kam es, dass ausgerechnet du und dieser Mullins sie so schnell gefunden habt?"

„Als die Krankenschwester Alarm gegeben hat, dass Marcia verschwunden war, haben wir Suchmannschaften gebildet. Chief Mullins und ich haben in der Water Lane nachgesehen und sie dort entdeckt." Verwundert registrierte John, wie leicht ihm die Lügen über die Lippen gingen. Er bemerkte, dass er begann, dieses kleine Schauspiel richtiggehend zu genießen. „Kann ich noch irgendetwas für dich tun oder kann ich jetzt zu George?", fragte er freundlich.

Nun war es an Whittington, überlegen zu lächeln. „Nein, tut mir leid."

„Wie bitte? Wieso nicht?", begehrte John auf. Der Superintendent ging wieder um den Schreibtisch herum, ließ sich in seinen Sessel fallen und streckte lässig die Beine von sich.

„Tja, lieber Cousin, ich hatte dich ja gewarnt: Auf Einmischung in meine Ermittlungen reagiere ich allergisch. Also untersage ich dir ab sofort den Kontakt zu unserem Verdächtigen."

„Dazu hast du nicht das Recht!" Whittington griff nach dem mit seinen Initialen verzierten Zigarrenetui und nahm eine der dicken Rollen heraus. Genüsslich hielt er sich eine Cohiba unter die Nase. „Ich verstehe deine Enttäuschung. Tatsächlich kann ich in Fällen, wo eine Verdunklungsgefahr besteht, beim leitenden Staatsanwalt ein Kontaktverbot beantragen. Ausgenommen davon bleibt selbstverständlich der Anwalt des Verdächtigen. Wir sind schließlich ein Rechtsstaat.“

„Verdunklungsgefahr? Verdammt, Simon, so etwas kannst du mir nicht einfach unterstellen. Du – “

„Vorsicht, was du sagst, John. Bevor du dich hier noch weiter echauffierst, sieh dir das mal an.“ Er zog ein Foto aus einer Schublade und warf es John hin. Sprachlos starrte John auf das Bild.

„Das willst du gegen mich verwenden? Das meinst du nicht ernst.“ Whittington würdigte ihn keines Blickes und beschäftigte sich hingebungsvoll mit seiner Zigarre. John hielt es nicht mehr in seinem Sessel. „Wie viele Jahre ist das her? Mindestens fünfundzwanzig. Ich war damals noch nicht mal volljährig. Ich bekam eine Ermahnung und das war´s. Nicht mal die Army hat das interessiert und du kannst mir glauben, die prüfen das Vorleben eines jeden sehr genau.“

„Immerhin habt du und deine Ökofreunde damals mit euren Sitzstreiks auf der Zufahrtsstraße den Betrieb in Sellafield so gut wie lahm gelegt und die Polizei an der Ausübung ihrer Pflichten gehindert.“

„Die Betreiberfirma hatte radioaktive Abfälle ins Meer geleitet und riesige Gebiete verseucht! Damals sind Leute aus dem ganzen Land mit Bussen nach Sellafield gefahren, um zu demonstrieren – “

„Das tut hier nichts zur Sache. Widerstand gegen die Staatsgewalt und Eingriff in den Straßenverkehr – und dazu noch die Tatsache, dass ihr Beefeater bekanntermaßen eine verschworene Gemeinschaft seid, deren Mitglieder füreinander lügen würden, ohne mit der Wimper zu zucken – für Sir Fenton Carruthers war das Grund genug, Kontakte zu dir und dem Rest der Tower-Bagage vorerst zu unterbinden.“ Das selbstzufriedene Lächeln verschwand.

„Lass dir etwas gesagt sein: Das war das letzte Mal, dass du dich in meine Ermittlungen eingemischt hast. Ansonsten wirst du dich wundern, welche Geschütze ich noch auffahren kann.“ Whittington lehnte sich wieder in seinem Sessel zurück. „Und nun wünsche ich dir einen guten Tag. Constable Hewitt wird dich zum Ausgang geleiten.“

In seinem Kopf toste es, als John neben Mullins auf dem Rückweg von Sir Fitzgeralds Kanzlei im Taxi saß. Der Anwalt hatte versprochen, sich umgehend nach ihrem Gespräch zu Scotland Yard aufzumachen. Empört über Whittingtons Schachzug hatte er für den folgenden Tag einen Termin beim leitenden Staatsanwalt erwirkt. „Was der Superintendent da vorbringt, ist einfach lächerlich. Aber er hat beim alten Carruthers einen Stein im Brett, und zwar nicht erst, seit er die Bayswater-Morde im letzten Jahr so schnell aufgeklärt hat. Ich werde sehen, was ich tun kann, um dieses hanebüchene Kontaktverbot wieder aufheben zu lassen. Einstweilen hoffen wir, dass George in dieser Lage endlich zu einem Gespräch mit ihm bereit ist."

Müde lehnte John sich in das zerschlissene Polster zurück. Er hatte das Ohrensausen, das nach Brans Attacke schnell wieder abgeklungen war, wie einen alten Bekannten begrüßt. Einen Bekannten, der sich hoffentlich bald wieder verabschiedete.

Wenn er an die Szene in Whittingtons Büro zurück dachte, spürte er wieder ohnmächtige Wut in sich aufsteigen. „Es geht Whittington wie immer nur um eins: Macht. Dieses egomanische Scheusal, dieser....", grummelte er vor sich hin.

„Sie sehen schrecklich aus, Mackenzie.", bemerkte Mullins mit einem Seitenblick. „Ich lasse sie für ein, zwei Tage vom Dienst befreien. Erholen Sie sich erst mal."

„Nein, Chief. In der letzten Zeit habe ich sowieso kaum einmal regulär Dienst geschoben. Die heutige Nachtwache im Byward Tower übernehme ich auf jeden Fall, das schaffe ich schon." Er nieste wieder. „Ihnen scheint das alles gar nichts auszumachen. Sie müssen eine eiserne Konstitution haben, Chief." Mullins grinste.

„Sagen wir mal so: In fünfundzwanzig Jahren Einsatz bei der *Royal Air Force* habe ich vielleicht eine größere Widerstandskraft gegen Stress, Kälte und Vogelangriffe entwickelt als Sie hinter Ihrem Schreibtisch." Er lachte herzhaft. „Aber machen Sie sich keine Gedanken, Mackenzie: Für einen Psychoonkel halten Sie sich ganz brauchbar."

John hatte gehofft, nach der Abendfütterung eine Mütze voll Schlaf zu erwischen, bevor er um 22.00 Uhr seinen Wachdienst antrat. Das Klingeln des Telefons riss ihn jedoch unsanft aus dem Schlummer. „Sind Sie das, Mr. Mackenzie? Walters am Apparat."

„Oh, Sir Fitzgerald, guten Abend.“ Nun war er wieder hellwach. „Was gibt es? Konnten Sie mit George sprechen?“

„Ja. Ich habe versucht, ihm den Selbstmordversuch seiner Frau möglichst schonend beizubringen, aber er war dennoch schwer getroffen. Als ich ihm sagte, dass Sie vorerst nicht mit ihm sprechen dürften, erwiderte er, dann würde er warten, bis man Sie wieder zu ihm lassen würde. Er scheint kein Vertrauen zu mir zu haben.“, schloss der Anwalt gekränkt.

„Das hatte ich befürchtet. Sir Fitzgerald, bitte versuchen Sie Ihr möglichstes, damit der Staatsanwalt die Kontaktsperre möglichst schnell wieder aufhebt. George verfügt über wichtige Informationen, ohne die wir nicht weiter kommen.“ Der Anwalt versprach es und legte auf. Flüchtig überlegte John, ob er Maggie bitten sollte, bei ihrem Kollegen ein gutes Wort für ihn einzulegen. Dann entschied er sich dagegen, um seine Schwester nicht noch weiter in die Sache hineinzuziehen. Sie hatte ohnehin schon ein beträchtliches Risiko auf sich genommen.

Nachdem er die Besucher der Schlüsselzeremonie vollzählig hinausgelassen hatte, setzte John sich hinter den Schreibtisch im Byward Tower und lauschte dem Ticken der Wanduhr. Der Zeiger bewegte sich nur quälend langsam vorwärts, während er mit dem Wunsch kämpfte, den Kopf auf die Arme zu legen und die Augen zu schließen. Aber dann würde er sicher nicht rechtzeitig zu seinem Kontrollgang um 23.30 Uhr aufwachen. Auf der Suche nach einer Ablenkung durchblätterte er die Aufzeichnungen der Wache. *178 High Holborn, London WC1.* Julia Feldmanns Adresse sprang ihm ins Auge. Ein Blick in die Datenbank des Towers ergab auch ihre Telefonnummer, die alle Bewerber für ein Ticket zur Schlüsselzeremonie angeben mussten. Ohne sagen zu können, warum, griff er zum Telefon.

Da die Polizei das Apartment sicher noch nicht zur Weitervermietung frei gegeben hatte, erwartete er, dass sich niemand melden würde.

„*High Holborn Residence*, Empfang, Garrett am Apparat. Was kann ich für Sie tun?“ Verdattert hielt John den Hörer in der Hand, aus dem die gelangweilte Stimme drang. Er hatte sich keinerlei Gedanken gemacht, was er sagen sollte. Dann kam ihm eine Idee.

„Äh, guten Abend. Wir suchen eine Unterkunft für unsere Tochter. Meine Frau hat gehört, dass in Ihrem Studentenwohnheim ein Einzelapartment frei geworden ist.“

Der Mann schnaubte. „Das kann man so sagen. Die Vormieterin dürfte das wohl prominenteste Mordopfer des Vereinigten Königreichs sein. Sie haben sicher davon gelesen.“

„Natürlich. Eine schreckliche Geschichte. Ist das Apartment denn schon wieder zugänglich?“

„Gestern haben wir endlich die Freigabe von der Polizei bekommen. Sie haben ohnehin längst alles mitgenommen, was Miss Feldmann gehört hat. Aber hören Sie, Mister, wir nehmen während der Vorlesungszeiten nur Studenten der London School of Economics.“

„Unsere Tochter ist gegenwärtig im ersten Jahr an der LSE. Momentan lebt sie in einer WG, aber sie versteht sich mit ihren Mitbewohnern nicht und möchte daher so schnell wie möglich ein Einzelapartment beziehen.“

„Aha. Naja, wenn Sie wollen, dann kommen Sie doch in den nächsten Tagen vorbei und sehen sich das Zimmer an. Normalerweise haben wir eine Warteliste für freie Räume, aber mitten unter dem akademischen Jahr haben die meisten Studenten schon etwas gefunden und der große Run setzt dann erst wieder ein, kurz bevor nächstes Jahr die neue Vorlesungszeit beginnt. Aber ich sage Ihnen gleich, die *High Holborn Residence* ist ein sehr gepflegtes Haus mit bester Ausstattung und zentraler Lage. Der Preis ist also entsprechend.“

„Was kostet das Zimmer denn?“

„So um die 650 Pfund im Monat. 14 Quadratmeter inklusive eigenem Waschbecken. Küche und Bad teilen sich jeweils fünf Zimmer.“

„Nun ja, das ist nicht billig, aber es sprengt unseren finanziellen Rahmen auch nicht. Passen Sie auf, ich komme morgen am frühen Abend mal vorbei und werfe einen Blick darauf.“

„Mein Dienst beginnt immer erst um 20 Uhr, also wird ein Kollege von mir da sein. Am besten geben Sie mir Ihren Namen, dann sage ich ihm Bescheid, dass Sie kommen.“ John überlegte fieberhaft. Wenn Simon zu Ohren kam, dass er sich im Studentenwohnheim umgeschaut hatte, drohte neuer Ärger. So gab er den ersten Namen an, der ihm in den Sinn kam. „Murray, John Murray.“

Nach dem Ende seiner Nachtwache um sechs Uhr morgens ging John zum Rabenhaus, um das Futter herzurichten. Obwohl es noch dunkel war, wurden die Vögel munter, während er das Fleisch und die hartgekochten Eier kleinschnippelte. Er füllte ihre Näpfe, öffnete die Voliere und ging dann in seine Wohnung, um vor seinem nachmittäglichen Besucherdienst einige Stunden bitter benötigten Schlaf hereinzuholen.

Bevor er seine erste Gruppe vor dem White Tower abholte, machte er einen Abstecher in Mullins´ Büro. „Chief, haben Sie von Sir Fitzgerald gehört?“

„Nein. Er wollte mich nach seinem Gespräch mit dem Staatsanwalt anrufen, aber bis jetzt warte ich noch auf Nachricht von ihm. Stattdessen hatte ich vorhin einen Anruf von Richard Campbell. Er wollte sich bei mir und natürlich auch bei Ihnen für die Rettung seiner Mutter bedanken. Allerdings schien er mir einigermaßen verwirrt, weil Marcia ihm sagte, sein Vater wäre unschuldig. Er wollte wissen, wie wir darauf kämen. Als ich ihm von Ihrem Gespräch mit George erzählte, schien er es gar nicht recht glauben zu können.“ Er sah John scharf an.

„Sie sind sich Ihrer Sache doch sicher, Mackenzie? Wenn wir Marcia vergebens Hoffnung gemacht hätten, wäre das sehr grausam.“ John hielt seinem Blick stand.

„Ich bin mir sicher, Sir: Wer auch immer Julia Feldmann umgebracht hat, George war es nicht.“ Mullins nickte.

„Gut. Da wir Richard ja noch nicht von der Liste der Verdächtigen gestrichen haben, dachte ich mir, ich fühle ihm doch gleich mal auf den Zahn. Also fragte ich ihn, ob ihm irgendetwas aufgefallen ist, während sein Vater mit den Gästen bei der Schlüsselzeremonie war. Aber er hat nur das bestätigt, was Owen Ihnen schon sagte: Dass sie beide in der Bar von ihren Mobiltelefonen aus Telefonate mit Sponsoren geführt hätten. Auch meine Frage, ob einer der beiden den Club zum Rauchen verlassen hat, verneinte er.“

„Hm. Das könnte die Wahrheit sein, oder die beiden haben sich abgesprochen, wer weiß. Mir kam gestern Nacht die Idee, mir das Umfeld von Julia Feldmann näher anzusehen. Heute nach Dienstschluss werde ich mir ihr Apartment ansehen. Vielleicht kann ich ja mit ihren Nachbarn ins Gespräch kommen.“ Der Chief sah ihn erstaunt an.

„Wie haben Sie das geschafft? Unser hochgeschätzter Superintendent gewährt Ihnen doch sicher keinen Zutritt zu der Wohnung.“ John grinste.

„Natürlich nicht. Aber die Polizei hat offensichtlich alle Spuren gesichert und das Apartment zur Neuvermietung frei gegeben. Also kann ich es heute als treu sorgender Vater einer Studentin und potenzieller Mieter besichtigen.“ Mullins pfiff anerkennend.

„Sie Schlitzohr! Na, dann viel Glück und lassen Sie sich nicht von Ihrem Cousin erwischen.“

Eine Traube junger Leute quoll aus dem Haupteingang der *High Holborn Residence*, als John hineinging. Er meldete sich am Empfang und wurde von einem freundlichen jungen Mann, den sein Namensschild als Carl auswies, in den zweiten Stock geführt.

„Da wären wir. Alle unsere Apartments sind voll möbliert, wie Sie sehen. Dusche und Küche sind gleich hier, müssen allerdings mit vier weiteren Studenten geteilt werden.“

„Carl, die Tür der Mikrowelle klemmt schon wieder! Sieh dir das mal an.“ Eine in Joggingsachen gekleidete junge Frau stand vor der Küchenzeile, die Hände in die Hüften gestemmt.

„Bin schon da, Alison. Sehen Sie sich ruhig um, Mr. Murray.“ Carl wandte sich dem widerspenstigen Gerät zu. John wanderte in das Einzelzimmer, das Julia Feldmann bewohnt hatte. Auf engem Raum drängten sich ein schmales Bett, ein Schreibtisch mit zwei Stühlen, ein Kleiderschrank und ein Bücherregal. Das kleine Waschbecken war blank geputzt, konnte sein Alter genauso wie das zweckmäßige Mobiliar aber nicht leugnen. Alles in allem fühlte John sich stark an seine eigene Studentenbude erinnert, mit Ausnahme des modernen Telefons auf dem Schreibtisch. Die Wände waren leer, auf dem Boden kein Krümel. Er warf einen schnellen Blick durch die halb offene Tür hinaus. Carl war immer noch mit dem Mikrowellengerät beschäftigt. Er öffnete den Kleiderschrank. Auch hier herrschte gähnende Leere, wie auch in dem kleinen zimmereigenen Safe, dessen Tür offen stand. Auch in den Schreibtischschubladen war nichts zurück geblieben, ebenso wenig wie unter der Matratze, die John verstohlen anhob.

Als er wieder in die Küche hinaus ging, kam er sich wie ein Idiot vor. Was hatte er erwartet? Einen Notizzettel mit dem Namen ihres

Drogendealers? Fotos, die sie für eine Erpressung verwenden wollte? Den Namen ihres Mörders in die grässliche beige Wandfarbe geritzt?

Draußen hatte Carl endlich das Problem gelöst und Alison holte einen Becher erhitzte Nudelsuppe aus der Mikrowelle. Ohne ein Dankeswort verließ sie die Küche und verschwand in ihrem Zimmer. Carl zuckte mit den Schultern und sah John fragend an.

„Denken Sie, es gefällt Ihrer Tochter? Natürlich ist die Einrichtung nicht die neueste und die Farbe muss irgendwann erneuert werden, aber dafür haben wir einen gut ausgestatteten Computerraum mit allen Schikanen, einen Bar mit Billardraum und eine hauseigene Wäscherei. Und die Lage ist unschlagbar.“ John lächelte über den Eifer des jungen Mannes.

„Am besten soll sie es sich selbst einmal ansehen. Ich für meinen Teil finde es ganz in Ordnung. Sagen Sie, können Sie mir etwas über die Mitbewohner sagen? Meine Tochter möchte aus ihrer jetzigen Wohnung ausziehen, weil es mit den anderen Mitgliedern der Wohngemeinschaft einfach nicht passt. Ich will nicht, dass das wieder passiert.“ Carl überlegte angestrengt.

„Hm. Wir haben 450 Studenten im Haus und ich arbeite erst seit ein paar Monaten hier, da kenne ich natürlich bei weitem nicht alle. Am ehesten noch die“, er wies mit einer Kopfbewegung auf Alisons geschlossene Tür, „die sich öfter mal beschweren, weil irgendeine Kleinigkeit nicht in Ordnung ist. Auf jeden Fall ist dies eine rein weibliche Gruppe. Außer Alison kenne ich nur noch Jean Falston persönlich, die ist ganz in Ordnung.“

„Haben Sie auch die Vormieterin des Zimmers gekannt? Die umgebracht wurde?“

Carl nickte. „Julia Feldmann. Die ist mir aufgefallen, weil sie besonders ruhig und zurückhaltend war. Durchaus höflich, aber, Sie wissen schon, so ein bisschen Rühr-mich-nicht-an.“

„Ich weiß, was Sie meinen. Hatte sie Kontakte zu ihren Mitbewohnerinnen?“

„Keine Ahnung. Wahrscheinlich kaum, die hatte wohl immer nur ihr Studium im Kopf. Unten in unserer Bar hab ich sie auf jeden Fall nie gesehen. Wollen Sie denn mit Ihrer Tochter noch einmal vorbeikommen? Dann sollten Sie sich beeilen, es hat sich schon herumgesprochen, dass das Zimmer wieder zu haben ist. Heute war bereits eine Studentin da, um es zu besichtigen.“ Er begleitete John zum Ausgang.

Unzufrieden mit sich selbst lenkte John seine Schritte zur U-Bahn Station Covent Garden. Doch schon nach wenigen Metern wurde er gestoppt, als jemand von hinten seinen Arm ergriff und zischte, „Mr. Mackenzie, was haben Sie hier verloren? Mischen Sie sich etwa in die Ermittlungen der Metropolitan Police ein?“

Ertappt fuhr er herum – und stand seiner Nichte gegenüber, die vergnügt losprustete.

„Renie! Was tust du hier? Und was soll das überhaupt?“

Kapitel 16

„Oh John, nicht böse sein! Ich helfe dir bei deinen Nachforschungen, was sonst?“ John stand, wie vom Donner gerührt.

„Wie…was…“ Resolut ergriff Renie seinen Arm.

„Komm, am besten lädst du mich zum Abendessen ein, dann können wir reden. Ich weiß auch schon, wo wir hingehen.“ Minuten später öffnete sie schwungvoll die Tür zu einem der zahlreichen All-you-can-eat-Buffets in Chinatown. Nachdem sie den Kellner wie einen alten Bekannten begrüßt hatte, strebte sie durch den lärmigen Raum auf einen kleinen Tisch zu, der in die hintere Ecke gezwängt war. John quetschte sich auf den wackligen Plastikstuhl und hob an, „Renie, du erklärst mir jetzt sofort – “

„Gleich, John. Erst mal holen wir uns was zu essen. Was willst du trinken?“

„Äh, einen Jasmintee, bitte“ Renie plärrte seine Bestellung quer durch den Raum und zog ihn dann zum Buffet.

„Hier, das doppelt gebratene Rindfleisch, das musst du probieren, himmlisch. Und die Ente mit Gemüse. Die Frühlingsrollen würde ich mir sparen, die triefen nur so vor Fett. Aber die gebratenen Nudeln mit Huhn sind dafür wieder Spitzenklasse.“ Mit voll gehäuften Tellern bahnten sie sich ihren Weg zurück zum Tisch, auf dem Johns Tee bereits auf ihn wartete, dazu ein großes Glas mit Saft für Renie. „Mangosaft, den trinke ich hier immer, sehr lecker. Und nun guten Appetit.“

„Renie“ John, der sich von seiner Überrumpelung erholt hatte, starrte seine Nichte durchdringend an.

Sie grinste ungerührt zurück. „Genieß dein Essen mit der künftigen Entwicklungshilfeministerin.“

„Oh, mein Gott, du hast deine Mutter und mich gestern belauscht!“ John verschluckte sich an einem Stück Huhn. Renie sprang auf und klopfte ihm auf den Rücken, bis er keuchend abwinkte. „Geht… schon wieder.“ Er nahm einen Schluck Tee und atmete tief durch. „Maggie hatte Recht, du bist wirklich über die Maßen neugierig.“ Plötzlich dämmerte ihm etwas. „*Du* warst die Studentin, die vor mir Julia Feldmanns Zimmer besichtigt hat!“

„Na, das war ja wohl der logischste Ansatzpunkt. So, wie Mum es gestern berichtet hat, gibt es ja wohl Zweifel daran, dass dein Freund George tatsächlich der Mörder ist. Also müssen wir doch überprüfen, ob sie irgendwelche Kontakte zu anderen Personen hatte, die ebenfalls an dem Abend im Tower waren. Und am ehesten dürften darüber ihre Mitbewohnerinnen Bescheid wissen.“. John musste eingestehen, dass Renies Gedankengänge seine eigenen widerspiegelten.

„Mit derselben Idee bin ich auch hergekommen.“, brummte er. „Aber ich habe keine Gelegenheit gefunden, mich mit einer von ihren Nachbarinnen zu unterhalten und dieser Carl konnte mir auch nichts Neues erzählen.“

„Tja, Onkelchen, ich will dich ja nicht beleidigen, aber was Kontakte knüpfen angeht, da bin ich offensichtlich erfolgreicher als du. Zumindest, was die Studentenszene betrifft. Ich treffe mich nachher mit ein paar Leuten aus dem Wohnheim, um ins Kino zu gehen. Eins der Mädchen, eine Wanda Irgendwie, war Julias Zimmernachbarin.“ Mit einem triumphierenden Lächeln schob sie sich eine weitere volle Gabel in den Mund.

John konnte nicht anders, er musste lachen. „Du bist wirklich unglaublich. Also gut, ich gebe zu, du hast viel bessere Möglichkeiten als ich oder auch die Polizei, dort etwas herauszufinden. Aber ich verstehe immer noch nicht, warum du das tust.“

„So ganz genau … kann ich dir das nicht beantworten.“, sagte sie langsam. „Geheimnisse und Rätsel zu lösen, hat mich immer schon gereizt, je schwieriger sie waren, desto besser. Ich find´s toll, dass du und Mum versucht, deinem Freund zu helfen. Ich bezweifle nämlich, dass Großcousin Simon, dieser Kotzbrocken, ein echtes Interesse daran hat, den Täter zu finden. Zumindest, solange er der Öffentlichkeit George Campbell so bequem als Verdächtigen präsentieren kann. Vielleicht suche ich auch nur ein wenig Ablenkung, weil an der Uni vor Weihnachten kaum noch etwas zu tun ist – und Langeweile hasse ich wie die Pest.“, schloss sie lachend.

John rang einige Minuten mit sich, dann kam er zu einem Entschluss. „Okay, Renie, so wie ich dich kenne, kann ich dir sowieso nicht verbieten, dich mit diesen jungen Leuten zu treffen. Da du durch dein Lauschen ohnehin schon die brisantesten Details der Geschichte kennst, werde ich dir jetzt alles erzählen, was ich weiß. Dafür versprichst du mir Folgendes: Du rufst mich regelmäßig an und hältst mich auf dem Laufenden. Du bist vorsichtig und triffst dich keinesfalls allein mit irgendwelchen Fremden. Und nicht zuletzt sprichst du gleich morgen mit deiner Mutter über alles. Maggie würde mich umbringen, wenn dir irgendetwas zustoßen würde.“

Renie zog eine Schnute. „Ach John, was soll mir schon passieren, wenn ich mich mit ein paar Studenten verabrede und ein paar klitzekleine Fragen stelle?“

„Unterschätz′ die Sache nicht. Immerhin wurden in Julias Rucksack Spuren von Amphetaminen gefunden. Wenn Drogen im Spiel sind, kann es schnell gefährlich werden.“

„Pff. John, du hast ja keine Ahnung. Eine Menge von den Studenten nehmen Uppers und Downers, je nachdem, was sie grade brauchen. Gerade in den Prüfungszeiten haben Aufputschmittel Hochkonjunktur.“

„Renie – bitte sag, dass du so ein Zeug nicht nimmst.“ Beunruhigt sah er sie an.

Aber seine Nichte winkte ab. „Quatsch. Aufputschmittel hab ich noch nie nötig gehabt, bei mir ist sowieso immer Action. Hasch, na ja, das hab ich zwei-, dreimal probiert. Aber das ist schon fast zwei Jahre her.“, beeilte sie sich, hinzuzufügen. „Reg dich nicht auf. Es hat mir sowieso nichts gegeben. Ich hatte das Gefühl, neben mir zu stehen und mir selber dabei zuzuhören, wie ich total bescheuertes Zeug labere. Nee, nee, das ist nichts für mich, ich hab lieber im Griff, was ich tue. Also keine Sorge. Aber ich kenne massig Leute, die sich zwischendurch mal was reinschieben. Mittelchen aller Art sind an der Uni leicht zu kriegen. Also jetzt setz mich mal ins Bild über alles, was nicht in den Zeitungen steht über unseren Fall.“

John atmete einmal tief durch und begann dann, die Geschehnisse seit jenem Dienstagabend wiederzugeben. Renie war sehr betroffen, als er ihr Marcias Suizidversuch schilderte. Als er abschließend von Whittingtons Manöver berichtete, ihn und Mullins von George fernzuhalten, blitzten ihre Augen auf und sie schüttelte ihre kurzen braunen Locken. „Dieser miese Typ, dieser hinterhältige Widerling, dieser A…“ John war froh, dass um sie herum lauter ausländische Touristen saßen, die sich vor den Abendshows im West End ein billiges Abendessen gönnten. Unversehens sah Renie auf die Uhr.

„Oh, ich muss ja los, sonst gehen die anderen ohne mich in die Vorstellung. Danke für das Essen, John. Ich ruf dich morgen an! Bye.“

Während er zahlte, fiel ihm ein, dass sie ihm das geforderte Versprechen nun doch nicht gegeben hatte. Aber schließlich glaubte er im Grunde seines Herzens auch nicht daran, dass Renie mit ihren Amateurdetektivspielereien irgendetwas herausfinden konnte, das sie in Gefahr bringen sollte. Mit dieser Einschätzung sollte John jedoch falsch liegen.

„Mackenzie, gute Nachrichten!" John sah Chief Mullins nach Abschluss einer Führung auf sich zueilen. Erstaunt bemerkte er, dass dieser die Beefeater-Uniform trug, was er sonst nur zu traditionellen Anlässen wie der Schlüsselzeremonie tat.

„Stellen Sie sich vor, Sir Fitzgerald konnte erreichen, dass wir wieder mit George sprechen dürfen. Ich will, dass Sie gleich hinfahren."

„Sehr gern, Sir. Aber ich habe noch zwei Führungen heute."

„Was denken Sie, wofür ich mich in Schale geworfen habe? Ich vertrete Sie. Wollen doch mal sehen, ob ich´s noch drauf habe. Und jetzt ab mit Ihnen."

Unbehaglich wartete John in der Eingangshalle von Scotland Yard, nachdem er sich angemeldet hatte. Er hoffte inständig, dass Whittington ihn nicht wieder in sein Büro zitieren würde. Als er jedoch ungehindert Zutritt erhielt und nach kurzer Zeit George Campbell gegenüber saß, konnte er es kaum glauben.

„John, mein Freund! Ich … weiß nicht, wie ich dir danken soll. Sir Fitzgerald hat mir erzählt, dass du und der Chief Marcia gerettet habt." John lächelte und winkte ab, obwohl er beim Gedanken an das Bad in der Themse immer noch Gänsehaut bekam.

„George, am wichtigsten ist jetzt, dass du mir einige Informationen gibst. Wenn wir den Täter finden können, kannst du endlich wieder nach Hause." Bei diesen Worten schien George sich wieder in sich selbst zurückzuziehen. „Was … willst du wissen?"

„Zuerst einmal, wie deine Fingerabdrücke auf den Rucksack von Julia Feldmann gekommen sind." George zögerte.

„Ich habe ihn aufgemacht, weil ich etwas gesucht habe." Er verstummte.

„Was hast du gesucht?" Wieder Schweigen.

„Fotos."

John atmete tief durch. „Dann stimmt meine Vermutung, dass sie dich erpresst hat?" George nickte.

„Worum ging es dabei?"

Nun trat ein störrischer Ausdruck in Georges Gesicht. „Das musst du nicht wissen. Es tut hier nichts zur Sache." John spürte, wie Ärger in ihm hochstieg.

„Bei aller Freundschaft, George: Ich denke schon, dass dies wichtig ist. Also: Was hatte sie gegen dich in der Hand?"

Als Campbell die Lippen aufeinander presste, platzte John der Kragen. „Verdammt noch mal, George, jetzt lass dir mal eines sagen: Mit deinem Verhalten hättest du Marcia um ein Haar in den Tod getrieben. Nicht nur die Polizei, nein, auch deine eigene Frau musste durch dein endloses Schweigen den Eindruck gewinnen, du wärst schuldig. Kapierst du, George: Deine Frau wollte sich umbringen, um dich vom Mordverdacht zu befreien. In ihrem Abschiedsbrief hat sie die Tat auf sich genommen."

Als John bemerkte, wie George kreidebleich wurde und zu zittern begann, bereute er seine harschen Worte.

„Oh Gott", stöhnte George und vergrub den Kopf in den Händen. „Was habe ich getan? Meine arme Marcia…." Plötzlich schien ihm etwas einzufallen. „Aber… wieso hat die Polizei sie dann nicht verhaftet?"

„Mullins hat den Brief vernichtet. Außer ihm und mir hat ihn keiner gelesen."

„Und – ihr Geständnis war sicher falsch?"

„Davon bin ich überzeugt." John sah seinen alten Freund, der um Fassung rang, lange an. Dann fuhr er mit sanfter Stimme fort.

„Du hattest die Befürchtung, sie könnte Julia Feldmann getötet haben. Du warst dir nicht sicher, ob sie etwas von dem Anruf mitbekommen hatte, bei dem das Mädchen dich für Dienstag Abend in die Water Lane bestellt hatte. An dem Abend wollte sie ihr Geld und dafür wollte sie dir Fotos übergeben. Auf den Fotos war Richard, nicht wahr?"

George schluckte. „Ja", brachte er dann heiser hervor. „Er … ist fotografiert worden, als er Drogen gekauft hat. Und auch, als er sie genommen hat. Stell′ dir vor, was es für ihn bedeutet hätte, wenn solche Fotos an die Öffentlichkeit gekommen wären!" In seine

Wangen kehrte wieder etwas Farbe zurück. „Er, der als vehementer Kämpfer gegen Drogen in den Wahlkampf gezogen ist. Das hätte ihn vernichtet, all seine Hoffnungen und Pläne zerstört… Und es hätte auch Marcia zerstört."

John gingen einige bitterböse Gedanken über doppelte Moral durch den Kopf.

Laut sagte er jedoch, „George, dir ist doch klar, dass im Zeitalter von Digitalkameras, in denen Daten auf irgendwelchen Computerchips unbegrenzt vervielfältigt werden können, ein paar Fotos überhaupt kein Beweis gewesen wären, dass das Mädchen nach deiner Zahlung wirklich Stillschweigen bewahrt hätte."

George hob hilflos die Achseln. „Sie hat es versprochen. Und ich habe ihr geglaubt. Die Übergabe der Fotos war mehr …symbolisch. Und ich hatte doch keine andere Chance. Sie sagte, sie würde die Fotos ohne die Zahlung – sie wollte 20 000 Pfund – gleich am nächsten Tag an die *News of the World* weiterleiten. Ich musste es wenigstens probieren."

„Was sagte sie genau, als sie dich anrief?"

George überlegte. „Zuerst fragte sie, ob ich der Vater von Richard Campbell sei. Als ich das bejahte, fragte sie weiter, ob ich ein Interesse daran hätte, seinen Ruf zu schützen. Ich wusste nicht, was sie meinte. Da erzählte sie mir von den Fotos. Sie kündigte an, dass sie an jenem Abend bei der Schlüsselzeremonie dabei sein würde. Ich sollte sie am Verrätertor treffen, nachdem die Besuchergruppe in den Innenhof weitergegangen war. In den paar Minuten, bevor die Leute wieder herauskämen, sollte die Übergabe stattfinden."

„Aber du warst nicht zum vereinbarten Zeitpunkt dort. Du warst mit Richards Gästen bei der Zeremonie."

George nickte. „Ich stand dort wie auf heißen Kohlen. Dass ausgerechnet an dem Abend diese Politikerfreunde von Richard kommen mussten! Natürlich konnte ich nicht nein sagen, als Richard mich bat, die Herren herumzuführen und zu betreuen. Und ich konnte sie ja während der Schlüsselzeremonie auch nicht einfach allein lassen. Also habe ich sie, kaum dass der letzte Ton des Zapfenstreichs verklungen war, auf kürzestem Weg in den Club zurückgebracht und bin unter einem Vorwand wieder hinaus. Die Besuchergruppe war grade am Verrätertor vorbeigegangen auf dem Weg zum Ausgang. Ich bin hinterher, in der Hoffnung, das Mädchen am Ausgang noch abzupassen. Natürlich habe ich einen Blick hinunter in die Nische geworfen, weil ich dachte, sie hätte vielleicht dort auf mich gewartet. Da sah ich sie.“ George ließ den Kopf wieder hängen.

„Ich schäme mich so. Ich hätte sofort Alarm schlagen sollen, als ich sie gefunden habe. Aber als ich sah, dass das Mädchen tot war, war ich … erleichtert. Wie ein Idiot habe ich gehofft, nun würde niemand von der Sache mit Richard erfahren. Ich habe nach ihrem Rucksack gegriffen und ihn nach den Fotos durchsucht. Weil ich die Schnalle nicht aufbrachte, habe ich meine Handschuhe ausgezogen. Natürlich habe ich in dem Moment nicht an die Fingerabdrücke gedacht, die ich hinterlassen würde.“

„Hast du etwas gefunden?“

„Ja. Sie hatte die Fotos wie versprochen dabei.“

„Was hast du mit ihnen gemacht?“ John beugte sich gespannt nach vorne.

„Ich habe sie noch in der Nacht in kleine Stücke gerissen und ins Klo gespült.“ Die beiden Männer sahen sich lange an. Dann breitete George flehentlich die Hände aus.

„Was soll ich nur tun, John? Wenn ich der Polizei die Wahrheit sage, lassen sie mich vielleicht frei – falls sie mir überhaupt glauben. Aber damit ruiniere ich gleichzeitig das Leben meines Sohnes.“ John suchte nach Worten. Das Dilemma des Ravenmasters ließ keine einfache Lösung zu.

„Denkst du, Richard könnte das Mädchen getötet haben?“, fragte er schließlich. George sah ihn schmerzerfüllt an.

„Wie gerne würde ich dir sagen, John, dass ich das für ausgeschlossen halte – aber ich kann es nicht. Richard hat mir selbst gesagt, er wäre zusammen mit Nigel Owen in der Bar geblieben, um zu telefonieren, während ich mit seinen Parteifreunden bei der Schlüsselzeremonie war. Owen muss das wohl bestätigt haben, sonst hätte die Polizei Richard sicher schon längst zum Verhör geholt. Aber dennoch…“

„Du befürchtest, Owen könnte für ihn gelogen haben, nicht wahr?“

George nickte stumm. „Was soll ein Vater in solch einer Situation nur tun?“

Kapitel 17

Mullins hieb mit der flachen Hand auf die Armlehne seines Ledersessels. „Was für eine verfahrene Geschichte!“, rief er aus, als John ihm alles berichtet hatte. „Für mich ist es sonnenklar, dass Richard dafür gerade stehen muss, was auch immer er getan hat. Ob er nun „nur“ Drogen kauft und einnimmt, obwohl er gerade das öffentlich immer wieder lauthals verteufelt, oder ob er sogar ein Mörder ist – der Mann sollte verdammt noch mal zur Rechenschaft gezogen werden.“

John nickte nachdenklich. „Ich sehe das genauso. Aber wir sind nun mal beide keine Familienväter. Für George wäre der Preis für seine Freiheit, das eigene Kind ans Messer zu liefern. Nach unserem heutigen Gespräch kann ich mir nicht vorstellen, dass er sich zu einer Aussage wird durchringen können.“

Mullins sprang auf. „Wir können doch nicht zulassen, dass er um Richards Willen unschuldig im Gefängnis sitzt. Was können wir nur tun?“

„Sie kennen Richard seit vielen Jahren. Trauen Sie ihm diesen Mord zu?“

Mullins ließ sich wieder in seinen Sessel fallen. „Das ist schwer zu sagen. Die Geschichte mit den Drogen wundert mich auf jeden Fall nicht. Wie ich Ihnen ja schon erzählte, war Richard immer schon ein Mensch, der im Zweifelsfall den bequemen Weg gewählt hat. Es war auch nie seine Stärke, über die Folgen seiner Handlungen nachzudenken. Aber ein Mord…“ Mullins knetete grübelnd seine Oberlippe. „Das Motiv leuchtet mir ein. Falls er spitz gekriegt hatte, dass Julia Feldmann drohte, brisante Fotos zu veröffentlichen, könnte ich mir vorstellen, dass bei ihm eine Sicherung durchbrannte.“

John beugte sich nach vorn. „Aber genau das ist es, was mich stört. Warum hätte er sie dann ausgerechnet hier im Tower umbringen sollen? Wo von vorneherein klar war, dass die Tat enormes Aufsehen erregen würde und die Zahl der Verdächtigen auf einen recht engen Kreis begrenzt wäre, dem Richard automatisch angehören würde? Da hätte es doch sicher tausend andere Möglichkeiten gegeben, dem Mädchen aufzulauern.“

„Richtig. Das ergibt keinen Sinn." Beide Männer starrten in das prasselnde Feuer, das Schatten über die Wände des Büros tanzen ließ.

„Wissen Sie, Mackenzie," hob Mullins schließlich an. „Was für mich zu dem Bild von Richard als Mörder nicht passt: Dass er kaltblütig zusehen würde, wie sein Vater an seiner Stelle im Gefängnis sitzt. Sicher, er ist oberflächlich, karrieresüchtig und manipulativ. Aber das Verhältnis zwischen ihm und seinen Eltern schien mir doch recht herzlich zu sein. Nein, nein, ich habe eher das Gefühl, dass er ehrlich überrascht war, als ich ihm von der Unschuld seines Vaters erzählte."

„Dann sollten wir all diejenigen, die noch auf unserer Liste der Verdächtigen stehen, genauer unter die Lupe nehmen. Irgendwie müssen wir versuchen, herauszufinden, ob noch jemand eine Verbindung zu der Studentin hatte." John stand auf und streckte seinen verspannten Rücken. „Ich habe eine Idee, wer uns da vielleicht helfen könnte. Vorerst bräuchte ich aber Zugang zu unserem Archiv."

„Yo", drang es gelangweilt aus dem Hörer, nachdem John Maggies Nummer gewählt hatte.

„Hallo Tommy, John hier. Ist deine große Schwester zufällig da?"

„Mhm. Renie! Onkel John ist am Rohr!" John konnte hören, wie Tommy davonschlurfte. Dann drangen andere, entfernte Stimmen an sein Ohr, die zunehmend erzürnt klangen. Er konnte sich unschwer ausmalen, um was es bei dieser Auseinandersetzung ging und er verfluchte, dass er sich so leichtfertig auf Renies Detektivspielereien eingelassen hatte.

Nach einigen Minuten hörte er, wie sich Schritte näherten und der Hörer hochgerissen wurde. „Deine Nichte treibt mich in den Wahnsinn." Seit ihrer Kinderzeit hatte er seine Schwester nicht so schreien hören. Schuldbewusst zog John den Kopf ein.

„Maggie, es tut mir wirklich leid. Ich hätte Renie nicht in meine Nachforschungen hineinziehen sollen."

„Hah! Hineinziehen! Unser Hallo-jetzt-komme-ich-und-rette-die-Welt-Fräulein hat sich wie ein Kampfhund darauf gestürzt. Und es ist ihr scheißegal, ob sie um ihrer verdammten Neugierde willen ihrer eigenen Mutter hinterherspioniert oder sich selbst möglicherweise in Gefahr bringt, nein, sie ist ja Miss Hughes-ich-kann-alles, weiß-alles, darf-alles."

Maggie redete sich immer mehr in Rage, bis ihre Stimme überschnappte. Im Hintergrund konnte John Renie hören, die ebenfalls in höchsten Tönen keifte. Plötzlich noch eine dritte Stimme, verängstigt. „Mum, was ist denn los? Wieso schreit ihr so?“

Maggie atmete tief aus. „Bella, Schätzchen, deine große Schwester und ich haben Streit, aber das hat nichts mit dir zu tun, mach dir keine Sorgen. Weißt du was, sprich doch ein wenig mit deinem Onkel John und ich unterhalte mich mit deiner Schwester. John, gib uns ein paar Minuten.“, wandte sie sich wieder an ihren Bruder und gleich darauf kam Bella an den Apparat. „Onkel John, weißt du, was los ist?“, fragte Bella immer noch beunruhigt.

„Nichts Schlimmes, mein Mädchen. Du kennst ja das Temperament deiner Mutter und deiner Schwester, bei ihnen kracht es zwischendurch mal und dann ist wieder alles in Ordnung. Wie war´s heute in der Schule, erzähl mal.“ Im Flüsterton vertraute Bella ihm an, welche Weihnachtsgeschenke sie im Werkunterricht gebastelt hatte. „Aber nichts verraten!“ John versprach es. „Da kommt Renie, Onkel John. Sie will dich sprechen. Wiedersehen!“

Eine kleinlaute Renie meldete sich. „Mann, so habe ich Mum zuletzt ausflippen sehen, als ich in der dritten Klasse Dads Autoschlüssel geklaut und versucht habe, selbst zur Schule zu fahren.“

„Du hattest deiner Mutter wohl nichts von unserem Gespräch gestern Abend erzählt, obwohl ich dich dringend darum gebeten hatte?“

„Das hätte ich zu einem geeigneten Zeitpunkt schon noch gemacht. Aber als dein Anruf vorhin kam, saßen wir gemeinsam im Wohnzimmer und haben Weihnachtsgeschenke verpackt. Natürlich war sie neugierig, warum du anrufst und mir ist so schnell keine Ausrede eingefallen.“ John hörte, wie sie sich auf die Stirn schlug.

„Ich hätte einfach sagen können, es ginge um ein Weihnachtsgeschenk für sie. Mist, warum ist mir das nicht eher in den Sinn gekommen?“

„Renie!“

„Ja, ist ja gut, jetzt ist es wenigstens raus. Als ich ihr sagte, dass ich euer Gespräch an dem Abend zufällig mitgehört hatte, dachte ich, jetzt platzt ihr gleich eine Ader. Na wenigstens ist ihre größte Wut schon verpufft. Das geht ja schnell bei ihr. Allerdings hab ich ihr das Beste noch gar nicht gesagt.“

„Was meinst du damit?“

„Eins der Mädchen hat mir erzählt, dass Julia öfters im „Laughing Dragon“, einem großen chinesischen Lokal in der Nähe des Wohnheims bedient hat. Also bin ich heute früh gleich dort hin und hab gefragt, ob sie aushilfsweise jemanden brauchen und sie haben ja gesagt. Morgen bin ich schon in der Abendschicht!“, schloss sie triumphierend.

John musste zugestehen, dass dies eine gute Gelegenheit sein konnte, Julias Arbeitskollegen zu befragen. Eingedenk der eben erlebten Szene sagte er jedoch streng, „Du gehst jetzt auf der Stelle zu deiner Mutter und fragst sie, ob sie damit einverstanden ist.“

Renie murrte, erkannte aber, dass es ihm ernst war. „Bin gleich wieder da.“ Wieder vergingen einige Minuten. Dann hörte John die Stimme seiner Schwester, die offensichtlich ihre Selbstbeherrschung wieder gewonnen hatte.

„John? Dieses Mädchen ist einfach wie ein Rhinozeros, das einmal in Gang gekommen durch alles hindurchpflügt. Ich befürchte, es würde nichts bringen, wenn ich ihr diesen Job verbieten würde. Allerdings habe ich ihr das Versprechen abgenommen, nachts für den Heimweg ein Taxi zu nehmen.“

„Mum! Ich bin doch kein kleines Kind! Außerdem bin ich dann meinen halben Lohn schon wieder los.“, hörte John Renie aufbegehren.

„Sag ihr, dass ich das Taxi bezahlen werde, Maggie. Ich könnte es mir nicht verzeihen, wenn Renie irgendwie in Gefahr käme.“

„Also gut. Und halt mich auf dem Laufenden, John, ja? Auf meine Tochter kann ich mich ja leider nicht verlassen.“ Mit dieser Spitze verabschiedete sie sich und reichte den Hörer an ihre Tochter weiter.

„Auf meine Tochter kann ich mich ja leider nicht verlassen“, äffte Renie sie nach. John seufzte. Es gab Momente, in denen er zutiefst dankbar war, keine eigene Familie zu haben. Dieser gehörte dazu.

Er ließ sich von Renie die Adresse des Lokals geben. „Ginge es, dass ich dir morgen einen Packen Fotos vorbeibringe? Ich habe von den Mitgliedern der Tower-Mannschaft, die noch auf unserer Verdächtigenliste stehen, Archivbilder herausgesucht. Wenn du in dem Lokal jemanden findest, der Kontakt mit Julia hatte, könntest du die Fotos herumzeigen. Vielleicht hat sie jemand mit einem der Abgebildeten gesehen.“

„Gute Idee, John. Natürlich mache ich das."

„Allerdings bräuchten wir noch Aufnahmen von Richard Campbell und auch von seinem Manager."

„Ach, das ist kein Problem. Die finde ich mit Sicherheit im Internet. So professionell, wie Richard seinen Wahlkampf führt, hat er sicher eine eigene Seite im Netz. Treffen wir uns doch zum Frühstücken bei Collier's, dann kannst du mir die Fotos geben." Als sie sich verabschiedeten, hörte sie sich schon wieder vergnügt und voller Tatendrang an.

Obwohl er sich erschöpft fühlte, schlief John in dieser Nacht erst spät ein. Kurze Zeit später schreckte er hoch, weil er geträumt hatte, das Telefon würde klingeln. Das Rrring, Rrring, war so intensiv gewesen, dass er aus dem Bett sprang und zum Telefon hastete. Erst als er den Hörer in der Hand hielt, aus dem das Freizeichen erklang, wurde ihm bewusst, dass er geträumt hatte. Brummelnd suchte er sich in der dunklen Wohnung den Weg zurück ins Bett.

Die Uhr von St. Peter ad Vincula schlug zehn. Der Zapfenstreich des Trompeters verklang. John trat durch den düsteren Durchgang im Bloody Tower hinaus in die von dickem Nebel verhüllte Water Lane. Der Nebel schien ihn zu verschlucken. Er hörte die Themse leise gluckern. Ohne jede Orientierung tappte er herum, bis er sich plötzlich schmerzhaft das Bein an etwas Metallischem stieß. Das Geländer vor dem Verrätertor. Er klammerte sich daran, dankbar für einen Halt in diesem undurchdringlichen Wabern. Mit einem Mal teilten sich die Schwaden und er konnte vor sich die Nische sehen, hinter der sich das Falltor in der Festungsmauer als Silhouette abzeichnete. Zwei Gestalten waren dort unten, eine davon in der vertrauten Uniform der Beefeater. „Wer ist da?", rief er. Da wandte sich ihm die uniformierte Gestalt zu, beide Hände in einen Schal verkrampft, der um den Hals eines gesichtslosen Mädchens lag. „George!", hörte John sich ausrufen. „Hör auf, du bringst sie ja um!" Dann jedoch bemerkte er, dass Georges Arme von dünnen Seilen gehalten wurden, ebenso sein Kopf und seine Beine. *Oh Gott, er ist eine Marionette.* Neben John tauchte aus dem Nichts ein junges Mädchen auf. Angela. „Dieses Miststück hat es verdient, endlich mal eins auf die Mütze zu kriegen." Sie kicherte dämonisch und löste sich in Luft auf.

Das Herz klopfte John bis zum Hals, als er erwachte. Er tappte zum Fenster und starrte in die Dunkelheit hinaus. Genauso wie in seinem Traum hatten sich dichte Nebelschwaden über den Tower gelegt, die alles verschluckten. Während er wartete, dass sein Herzschlag sich beruhigte, hatte er das Gefühl, dass sich in dem Gewirr in seinem Kopf plötzlich Konturen abzuzeichnen begannen. Morgen – oder vielmehr heute – früh musste er nach seinem Treffen mit Renie als erstes in den Yard.

Kapitel 18

„Aber das kommt mir doch sehr weit hergeholt vor. Du glaubst also ernsthaft, dass jemand diesen Mord begangen hat, um ihn mir in die Schuhe zu schieben? Wie könnte ein Mensch derart … bösartig sein?“

„Rache ist eine mächtige Triebfeder, George. Und mir kommt dieser ganze Mord mittlerweile vor wie eine sorgsam geplante Inszenierung, die darin hätte gipfeln sollen, dass du am Tatort neben der eben verblichenen Julia Feldmann angetroffen wirst. Dabei hätten die Fotos in ihrem Rucksack auch gleich noch das Motiv mitgeliefert.

Also bitte überlege, ob dir jemand einfällt, der – vielleicht schon seit langer Zeit – Rachegefühle gegen dich hegen könnte.“

George legte die Stirn in Falten und schwieg eine Weile. Schließlich zuckte er mit den Schultern. „Mir fällt wirklich niemand ein.“

John zog ein Papier aus der Tasche und hielt es vor die Plexiglasscheibe, so dass George es lesen konnte.

„Das sind all die Leute, die für den Mordabend kein Alibi haben. Hauptsächlich sind es Männer aus unserer Truppe, die sich zusammen das Fußballspiel angeschaut haben. Von denen hätte jeder unbemerkt ein paar Minuten im fraglichen Zeitraum verschwinden können, ohne dass es aufgefallen wäre. Dazu kommen Adams, der allein im Byward Tower Dienst hatte, unser Barmann, der angeblich hinter dem Lagerraum geraucht hat, sowie Richard und Nigel Owen, falls einer für den anderen gelogen hat.“

George ließ langsam den Blick über die Liste wandern. „Hm, natürlich hat es über die Jahre hinweg gelegentlich kleinere Unstimmigkeiten mit dem einen oder anderen Kollegen gegeben, aber es ging nie um etwas Schwerwiegendes. Carl Ferris hatte damals, als der Posten des Ravenmasters nach der Pensionierung des alten Geoffrey neu besetzt werden sollte, ebenfalls Ambitionen auf die Stelle. Unser damaliger Chief entschied sich für mich und Ferris war dann eine Weile etwas verschnupft. Aber das ist zwanzig Jahren her und außerdem bringt man doch wegen so einer Sache niemanden um.“ Als er am Ende von Johns Aufzeichnungen angelangt war, schüttelte George ratlos den Kopf.

„Wie war es vor deiner Zeit im Tower? Gab es vielleicht während deiner Militärzeit einmal irgendeinen Vorfall, den dir jemand übelnahm?“, bohrte John unbeirrt weiter.

„Da war einmal etwas…“, begann George zögernd.

„Ja?“

„Es war in den letzten Wochen meiner Dienstzeit. Ich war als Nachschuboffizier meiner Einheit, der *Seaforth Highlanders*, in unserem Hauptquartier in Fort George stationiert.“

John nickte. Er hatte die Kaserne, die in einem Teil der gigantischen Festung aus dem 18. Jahrhundert in der Nähe von Inverness untergebracht war, vor langer Zeit mit seinen Eltern besichtigt.

„Da war dieser junge Sergeant, Gerry Burrows. Er war für die Medikamentenlieferungen an die Einheiten im Ausland zuständig. Er hatte einen raschen Aufstieg gemacht, war sehr engagiert und ehrgeizig. Eines Tages kam ich durch einen Zufall darauf, dass er einen Teil der Medikamente, besonders Psychopharmaka, beiseite schaffte und einen schwungvollen Handel damit betrieb. Es waren nie große Mengen und er hatte es so clever aufgezogen, dass über ein, zwei Jahre hinweg niemandem etwas aufgefallen war. Als ich ihn damit konfrontierte, versuchte er mit allen Mitteln, mich dazu zu bewegen, von einer Anzeige abzusehen. Er bot an, mich am Geschäft zu beteiligen. Er jammerte mir in höchsten Tönen vor, dass eine Verurteilung wegen Unterschlagung zu seiner unehrenhaften Entlassung führen würde und seine Eltern am Boden zerstört wären. Er drohte, mir zusammen mit einigen Kameraden das Leben im Fort zur Hölle zu machen. Schließlich hatte er eine ganze Reihe Abnehmer für seine Mittelchen in unserer Kaserne, die durch mein Handeln ihre Nachschubquelle verloren. Na, wie dem auch sei, ich habe einen Bericht erstellt und an die Führung weitergeleitet. Kurz nach der Verhandlung bin ich aus dem aktiven Dienst ausgeschieden und seither habe ich nie wieder von Gerry Burrows gehört.“

„Hmm. Wie alt müsste der Mann jetzt sein?“

George überlegte. „Ein paar Jahre älter als du, schätze ich, so Mitte bis Ende Vierzig.“

„Könnte er eine Verbindung zu einem unserer Männer haben?“

„Ich habe keine Ahnung, John. Auf jeden Fall hat mir gegenüber nie jemand erwähnt, dass er ihn kennen würde.“

„Wir bitten Chief Mullins um Hilfe. Mit Sicherheit kennt er jemanden, der ihm Einsicht in die Militärarchive geben kann."

Mit neu erwachter Energie machte John sich auf den Rückweg in den Tower.

„Ich klemme mich sofort ans Telefon", versprach Mullins, nachdem John ihm von seiner Theorie und dem Gespräch mit George erzählt hatte. „Ach, und dann habe ich noch eine kleine Aufgabe für Sie, Mackenzie: Sie wissen doch, dass morgen der große Weihnachtsbasar unserer Handarbeitsgruppe abgehalten wird. George sollte als unser Ravenmaster auch ein paar Worte sagen. Da Sie ja momentan unser Rabenpfleger sind, übernehmen Sie das. Am besten sprechen Sie mit Edwina Dunders darüber. Morgen früh um zehn Uhr geht es los."

Wenig begeistert begab John sich in den Innenhof hinaus, wo eifrig an einer Reihe von Verkaufsbuden gezimmert wurde. Edwina war gerade dabei, einen bereits fertigen Stand mit Lichterketten zu schmücken. „Ah, John, Sie kommen gerade recht. Könnten Sie mir wohl behilflich sein? Ich reiche nicht so hoch hinauf."

„Natürlich helfe ich Ihnen. Mein Dienst beginnt heute erst mittags, also habe ich noch ein wenig Zeit." Er nahm der molligen Frau eine der Lichterketten ab und begann, sie zu befestigen.

„Mullins hat mich beauftragt, in Vertretung für George morgen bei der Eröffnung des Basars einige Grußworte zu sagen."

Edwina strahlte. „Das ist schön. Erzählen Sie einfach ein paar Minuten über unsere Raben, das hören die Leute immer gern. Vielleicht ein, zwei lustige Geschichten, da fällt Ihnen bestimmt etwas ein." Im Stillen überlegte John, ob eine anschauliche Schilderung seines blutigen Fütterungsunfalls zur vorweihnachtlichen Stimmung beitragen würde.

Nur noch ein Pflaster erinnerte an Brans Attacke. Während der letzten Tage war schon so etwas wie Routine in die täglichen Arbeiten für die Raben eingekehrt und auch die Tiere schienen sich an ihn gewöhnt zu haben.

„Ich glaube, wir werden dieses Jahr einen besonders großen Zulauf haben. Natürlich werden viele Leute in erster Linie kommen, um sich den Schauplatz des Mordes anzusehen und sich ein wenig zu gruseln – aber ich sage Ihnen was: Mir ist das egal. Wir sorgen schon dafür, dass keiner wieder geht, ehe er nicht etwas gekauft hat. So tun selbst die

Schaulustigen etwas für unsere gute Sache.“ Edwina lachte vergnügt und reichte John eine große Plastiktüte.

„Sie machen das so wunderbar. Groß, wie Sie sind, benötigen Sie nicht einmal eine Leiter zum Aufhängen. Denken Sie, Sie könnten auch die restlichen Lichterketten noch anbringen?“ Entsetzt blickte John in die prall gefüllte Tüte, aus der ein Gewirr an Kabeln und Leuchten heraushing. „Die … sollen alle aufgehängt werden?“

Edwina nickte mit leuchtenden Augen. „Alles soll heimelig erleuchtet sein. Es wird herrlich aussehen.“ John lächelte schwach. Zwei Stunden später zog er sich mit knurrendem Magen eilends um. Zum Mittagessen war keine Zeit geblieben und auch die paar Kekse, mit denen Edwina ihn versorgt hatte, konnten seinen Hunger nicht dauerhaft stillen. Er wünschte, er hätte sich beim Frühstück mit Renie ebenso den Bauch vollgeschlagen, wie seine Nichte es getan hatte.

Stolz hatte sie ihm einige Aufnahmen von Richard und seinem Wahlkampfteam präsentiert. Auf seine wohlmeinende Ermahnung hin, nicht gleich mit der Tür ins Haus zu fallen, sondern erst einmal zu versuchen, das Vertrauen ihrer neuen Arbeitskollegen zu gewinnen, hatte sie nur überlegen gelächelt.

„Du und Mum, ihr meint immer, einen mit euren guten Ratschlägen zupflastern zu müssen. Aber mach dir nicht ins Hemd, John, ich schaukle das Kind schon.“ Mit dem Packen Fotos und Geld fürs Taxi war sie winkend davongezogen.

Wo das Mädchen nur ihre unerschöpfliche Energie her hat – ein bisschen davon würde mir auch nicht schaden, dachte John kopfschüttelnd.

Er erhob sich ächzend und trat seinen Dienst an.

Nach Öffnung der Tore am nächsten Morgen füllte der Tower sich in Windeseile. John wienerte seine Stiefel auf Hochglanz und zog zur Feier des Tages seine Paradeuniform an. Auf dem Weg zur improvisierten Bühne vor dem White Tower musste er sich durch eine dicht gedrängte Menschenmasse kämpfen. Zu seiner Bestürzung waren auch unzählige Presseleute, bewaffnet mit Kameras und Mikrofonen gekommen. Als er etwas atemlos die Bühne bestieg, raunte Chief Mullins ihm zu, „Da sind Sie ja endlich.“

„Dass so viele Leute kommen würden, hätte ich nicht gedacht. Ich musste mir erstmal einen Weg hierher bahnen.“

Edwina trat herzu. „John, ich darf Sie jemandem vorstellen. Dr. Percival Farnsley, Chefarzt am St. Bartholomew's. Doktor, dies ist John Mackenzie, der sich um unsere Raben kümmert." Die Männer schüttelten sich die Hand. „Und dann haben wir hier noch eine sehr wichtige Person, die Ehrenwerte – "

„Meine liebe Mrs. Dunders, Sie brauchen uns nicht vorzustellen. Hallo, John."

„Patricia! Wir haben uns ja eine Ewigkeit nicht gesehen. Du siehst fabelhaft aus."

Die Ehrenwerte Patricia Whittington-Armsworth begrüßte John mit einem gezierten Küsschen links, Küsschen rechts.

„Du weißt vielleicht, dass ich dem Förderverein der Klinik vorstehe. Wir bemühen uns gerade, die Gelder für die Einrichtung eines Kinderhospizes zusammenzubringen. Dafür leisten Menschen wie Mrs. Dunders und ihre rührigen Damen einen wichtigen Beitrag."

Die so Gelobte lächelte verschämt. Dr. Farnsley ergriff Patricias behandschuhte Hand.

„Ohne Ihren Einsatz wären wir nie so weit gekommen, dass wir im nächsten Jahr den neuen Flügel eröffnen können, in dem auch das Kinderhospiz untergebracht werden wird. Es ist phänomenal, mit welchem Elan und welcher Selbstlosigkeit Sie sich in die Dienste der Wohltätigkeit stellen."

„Aber Doktor – ohne Ihre überragende Kompetenz und Ihren großartigen Ruf hätten wir nie die Forschungsgelder zur Verfügung gestellt bekommen, die wir für die Erweiterung der Onkologie benötigen." Alle drei strahlten einander an, während John die Frau des Superintendenten unauffällig musterte.

Er hatte Patricia nur wenige Male gesehen und wusste nicht recht, wie er sie einschätzen sollte. Anders als viele Sprösslinge wohlhabender Familien mit Verbindungen in die besten Kreise des Vereinigten Königreichs, hatte sie ihre jungen Jahre nicht mit Partys in angesagten Clubs und teuren Urlauben auf Yachten und Schweizer Skipisten verbracht, sondern sich schon früh für wohltätige Zwecke aller Art eingesetzt und dabei großes Organisationstalent bewiesen.

Doch fragte John sich, was hinter diesem Engagement steckte. Auf ihn hatte sie nie wie eine warmherzige Person gewirkt, die sich aufrichtig für Bedürftige und Kranke interessierte. Sie war attraktiv, allerdings verdankte sie dies den Heerscharen an begabten Schneidern und Visagisten, die die im Grunde eher unscheinbare Frau in eine ansehnliche Erscheinung verwandelten. Trotz des perfekten Bildes, das Simon und Patricia stets nach außen hin abgaben, fragte John sich, ob zwischen ihr und Simon echte Zuneigung bestand.

Mullins machte sich bereit, ans Rednerpult zu treten. Er knurrte John zu, „Wir mussten haufenweise Pressefritzen einlassen. Angeblich wollen die Kerle über unseren Basar und die wohltätigen Zwecke, für die wir verkaufen, berichten. Da lachen ja die Hühner! In den letzten Jahren sind zum selben Anlass höchstens zwei Reporter erschienen, heute ist es eine ganze Kompanie. Da kann ich mir doch denken, aus welchem Grund die hier sind." Mit dieser Befürchtung sollte er Recht behalten. Kaum hatte Mullins mit seinen Begrüßungsworten begonnen, wurde er schon durch die ersten Zwischenrufe unterbrochen.

„Commander Mullins – haben Sie schon einen neuen Ravenmaster eingestellt?"

„Rechnen Sie noch mit der Rückkehr von George Campbell?"

„Was wissen Sie über Campbells Motive?"

„Handelt es sich um eine Verschwörung der Beefeater?"

Mullins bemühte sich, die Presseleute zum Schweigen zu bringen und wieder auf den heutigen Anlass zu verweisen, wurde aber überschrieen.

„Sind Sie der neue Ravenmaster? Wie heißen Sie? Drehen Sie sich hierher!"

Unversehens sah John sich im Rampenlicht. Da löste sich Patricia aus der kleinen Gruppe auf der Bühne und ging nach vorn. Sanft, aber bestimmt schob sie Mullins zur Seite.

„Meine Damen und Herren!" Da Patricia den Reportern als Stammgast der Gesellschaftsseiten britischer Zeitungen bekannt war, richteten alle Kameras sich auf sie und es wurde ruhig.

„Ich danke Ihnen vielmals für Ihr Kommen und das dankenswerte Engagement, das Sie damit für unsere gute Sache beweisen. Ich freue mich, Ihnen mitteilen zu können, dass ein großer Teil des heutigen Erlöses an die Hospizstiftung des St. Bartholomew´s Krankenhauses gehen wird. Damit Sie selbst hören können, welch herausragende Arbeit dort geleistet wird, möchte ich das Wort an Dr. Percival Farnsley übergeben. Er ist nicht nur der Chefarzt unserer Klinik, sondern auch ein international renommierter Spezialist in der Krebsforschung."

Als sie sich in den rückwärtigen Teil der Bühne zurückzog, zischte sie John zu, „Es ist wohl besser, wir streichen deine Rede. Das würde nur wieder für Unruhe sorgen und damit geriete der Zweck des heutigen Tages ganz ins Hintertreffen." John nickte erleichtert. In den folgenden Minuten schaffte Dr. Farnsley es, durch seine bewegende Schilderung des Schicksals zweier krebskranker Kinder die Meute zu fesseln.

„Meister aller Tränendrüsenklassen", murmelte Mullins John zu. Als Farnsley zum Schluss kam, zog Patricia Edwina Dunders nach vorne. Nahtlos übernahm sie das Mikrofon.

„Ich bitte Sie um einen kräftigen Applaus für den unermüdlichen Motor der fleißigen Hände des Towers: Mrs. Edwina Dunders!"

Mit roten Backen erklärte diese: „Der Markt ist eröffnet. Sie wissen ja, mit jedem Kauf tun Sie Gutes für die, die unsere Hilfe am dringendsten brauchen. Also öffnen Sie Ihr Herz und Ihren Geldbeutel."

Patricia begann zu klatschen und in den Beifall hinein begann der Chor des Towers ein mitreißendes Weihnachtslied zu singen. Die ersten Besucher begannen, zu den festlich geschmückten Buden zu strömen. John nutzte die Gelegenheit, in seiner Wohnung zu verschwinden. In Zivilkleidung, hoffte er, würde er der Aufmerksamkeit der Presse besser entgehen zu können.

Als er sich gerade seiner Uniform entledigt hatte, läutete es. Hastig warf er sich einen Bademantel über und öffnete. Erstaunt sah er Simons Frau vor sich stehen.

„Patricia! Ich dachte, du bist auf dem Markt – "

„Kann ich einen Moment hereinkommen?"

„Äh, ja, natürlich. Setz dich doch einen Augenblick in die Küche, bis ich mir etwas übergezogen habe." Wenig später saßen sie sich gegenüber. Patricia hatte das Angebot einer Tasse Tee abgelehnt und John wartete gespannt darauf, dass sie zur Sache kam.

„Du hast dich ja schnell verkrümelt vorhin, John."

„Ich dachte, wenn ich in der Uniform über unseren Weihnachtsbasar schlendere, lassen die Pressegeier mir keine ruhige Minute. Deshalb wollte ich mich schnell umziehen, bevor ich wieder hinausgehe."

Patricia nickte ein wenig abwesend.

„Du hast die Situation vorhin gut in den Griff bekommen, mein Kompliment. Chief Mullins lag richtig mit seiner Einschätzung, dass ein Großteil der Reporter nicht wegen des Basars gekommen ist, sondern wegen unseres Mordfalles. Aber du hast sie gut eingebremst.“

Patricia zuckte graziös mit den Schultern. „Ich sehe mich als Lobbyistin der guten Sache. Im Lauf der Jahre habe ich gelernt, die Aufmerksamkeit der Medien für unsere Zwecke zu nutzen. Aber ich verstehe auch, dass das öffentliche Interesse am Tod der Studentin die Reporter dazu zwingt, impertinente Fragen zu stellen. Bedauerlicherweise stocken die Ermittlungen ja seit langem, wie du sicher weißt.“ John lächelte unverbindlich.

„Simon … steht sehr unter Druck. Du kannst dir vorstellen, dass gerade bei einem solch Aufsehen erregenden Fall eine schnelle Aufklärung oberstes Ziel ist. Mittlerweile werden immer mehr Stimmen laut, die den schleppenden Fortgang der Ermittlungen kritisieren.“ Sie seufzte, ein wenig aufgesetzt, wie John fand. Dann fasste sie unversehens nach seiner Hand.

„Oh John, ich weiß, ihr habt eure Differenzen, aber du würdest Simon doch keine wichtigen Informationen vorenthalten, nicht wahr?“

„Welche wichtigen Informationen meinst du?“

„Nun ja, Simon hat mir erzählt, dass du und der verdächtige Ravenmaster Freunde seid und du auch der Einzige bist, mit dem er spricht. Ansonsten blockiert dein Freund die Nachforschungen durch sein hartnäckiges Schweigen.“

John hob eine Augenbraue. „Cousin Simon kann sich glücklich schätzen, dass er eine so gute Zuhörerin für seine Sorgen hat.“ Patricia zog ruckartig ihre Hand weg und er konnte sehen, wie sie unter ihrem Make-up ein wenig errötete.

„Natürlich bespricht mein Mann niemals Details eines Falles, die nicht für die Öffentlichkeit bestimmt sind, mit mir. Ich weiß kaum mehr, als in den Zeitungen steht. Aber ich kann doch sehen, wie sehr ihn dieser Stillstand belastet.“

So sehr, dass er nun sogar seine eigene Frau zum Spionieren zu mir schickt, dachte John sarkastisch. Laut aber sagte er, „Patricia, meine Liebe, ich kann verstehen, dass du dir als Ehefrau Sorgen um Simon machst. Ich würde auch liebend gern zur Lösung dieses Falles beitragen, das kann ich dir versichern. Wie du schon sagtest, ist George Campbell mein Freund und ich glaube an seine Unschuld.

Aber dein Mann hat mir unmissverständlich klar gemacht, dass er sich jegliche Einmischung meinerseits oder meiner Beefeater-Kollegen in die Ermittlungen verbittet und daran habe ich mich gehalten, so schwer es mir fällt." Er setzte sein unschuldigstes Lächeln auf. Patricia warf ihm einen prüfenden Blick zu.

Dann gab sie sich geschlagen. „Wie ist es, John, begleitest du mich zu einem Rundgang über den Basar?"

„Es wäre mir ein Vergnügen." Galant hielt er ihr die Tür auf.

Mit Schließung der Tore traf sich ein Großteil der Tower-Gemeinschaft im Innenhof, um beim Abbau der Buden mitzuhelfen. Edwina betrat die Bühne und klatschte in die Hände.

„Meine lieben Freunde! Es freut mich, euch mitteilen zu können, dass dies der erfolgreichste Basar war, den wir je abgehalten haben. So gut wie alle unsere Waren sind ausverkauft und wenn Sid nicht schnellstens für Nachschub gesorgt hätte, wären uns schon am Nachmittag die Getränke ausgegangen." Applaus brandete auf.

„Natürlich müssen unsere Einnahmen erst gezählt werden, aber ich bin mir sicher, wir konnten ein Rekordergebnis erzielen." Wieder Beifall. „Nun möchte ich allen, die mitgeholfen haben, ganz herzlich danken. Ich denke, jedes Mitglied unserer Mannschaft hat seinen Teil zu diesem Erfolg beigetragen. Nun bauen wir schnell die Stände ab und hernach spendiere ich für alle Glühwein und Kekse."

John nahm gerade Lichterketten ab, als Chief Mullins über den Hof auf ihn zugeeilt kam. „Es gibt Neuigkeiten. Gerade eben hat mich Lieutenant Fielder angerufen, ein alter Freund aus Air Force-Zeiten. Heute leitet er das zentrale Archiv der Streitkräfte."

Mullins nahm John eine der Ketten ab und wickelte sie sorgsam zusammen.

„Komische Sache, kann ich Ihnen sagen. Fielder sagte, seine Leute hätten eine ganze Weile herumgesucht, aber außer einer sehr dürren Personalakte von diesem Gerry Burrows nichts finden können."

„Wie kann das sein? Es muss doch Ermittlungsberichte aus dem Verfahren gegen ihn geben."

Mullins nickte. „Das sollte man meinen. Fielder hat sich bedeckt gehalten, aber ich konnte heraushören, dass er stinksauer ist. Die Archivare sagen, dass durch die Fusion der Einheiten – die *Seaforth*

Highlanders bilden mittlerweile nach einigen Zusammenschlüssen das vierte Bataillon des Königlich Schottischen Regiments – möglicherweise Datensätze verlegt worden sind. Das glaube ich aber nicht.“, sagte er skeptisch. „Mir sieht es eher danach aus, als hätte dieser Burrows damals einen Draht zu den richtigen Leuten gehabt, die dann Informationen verschwinden ließen.“

„Was wissen wir dann überhaupt über diesen Kerl?“

„Nicht viel mehr als sein Geburtsdatum – er muss jetzt 47 Jahre alt sein – und seine damalige Heimatadresse. Bevor er zur Armee kam, lebte er bei seinen Eltern in Manchester. Wohin er nach seiner Entlassung ging, ist unbekannt.“

„Gibt es ein altes Foto, Einsatzberichte, Angaben über persönliche Verbindungen, irgendwas?“ Mullins schüttelte bedauernd den Kopf.

John stemmte die Arme in die Hüften. „Das gibt’s doch nicht. Gibt es denn keine Möglichkeit, in den Armeeunterlagen weiter nachzuforschen? Vielleicht findet sich ja doch irgendwo eine Spur von ihm.“

„Ich denke, Fielder hat getan, was er konnte. Es war ihm ganz offensichtlich zuwider, dass sich nicht mehr Informationen finden ließen. Aber immerhin ist die Sache auch über zwanzig Jahre her. Von den Leuten, die damals mit der Führung der Unterlagen betraut waren, wird kaum noch einer im Dienst sein, den man zur Rechenschaft ziehen könnte. Nein, ich fürchte, hier stehen wir vor einer Sackgasse. Gerry Burrows, wer auch immer er ist, hat seine Spur gekonnt verwischt.“

Kapitel 19

Nach Dienstschluss am kommenden Tag beschloss John spontan, sich den „Laughing Dragon“ einmal selbst anzusehen. Renie hatte ihm erzählt, die Spezialität des Hauses wäre Ente Kanton Art. Beim Gedanken daran lief ihm bereits das Wasser im Mund zusammen, so dass er auf dem Weg nach Chinatown energisch ausschritt. Während er am Eingang des gut besuchten Restaurants darauf wartete, an einen Tisch geführt zu werden, sah er Renie durch die Tischreihen flitzen.

Kaum hatte er sich niedergelassen, steuerte sie auch schon mit einem strahlenden Lächeln auf ihn zu. „Mr. Miller, was für eine Freude, Sie wiederzusehen! Unsere heutige Spezialität sind Meeresfrüchte in Wongzhou-Sauce. Aber vielleicht möchten Sie lieber eines von unseren berühmten Entengerichten probieren? Wissen Sie was, studieren Sie doch in Ruhe unsere Karte und ich bringe Ihnen einstweilen unseren Hausaperitif.“ Schon war sie wieder verschwunden.

John starrte ihr nach. Was zog seine Nichte heute für ein Schauspiel ab? Mr. Miller? Er schlug die umfangreiche Speisekarte auf. Ein loser Zettel mit dem Emblem des Restaurants fiel heraus. „Spiel mit! Egal, was ich tue“

John schluckte. Was hatte Renie vor?

Als sie wieder zu seinem Tisch kam, einen giftgrünen Cocktail in der Hand, hatte er seine Wahl getroffen. „Ich nehme die Ente Kanton und dazu ein großes Mineralwasser, Miss.“

„Bestimmt möchten Sie zuvor noch unsere Sauer-scharf-Suppe kosten, nicht wahr?“ Sie sah ihn beschwörend an.

„Ah, nun ja, wenn Sie sie empfehlen können, werde ich sie probieren.“ Als Renie die Karte nahm, zischte sie ihm zu, „Vertrau mir. Auch wenn du heute hier kein Essen bekommen wirst.“ Bevor er etwas sagen konnte, hatte sie sich abgewandt. Mit wachsender Nervosität ließ John seinen Blick über das große Lokal schweifen.

Soweit er das sehen konnte, machte seine Nichte ihren Job sehr gut. Sie bediente schnell und effizient und hatte für jeden Gast ein freundliches Lächeln. Außer ihr waren noch zwei weitere Kellnerinnen im Einsatz, beides Asiatinnen.

„So, Sir, hier habe ich Ihre Suppe und Ihr Wasser." Als Renie sich nach vorne beugte, um die Suppentasse abzustellen, glitt diese vom Unterteller. Ihr dampfender Inhalt ergoss sich über John. Morcheln und Bambussprossen übersäten Sakko und Hose.

„Au, verdammt, ist das heiß!"

„Oh, Sir, das tut mir so leid. Wie dumm von mir. Bitte kommen Sie doch nach hinten, da werden wir sehen, was wir tun können." Grimmig folgte John ihr durch das Lokal. Der wachsame Oberkellner nahte. „Sir, ich möchte mich für die Ungeschicklichkeit meiner Mitarbeiterin entschuldigen. Selbstverständlich kommen wir für die Reinigungskosten auf." Er wandte sich mit einem beherrschten Lächeln an Renie. „Und Sie bringen den Herrn zum Waschraum und sehen zu, dass er sein Essen bei uns halbwegs fleckenfrei genießen kann."

„Ja, Mr. Chan", sagte Renie folgsam, bedachte den Mann aber mit einigen gemurmelten Schimpfworten, während sie John durch einen dunklen Gang in den hinteren Teil des Hauses führte. Er dachte sich, dass Renie ihm wohl unter vier Augen etwas anvertrauen wollte.

Sie passierten die Küchentür, durch deren Oberlicht John eine schwitzende Kochmannschaft zwischen den Herden herumwirbeln sah. Weiter hinten stand eine Tür offen, aus der das Klappern von Geschirr drang. Zwischen Stapeln von Porzellantellern und einer Heerschar von Pfannen und Töpfen blickte eine junge Asiatin auf und warf John einen verschreckten Blick zu.

„Da rein, das ist die Personaltoilette", drängte Renie. John ließ sich durch die gegenüber liegende Tür schieben. Renie ließ die Tür einen Spalt offen und sagte laut, „So, Mr. Miller, nun wollen wir mal sehen, ob wir die Flecken heraus bekommen. Vielleicht möchten Sie Ihr Sakko ablegen, damit wir den Ärmel reinigen können." Sie drehte den Wasserhahn auf und zischte, „Jetzt kommt der schmerzhafte Part, John, es tut mir leid"

„Also Renie, jetzt erklär mir aber mal, was hier los ist", begann er alarmiert, aber sie legte einen Finger auf die Lippen und sah vorsichtig noch einmal in den menschenleeren Gang hinaus. „Keine Zeit für Erklärungen. Versuch mich zu küssen."

Erschrocken wich er zurück. Jetzt hatte sie offenbar komplett den Verstand verloren.

Renie begann lauthals zu schreien. „Sie widerliches Scheusal! Lassen Sie die Finger von mir, Sie Monster! Hilfe, Li!“ Nun platzte John der Kragen. Er packte seine Nichte an den Oberarmen und schüttelte sie. „Was soll das?“

„Li! Bitte hilf mir, der Kerl will mich vergewaltigen!“ In der Tür stand das Küchenmädchen, eine riesige Fleischgabel mit gefährlich aussehenden Zinken in der Hand. In diesem Moment gab Renie John einen kräftigen Stoß, so dass er nach hinten gegen die geflieste Wand krachte. „Gott sei Dank bist du da! Komm, hilf mir, den Kerl rauszuschmeißen, so lange er noch ein wenig benommen ist.“

Die jungen Frauen zogen John hoch und bugsierten ihn zum Hinterausgang. „Sollen wir ihn nicht der Polizei übergeben?“, fragte die Asiatin ängstlich.

Hastig antwortete Renie, „Nein, nein, ich will nichts mit denen zu tun haben. Und dem Typen hier war das bestimmt eine Lehre.“ Schwungvoll stießen sie ihn zwei Stufen hinunter, die in eine schmale, kaum beleuchtete Gasse führten. Renie warf das Sakko hinterher und rief triumphierend, „So, und jetzt scher dich zum Teufel und lass dich hier nie wieder blicken!“ Bevor sie wieder ins Haus zurücktrat, wisperte sie, „Warte hier, ich versuche, dir deine Jacke zu bringen“. Mit einem Krach zog sie die Eisentür zu.

John rappelte sich mühsam hoch. Beim Sturz von der Treppe hatte er sich den Knöchel verstaucht, sein Sakko war verdreckt und nass und sein Kopf brummte vom Aufprall auf die Wand. Er sank auf die unterste Treppenstufe und vergrub den Kopf in den Händen. Womit habe ich das nur verdient? Diese Göre überschüttet mich mit heißer Suppe, beschuldigt mich, ich hätte mich an ihr vergreifen wollen und dann wirft sie mich eine Treppe hinunter.

Bei Temperaturen unter dem Gefrierpunkt begann er zudem erbärmlich zu zittern. Sein Magen knurrte vernehmlich, als er an das entgangene Essen dachte. Aus dem Augenwinkel heraus bemerkte er eine Bewegung. Als er den Kopf hob, war niemand zu sehen. Wahrscheinlich Ratten. Riesige Ratten, die sich über mich hermachen werden, wenn ich hier jämmerlich erfroren bin, bemitleidete er sich selbst.

Als Renie nach endlos langer Zeit verstohlen die Hintertür öffnete und herauslugte, traf sie der mordlustige Blick ihres Onkels.

„Sag jetzt nichts, John! Ich erkläre dir morgen alles. Hier ist deine Jacke. Gute Nacht.“ Sie warf ihm eine Kusshand zu und verschwand. John blieb nichts übrig, als zur nächsten U-Bahn zu hinken.

Früh am nächsten Morgen nahm er den Telefonhörer zur Hand und wählte mit einem grimmigen Lächeln. „Bella Hughes“, meldete sich seine jüngste Nichte etwas atemlos.

„Guten Morgen, Bella, Onkel John hier. Du machst dich wahrscheinlich gerade auf den Weg zur Schule?“

„Ja, Mummy fährt schon das Auto aus der Garage. Möchtest du sie sprechen?“

„Nein, ich hätte gern mit Renie gesprochen. Ist sie da?“

Bella kicherte. „Die ist bestimmt erst spät heimgekommen. Gestern sagte sie, das Lokal schließt nie vor zwei Uhr morgens. Also schläft sie sicher bis Mittag.“

„Heute nicht. Weck sie bitte auf und sag ihr, ich möchte sie auf der Stelle sprechen.“

„Okay, wie du meinst. Aber sie hat morgens immer üble Laune, kann ich dir sagen.“

„Die habe ich heute auch“, meinte John finster.

„Hmmm? Was gibt's so früh?“

„Meine liebe Maureen, da du dir ja sicher Sorgen um deinen Onkel machst, wollte ich dir so schnell wie möglich Bescheid geben, dass ich all deine Attacken gestern mit nur einem verstauchten Fuß, einem ruinierten Sakko und einer Beule am Hinterkopf überstanden habe. Ich hoffe, du bist jetzt beruhigt.“, sagte John in zuckersüßem Ton. „Es macht auch überhaupt nichts, dass dein Chef mich wahrscheinlich als Schwerverbrecher verhaften lassen wird, falls ich einmal zufällig wieder den Fuß in dieses Lokal setzen sollte.“

„Du bist sauer, was?“

„Messerscharf erkannt. Was sollte dieser ganze Zirkus?“

„Hör mir zu, John“ Sie sprach, als hätte sie einen etwas beschränkten Dreijährigen vor sich. John knirschte mit den Zähnen.

„Du hast doch das Mädchen gesehen, Li.“

„Die, die drohte, mir eine Fleischgabel in – “ Er räusperte sich. „Also wo auch immer hin – zu stecken?“

„Genau. Sie ist die jüngste Tochter von Mr. Chan und total verschüchtert. Seit Kindesbeinen steht sie in der Küche und darf nichts anderes tun, als das verdammte Geschirr zu waschen. Alle schubsen sie herum. Ihre Familie hält sie für zurückgeblieben, aber das glaube ich nicht.“

„Das ist zweifellos eine herzergreifende Geschichte. Aber was hat das mit deiner gestrigen Aktion zu tun?“

„Lass mich doch ausreden. Alle anderen haben gleich abgeblockt, als ich ganz dezent mal nach Julia gefragt habe. In diesem Betrieb sind sie alle verwandt oder verschwägert und sooo dicke miteinander. Keiner will irgendwas mit der Polizei zu tun haben. Li aber hat nur still genickt, als ich sie fragte, ob sie Julia kannte. Ich habe das Gefühl, sie weiß irgendwas, aber sie traut sich nichts zu sagen. Sie kennt mich kaum und sicher hat sie Angst vor ihren Verwandten. Nachdem ich ja nicht für ewig in diesem Schuppen arbeiten will – das sind wirklich Ausbeuter, sage ich dir – habe ich mir diesen Plan ausgedacht, um schnell Lis Vertrauen zu gewinnen.“

„Indem du mich als Vergewaltiger hinstellst?!“

„Mann, du bist doch Psychologe, oder nicht: Wahrscheinlich zum ersten Mal hat Li gestern Nacht einer anderen geschundenen Kreatur beistehen können und wir haben gemeinsam den Bösewicht vertrieben.“

Geschundene Kreatur!

„Natürlich habe ich ihr dann noch in schillernden Farben erzählt, wie du mich schon während meiner Schulzeit – du warst nämlich mein Mathelehrer – immer verfolgt hast und mir für entsprechende Gegenleistung gute Noten versprochen hast – “

„Oh Gott, ich kann mich in Chinatown nie wieder sehen lassen! Ich bin ein pädophiler Vergewaltiger!“

„Nun reg dich wieder ab. Wenn wir den Mörder gefunden haben, gehe ich noch mal mit dir hin und kläre die ganze Sache auf, in Ordnung?“ John stöhnte nur.

„Heute habe ich Mittagsschicht und danach gehe ich mit Li einen Kaffee trinken, bevor sie wieder zu Arbeit muss. Dann wollen wir doch mal sehen, ob ich nichts aus ihr herausbekommen kann. Pass nur auf, mein Manöver von gestern wird sich sicher auszahlen. Und jetzt gute Nacht.“ Sie legte auf.

Verdattert starrte John das Telefon an und wusste nicht, ob er lachen, wütend sein oder Renie für ihre Unerschrockenheit und ihre unglaublichen Einfälle bewundern sollte.

Während John seine Uniform anzog, kleidete sich auch ein anderer Mann an. Ein Mann, der erkannt hatte, dass er möglicherweise nicht alle Spuren erfolgreich verwischt hatte. Und der beschlossen hatte, diesen Fehler heute noch auszubügeln.

Kapitel 20

Müde kehrte John nach der Abendfütterung in seine Wohnung zurück und ließ sich auf einen Küchenstuhl fallen. Ein Blick in seinen Kalender zeigte ihm, dass er nur noch wenige Tage Dienst hatte, bevor er für die Weihnachtstage zu seinen Eltern fuhr. Die letzten Wochen hatten an ihm gezehrt. Eine Pause konnte er nun gut gebrauchen. Er zog sich die Stiefel von den Füßen und wackelte mit den kalten Zehen.

Mit einem Mal wurde ihm bewusst, dass er den Tower vielleicht gar nicht würde verlassen können. Als der Urlaubsplan aufgestellt wurde, war George noch für die Pflege der Raben verantwortlich gewesen. Nun sah es nicht so aus, als würde George rechtzeitig zu Weihnachten wieder heimkehren können. John runzelte die Stirn und nahm sich vor, schnellstmöglich mit Chief Mullins darüber zu sprechen. Da schrillte das Telefon.

„John! Hast du eine Ahnung, wo Renie ist?“ Maggie klang beunruhigt.

„Sie sagte mir heute früh, dass sie sich nach Ende ihres Dienstes heute mit einer Arbeitskollegin auf einen Kaffee treffen wollte.“

„Ich weiß. Aber wir hatten vereinbart, dass wir uns danach, so gegen siebzehn Uhr, bei *Harrods* treffen, um ein Geschenk für Renies Patentante auszusuchen. Ich habe schon versucht, sie auf ihrem Handy zu erreichen, aber da meldet sich niemand.“

John sah auf die Uhr. „Maggie, es ist erst viertel nach fünf. So, wie ich Renie kenne, ist sie nicht gerade die Pünktlichkeit in Person, oder?“

„Du hast Recht. Aber ich kann mir nicht helfen, ich habe ein ganz komisches Gefühl.“

John fasste einen Entschluss.

„Wo bist du?“

„Vor dem Haupteingang von *Harrods*.“

„Versuch weiter, Renie am Telefon zu erreichen. Ich mache mich jetzt gleich auf den Weg, also müsste ich in spätestens zwanzig Minuten bei dir sein.“

Wenige Tage vor Weihnachten waren die Straßen ein Chaos. Also entschied John sich gegen ein Taxi und spurtete zur U-Bahn. Die

Waggons der District Line platzten aus allen Nähten. Er quetschte sich hinein.

Im Vorweihnachtsstress schienen Johns Landsleute ihre legendäre Höflichkeit vergessen zu haben und es kam zu Schubsereien und ungehaltenen Wortwechseln. John stand in dem überhitzten Waggon voller aneinander gedrängter Leiber der Schweiß auf der Stirn. In South Kensington musste er umsteigen.

„Sehr geehrte Fahrgäste, die Piccadilly Line verkehrt wegen eines Personenschadens nicht auf der Strecke zwischen Covent Garden und Holborn. Für alle Ziele zwischen Holborn und Cockfosters nehmen Sie bitte die Circle und Central Line nach Holborn. Wir entschuldigen uns für die Unannehmlichkeiten."

Dies berührte John ebenso wenig wie die meisten seiner Mitfahrer: Knightsbridge mit seinen großen Kaufhäusern schien an diesem Abend das Ziel aller Einwohner Londons zu sein. Als die Station endlich erreicht war, ergoss sich ein Strom von Menschen über die Treppe nach oben. John schob sich durch die Menge und hielt nach Maggie Ausschau. Er konnte sie nicht entdecken. Vielleicht stand sie vor einem der anderen Eingänge.

Lange Minuten verrannen, bis er alle Straßenfronten des riesigen Shoppingparadieses abgegangen war. Er hielt inne, als ihm einfiel, dass er sein Handy in der Manteltasche hatte. Wie meistens war es ausgeschaltet.

Ich Idiot. Bestimmt hat Maggie schon versucht, mich zu erreichen, stöhnte er innerlich.

Tatsächlich klingelte es, kaum dass er das Mobiltelefon eingeschaltet hatte.

„Maggie? Wo bist du?"

„Oh John, endlich. Es ist schrecklich. Die Polizei hat mich angerufen. Sie haben Renie ins St. Bartholomew´s gebracht. Es hat einen Unfall in der U-Bahn gegeben. Ich sitze im Taxi. Bitte komm so schnell wie möglich." Mit einem Schluchzer war die Verbindung unterbrochen.

Personenschaden zwischen Covent Garden und Holborn.

Oh Gott. Renie.

Im Rückblick erschien der Weg ins Krankenhaus John wie ein nicht enden wollender Alptraum. Das letzte Stück rannte er, während ihm von dem kreischenden Schrillen in seinen Ohren fast der Kopf platzte. In der Eingangshalle des Hospitals schrie er nur „Notaufnahme“.

Eine Schwester wies ihm die Richtung. Der Warteraum der Notaufnahme war voll, Maggie nicht zu sehen. „Maureen Hughes, sie ist hier eingeliefert worden – können Sie mir sagen, wo sie ist?“, rief er einer streng dreinblickenden Pflegerin hinter der Plexiglasscheibe der Aufnahme zu.

„Sie ist beim Röntgen. Erster Stock.“ Er flog förmlich die Treppe hinauf.

„John, endlich!“ Er nahm seine weinende Schwester in die Arme.

„Maggie, was ist passiert? Was haben die Ärzte gesagt?“

„Sie … ist vor die U-Bahn gefallen. Ein junger Mann hat sie gerettet. Die Ärzte wissen noch nicht genau, was ihr fehlt, aber wenigstens war sie ansprechbar, als sie eingeliefert wurde.“ Mit einem dicken Kloß im Hals strich John ihr über das Haar.

„Mrs. Hughes? Sie können Ihre Tochter jetzt sehen, bevor sie in den OP gebracht wird. Der Doktor wird mit Ihnen sprechen.“ Maggie umklammerte Johns Hand, als sie in ein Sprechzimmer geführt wurden.

„Ich bin Dr. Forsythe, guten Abend, Mrs. Hughes. Und Mr. Hughes?“

„Das ist mein Bruder John Mackenzie, Doktor. Bitte sagen Sie uns, was meiner Tochter fehlt.”, beschwor Maggie den Arzt.

„Ich kann Sie beruhigen, Mrs. Hughes. Der Sturz hätte viel schlimmer ausgehen können. Sie hat schwere Prellungen, eine Gehirnerschütterung und ihr Schienbein ist gebrochen. Da es ein komplizierter Bruch ist, werden wir Ihre Tochter sofort operieren. Sie befindet sich bereits im Vorbereitungsraum, aber Sie dürfen sie noch kurz sehen.“

Maggie brach vor Erleichterung in Tränen aus und John atmete wie befreit durch.

„Kommen Sie bitte. Der Anästhesist möchte sich gleich an die Arbeit machen. Auch der junge Mann, der Ihre Tochter gerettet hat, hat einiges abbekommen und wird ebenfalls heute Abend noch operiert.“ Sie folgten dem Arzt in einen steril aussehenden Raum.

„Mein Kind!“ Maggie stürzte zu ihrer Tochter. Renie öffnete die Augen. Erst einmal irrte ihr Blick orientierungslos hin und her. Dann erkannte sie ihre Mutter. „Mum!“, flüsterte sie. „Sucht … Li.“ Sie driftete für einen Moment weg. Während ihr die Tränen über die Wangen liefen, strich Maggie ihrer Tochter sanft über den Kopf. Renie öffnete die Augen wieder und strengte sich sichtlich an, etwas zu sagen. Mit einem Blick auf ihren Onkel murmelte sie, „Fotos …. umbringen“

Bevor sie noch etwas sagen konnte, traten zwei Schwestern in grünen OP-Kitteln ein.

„Wir bringen Ihre Tochter jetzt in den OP, Mrs. Hughes. Der Anästhesist möchte noch kurz mit Ihnen sprechen.“

„Ich warte draußen, Maggie.“ John trat hinaus auf den Flur. Trotz der allgegenwärtigen Verbotsschilder zog er sein Handy aus der Tasche und war im Begriff, die Notrufnummer der Polizei zu wählen. Als er Schritte hörte, sah er auf. „Simon! Ich hätte ja nie gedacht, dass ich das einmal sagen würde, aber ich bin froh, dich zu sehen. Du musst sofort – “

„Das chinesische Mädchen unter Polizeischutz stellen, meinst du? Meine Leute sind bereits unterwegs.“ Er weidete sich an Johns Überraschung. „Oh John, du bildest dir wirklich ein, du wärst Sherlock Holmes und die Londoner Polizei bestünde nur aus Einfaltspinseln. Tatsächlich verdankt Renie ihr Leben einem meiner Überwachungsbeamten. Er stand direkt neben ihr, als sie auf das Gleis gestoßen wurde. Wäre er nicht hinterher gehechtet und hätte sie vor der einfahrenden Bahn weggestoßen, wäre sie jetzt tot.“

Johns Knie wurden weich. Er musste sich setzen. „Simon, ich … weiß nicht, was ich sagen soll. Ich war ein verdammter Trottel. Ich habe nicht im Traum daran gedacht, dass Renie ernsthaft in Gefahr kommen könnte. Ich – “ Er schluckte mühsam und richtete sich dann auf. „Simon, ich danke dir aus tiefstem Herzen.“ Er streckte seinem Cousin die Hand hin.

Dieser stutzte und schüttelte sie dann. „Nun ja, immerhin habt ihr durch eure Amateur-Detektivspielchen doch etwas erreicht: Wir sind dem Täter jetzt ein ganzes Stück näher gekommen. Da mein Mann alleine unterwegs war, konnte er den Kerl, der Renie gestoßen hat, zwar nicht festhalten, aber er hat mir gerade eine Beschreibung gegeben und es wird bereits nach ihm gefahndet.“

Er zog einen Zettel aus der Tasche. „Dicklich, mittelgroß. Er hatte eine Kapuze übergestülpt, unter der langes, ungepflegtes blondes Haar hervorkam. Ein Schal verdeckte die untere Gesichtshälfte, also wissen wir nicht, ob er einen Bart trägt. Kommt dir das bekannt vor?“ John schüttelte den Kopf.

„Wenn er sich maskiert hatte und sich der Verkleidung unbemerkt entledigen konnte, dann haben wir nicht viel Chancen, ihn zu finden. Aber immerhin entlastet diese Sache, so schlimm sie auch ist, deinen Freund George Campbell. Schließlich liegt der Verdacht nahe, dass dieser Typ deine Nichte beseitigen wollte, weil sie im Begriff war, irgendetwas über ihn herauszufinden.“

Auf Johns Gesicht erschien ein kleines Lächeln. „Dann glaubst du mittlerweile auch, dass George nichts mit der Sache zu tun hat?“

„Nicht so schnell. Dass er auf irgendeine Weise in die Geschichte verwickelt ist, bezweifle ich nicht. Aber an seiner Täterschaft gibt es doch erhebliche Zweifel. Nun hoffe ich, dass Renie möglichst schnell vernehmungsfähig ist und auch mit Li Chan werde ich sprechen. Natürlich haben wir sie bereits einmal vernommen, als wir Julias Umfeld überprüft haben. Aber damals hat sie keinerlei Hinweise gegeben, dass sie etwas wissen könnte.“

In diesem Moment trat Maggie zu ihnen, eine große Plastiktüte in der Hand. Sie fiel John um den Hals. „Oh Gott, ich bin so froh. Sie wird wieder gesund.“

„Maggie, Simon hat mir gerade mitgeteilt, dass es einer seiner Männer war, der Renie gerettet hat.“, sagte John behutsam.

„Oh, Simon, danke, danke, danke, tausend Dank“ Maggie umarmte auch den Superintendenten.

Simon tätschelte ihr den Rücken. „Schon gut. Dafür sind wir schließlich da.“, brummte er.

„Ich muss sofort Alan anrufen. Er ist gerade auf dem Rückweg aus Glasgow. Außerdem werde ich meine Nachbarin bitten, bei Tommy und Bella zu bleiben, bis ich heimkomme. Halt mal, John. In der Tüte sind Renies Sachen. Ich gehe kurz hinaus zum Telefonieren.“

Aus der Tüte lugte Renies bunt gemusterte Umhängetasche. Die beiden Männer sahen sich an.

„Vielleicht müssen wir nicht warten, bis du Renie vernehmen kannst. Sie hatte Fotos aller Verdächtigen dabei, um sie Li Chan zu zeigen. Aus den wenigen Worten, die sie vorhin noch von sich gegeben hat, denke ich, dass die Asiatin jemanden darauf hat identifizieren können.“ Simon nickte. „Wir sehen nach.“ John zog die Tasche heraus und öffnete sie. Tatsächlich fielen die Aufnahmen heraus, die er Renie gegeben hatte. Mit wachsender Spannung durchblätterten sie die Bilder. Beim letzten war das Gesicht eines Mannes mit Kugelschreiber umkreist.

Wortlos zog Simon sein Telefon aus der Tasche. „Großfahndung einleiten: Unser Mann ist Nigel Owen. Gesucht im Zusammenhang mit dem versuchten Mord an Maureen Hughes und dem Mord an Julia Feldmann. Jeder verfügbare Mann soll raus."

Er steckte das Telefon wieder weg. John war langsam wieder in der Lage, einen vernünftigen Gedanken zu fassen.

„Sag mal, wie kamst du darauf, Renie überwachen zu lassen?"

Simon setzte ein überlegenes Lächeln auf. „John, du hast wohl vergessen, dass ich dich und Maggie seit unserer Kindheit kenne. Ihr spielt beide einfach gern den guten Samariter. Mir war klar, dass du nicht ruhen würdest, bis du etwas gefunden hättest, um deinen Freund zu entlasten. Ich muss zugeben, dass ich gehofft hatte, George Campbell knacken zu können und den Fall schnell zu lösen. Als ich aber feststellen musste, dass der Mann sturer als ein Pack Esel ist, gab ich Anweisung, dir Zugang zu ihm zu gewähren und stellte einen Mann ab, der dir wie ein Schatten überall hin folgte und mir Bericht erstattete."

Entsetzt blickte John den Superintendenten an, der ungerührt fortfuhr. „Als Renie auf der Bildfläche auftauchte, wusste mein Detective natürlich nicht, wer sie war. Als er mir ein Foto von euch beiden beim Abendessen brachte, hätte mich fast der Schlag getroffen." Er zog missbilligend eine Augenbraue hoch. „Euer ganzer Clan hat einfach das Gen, sich ungefragt in fremde Angelegenheiten einmischen zu müssen. Aber lassen wir das. Nachdem Renie anfing, in dem Lokal zu arbeiten, in dem auch Julia Feldmann gekellnert hatte, haben wir unsere Überwachung auf sie konzentriert. Gestern Abend allerdings meldete der Beamte einigermaßen verwirrt, dass du das Lokal betreten hättest, aber nicht wieder erschienen wärst. Als er den Hinterausgang kontrollieren wollte, sah er dich auf der Straße sitzen. Du hättest ziemlich fertig ausgesehen, sagte er. Willst du mir sagen, was da los war?"

„Äh, nicht so wichtig. Übrigens habe ich noch eine Information, der du vielleicht nachgehen möchtest." Simon lauschte aufmerksam, als John wiedergab, was er über den ehemaligen Infanteristen Gerry

Burrows erfahren hatte. „Vielleicht könnt ihr bei Scotland Yard herausbekommen, was aus ihm geworden ist. Es könnte ja eine Verbindung zu Nigel Owen geben."

Simon nickte und stand auf. „Ich muss jetzt zurück in die Zentrale und zusehen, dass wir in den nächsten Stunden intensive Nachforschungen nach diesem Owen führen. " Er zog eine Karte aus der Tasche. „Unter dieser Nummer kannst du mich jederzeit erreichen. Gib mir Bescheid, wenn die Operation vorbei ist." Schon verschwand er mit wehendem Mantel um die Ecke.

Als Maggie zurückkam, erzählte er ihr alles, was er von Simon erfahren hatte. „Ich darf gar nicht daran denken, was passiert wäre, wenn Simon nicht ein so gerissener Ermittler wäre und seine Leute auf mich und Renie angesetzt hätte."

Maggie nickte nachdenklich. „Heute hat er all das wettgemacht, womit er uns über die Jahre geärgert hat. Ich schäme mich direkt wegen der Schimpfnamen, mit denen ich ihn insgeheim immer belegt habe."

„Wir sollten ihm ein besonders schönes Geschenk zu Weihnachten besorgen, was meinst du?"

„Ja, das machen wir, John. Ich kümmere mich morgen gleich darum. Vielleicht frage ich Patricia, ob sie eine Idee hat. Außerdem möchte ich mich auch bei dem Detective bedanken, der Renie gerettet hat." Sie schwiegen einen Moment. Dann fragte Maggie, „Sag mal, du hast wirklich überhaupt nichts von der Überwachung gemerkt?"

„Gar nichts. Nur, als Renie mich in die Gasse hinter dem China-Restaurant geworfen hat, hatte ich für einen Augenblick das Gefühl, da wäre jemand."

Maggie gluckste. „Die Geschichte hat Renie mir beim Frühstück erzählt. Das ist ja wirklich ein Heuler." Sie kicherte.

„Haha. Was denkst du, welche Angst ich bekam, als diese kleine Chinesin mit ihrer riesigen Fleischgabel auf meine Leibesmitte zielte? Und wie mich die Mädchen dann wie einen Sack Müll auf die Straße befördert haben – " Weiter kam er nicht. Prustend lagen sie sich in den Armen und konnten nicht mehr aufhören, zu lachen.

Eine Schwester, die um die Ecke sah und erbost meinte, „Sie sind hier in einem Krankenhaus. Bitte seien Sie doch leiser.", führte nur zu einem weiteren hysterischen Lachkrampf. Schließlich beruhigten sie sich und warteten in einträchtigem Schweigen, während der Zeiger der Uhr im Warteraum vorrückte.

John musste eingenickt sein. Er schrak hoch, als seine Schwester ihn leicht schüttelte. Dr. Forsythe stand vor ihnen. „Wir haben die Operation erfolgreich abgeschlossen, Mrs. Hughes. Ihre Tochter darf das Bein allerdings ein paar Tage lang unter keinen Umständen belasten. Danach kann sie behutsam beginnen, an Krücken zu gehen. Bis die Sache ganz ausgeheilt ist, können durchaus sechs Wochen vergehen."

Maggie strahlte ihn an. „Das macht nichts. Die Hauptsache ist doch, dass sie wieder ganz gesund wird. Kann ich zu ihr?"

„Sie befindet sich im Aufwachraum. Wir werden sie im Lauf der Nacht auf ihr Zimmer bringen können. Mir wäre es am liebsten, Sie kämen morgen früh vorbei. Dann können Sie Maureen die Sachen bringen, die sie hier braucht und der Stationsarzt kann Ihnen alles weitere erklären."

John erhob sich ächzend. „Komm, Maggie, dann gehen wir jetzt am besten. Momentan können wir nichts für Renie tun, also kehrst du am besten zu Tommy und Bella heim."

„Du hast Recht. Alan dürfte auch allmählich zu Hause angekommen sein. Danke für alles, Doktor. Gute Nacht." Während sie draußen auf ein Taxi warteten, rief John den Superintendenten an.

„Danke für die Nachricht, John. Bis jetzt konnten wir Nigel Owen nicht lokalisieren. Aber immerhin konnten wir Li Chan in dem Lokal finden. Wir haben sie sicher untergebracht. Es hat eine Weile gedauert, aber schließlich hat sie mir gesagt, dass sie Nigel Owen wenige Tage vor Julias Tod mit ihr gesehen hat. Nach dem Ende der Nachtschicht putzte sie noch die Küche, der Rest der Belegschaft war schon gegangen. Als sie im dunklen Speiseraum irgendetwas holen wollte, sah sie Julia direkt vor der Fensterfront mit Owen stehen. Er übergab ihr ein Päckchen. Am nächsten Tag, sagte Li, hätte sie Julia auf den Fremden angesprochen. Julia hätte sehr abweisend reagiert und gesagt, sie würde diesen Mann hassen und hoffen, sie müsste ihn nie wieder sehen." John hörte im Hintergrund leises Gemurmel. „Wir starten jetzt eine Einsatzbesprechung, ich muss gehen. Alles weitere morgen, John."

John setzte Maggie in ein Taxi und machte sich auf den Heimweg. Trotz der klirrenden Kälte schlenderten etliche Passanten durch die nächtlichen Straßen, vorbei an den bunt geschmückten Schaufenstern und den allgegenwärtigen Weihnachtsbäumen, die mit ihren elektrischen Kerzen warmes Licht auf die Gehsteige warfen. Aus einigen Kneipen drang Musik.

John hatte das Gefühl, blind auf einen Abgrund zugelaufen zu sein. Erst, als ihn eine helfende Hand zurückgerissen hatte, hatte er die Augen geöffnet und die gähnende Tiefe wahrgenommen, die drohte, ihn und die Menschen, die er liebte zu verschlingen.

Leise knarrend öffnete sich die Tür der Kapelle St. Peter ad Vincula. John war lange nicht in einem Gottesdienst gewesen, aber heute Nacht hatte er das Bedürfnis, eine Kerze anzuzünden. Danach ging er die wenigen Schritte zu seiner Wohnung und fiel in einen traumlosen Schlaf.

Früh am nächsten Morgen saß John kribbelig in der mittlerweile vertrauten Eingangshalle von Scotland Yard. Nachdem er Bonnie und Mullins von den Geschehnissen des gestrigen Tages berichtet hatte, hatte der Chief ihm einen halben Tag frei gegeben.

„Sehen Sie zu, ob Sie George nicht dazu bewegen können, nun eine Aussage zu machen. Das Einzige, wofür Richard sich wird verantworten müssen, ist sein Drogenkonsum. Wenn man bedenkt, welchen Dreck manch andere von unseren Volksvertretern am Stecken haben, ist das ja noch direkt harmlos.", sagte Mullins zynisch.

John schüttelte den Kopf. „Ganz so einfach wird es nicht werden. Immerhin hat er Owen mit seiner Aussage, sie wären im fraglichen Zeitraum ständig zusammen gewesen, gedeckt. Also ist er mindestens noch wegen Falschaussage dran. Aber dennoch denke ich, bleibt George jetzt nichts anderes mehr übrig, als auszusagen. Wenn sie Owen erwischen, wird er mit Sicherheit versuchen, George und Richard zu belasten. Also wäre es klüger, jetzt mit der Wahrheit herauszurücken."

Georges Gesicht drückte äußerst gemischte Gefühle aus, nachdem John mit seinem Bericht geendet hatte. Schock über Renies knappes Entrinnen. Erleichterung, dass ein anderer an die Stelle des Hauptverdächtigen gerückt war. Zweifel.

„Nigel Owen? Bist du sicher, John? Ich kann mir das gar nicht vorstellen. Er hat doch all die Monate aufopferungsvoll für Richards Erfolg gearbeitet. Er war auch oft zu Gast bei uns und Marcia und ich hielten ihn für einen sehr angenehmen Mann. Warum um Himmels Willen sollte er Julia Feldmann umbringen und dann versuchen, mich als den Täter hinzustellen?“

„Ich weiß es nicht. Sein Motiv wird die Polizei sicher herausfinden. Tatsache ist, dass er nun im Zusammenhang mit dem Mord und auch mit dem versuchten Mord an meiner Nichte gesucht wird. Die Polizei wird das Unterste zuoberst kehren und mit Sicherheit werden Hinweise auf dich und Richard auftauchen. Ich bitte dich, George“ Er sah seinen Freund beschwörend an. „Mach jetzt, heute, auf der Stelle eine Aussage. Sag der Polizei alles, was du weißt. Und Richard sollte dasselbe tun. Wenn er nun reinen Tisch macht, kommt er mit Sicherheit besser davon, als wenn die Polizei durch ihre Ermittlungen gegen Owen alles herausfindet.“ George schluckte mühsam.

Dann hatte er sich entschieden: „Ruf den Anwalt an. Er soll herkommen. Und sag Whittington, ich bin bereit, mit ihm zu reden. Ach, und sag dem Anwalt, er soll auch versuchen, Richard zu einer Aussage zu bewegen. Es … ist wohl besser so.“ Er straffte die Schultern und stand auf.

Auch John stand auf. „Alter Freund, ich bin stolz auf dich. Wir sehen uns bestimmt bald wieder – und ich hoffe, es wird dann nicht hier drin sein.“

In einem ruhigen Winkel der Eingangshalle rief er Sir Fitzgerald Walters an und gleich darauf Chief Mullins, um ihm von seinem Gespräch mit George zu berichten. Als er auflegte und sich umdrehte, stand sein Cousin mit einem breiten Lächeln vor ihm.

„Ich dachte es mir: Du hast es geschafft, dass Campbell endlich redet. Gut, gut.“

John runzelte die Stirn. „Soso, der Superintendent ist sich nicht zu schade, ein privates Telefongespräch zu belauschen? Ich wäre ohnehin gleich zu dir gekommen, um es dir zu sagen.“

Simon warf ihm einen gespielt schockierten Blick zu. „John, ich hoffe, du vergisst nicht, dass meine Ermittlungsmethoden deine Nichte vor dem Tod bewahrt haben. Übertriebene Empfindlichkeit deinerseits ist da wohl kaum angesagt.“

John biss die Zähne zusammen und bemühte sich um ein Lächeln. „Richtig. Sobald Sir Fitzgerald eingetroffen ist, wird George aussagen. Gibt es etwas Neues bei euren Nachforschungen?“

„Owen ist immer noch wie vom Erdboden verschwunden. Im Lauf des Vormittags bekomme ich den Durchsuchungsbefehl für seine Wohnung. Sicher werden wir dort irgendwelche Hinweise finden. Auch mit Richard Campbell werde ich heute noch sprechen.“ John legte Whittington bittend die Hand auf den Arm. „Denkst du, du kannst es einrichten, als erstes Georges Aussage aufzunehmen?“

„So, hat er es jetzt plötzlich eilig damit, die Karten auf den Tisch zu legen? Na gut, ich will sehen, was sich machen lässt.“

Als er sich wegdrehte, fiel John noch etwas ein. „Ach, Simon, wie geht es deinem Beamten?“

„Er wurde noch in der Nacht operiert. Hat sich einen Fuß und den Ellbogen gebrochen und auch sonst ein paar Kratzer abgekriegt. Er wird einige Wochen dienstunfähig sein. Aber was tut man nicht alles, um Zivilisten, die nicht wissen, was gut für sie ist, vor Gefahren zu bewahren.“ Mit einem salbungsvollen Lächeln schritt er davon.

Aargh, das wird er uns jetzt für den Rest unseres Lebens vorhalten. John seufzte und machte sich zum Krankenhaus auf.

Kapitel 21

Bepackt mit einer Riesenportion von Renies Lieblingsschokolade öffnete er vorsichtig die Tür zu dem Zimmer, das ihm die Stationsschwester angezeigt hatte. Wenn er erwartet hatte, dass seine Nichte noch unter den Nachwirkungen der Operation litt, hatte er sich getäuscht.

Hellwach lag sie im Bett, das verletzte Bein auf einem Gestell hochgelagert.

Als sie John erspähte, krähte sie, „Na endlich! Her mit der Schokolade, das Frühstück hier ist echt lausig.“ John musste lachen. Er küsste seine Nichte auf die Stirn, überreichte seine Mitbringsel und setzte sich. Während Renie gierig das erste Päckchen aufriss und sich einen ganzen Riegel in den Mund schob, betrachtete er sie liebevoll.

„Du bist wirklich unverwüstlich, weißt du das? Ich bin so froh, dass dir nichts Schlimmeres passiert ist.“

Renie stöhnte. „Oh bitte, John. Mum hat mich schon vollgesülzt, dass sie ja sooo glücklich ist, dass sie mich nicht verloren hat und dass ich in Zukunft nieeee wieder was Gefährliches machen darf.“ Sie verdrehte die Augen. „Am liebsten würde sie mich zu Hause festbinden. Gott sei Dank ist Dad kein solcher Gefühlsdusel. Er hat vorgeschlagen, dass sie in die Stadt gehen und schleunigst die Geschenke kaufen sollten, die wir noch brauchen. Schließlich ist in drei Tagen Weihnachten.“

Sie grinste. „Er hat die Oberschwester mit einer satten Spende in die Schwesternkasse bestochen, uns den Namen des Polizisten zu verraten, der mir das Leben gerettet hat. Er liegt ein paar Zimmer weiter. Sobald ich aufstehen kann, werde ich ihn mal besuchen. Außerdem soll er auch ein großes Weihnachtsgeschenk von uns bekommen.“ Sie griff zu einem weiteren Schokoladenstück und sah John erwartungsvoll an. „Nun erzähl mal, was gibt's Neues? Haben sie die Ratte schon gefunden?“

„Nein, Owen scheint untergetaucht zu sein. Aber Scotland Yard hat jeden verfügbaren Mann für die Fahndung abgestellt, also werden sie ihn sicher bald finden. Auf jeden Fall haben sie Li Chan in Sicherheit gebracht, damit er nicht versuchen kann, auch ihr etwas anzutun. Sie hat bei Simon bereits ausgesagt, was sie wusste.“

Auf Renies Gesicht breitete sich ein selbstzufriedenes Lächeln aus. „Hatte ich es dir nicht gleich gesagt, dass sie eine wichtige Informationsquelle sein könnte? Und nun gib zu, dass meine Idee, ihr Vertrauen zu gewinnen, gut war."

John grinste. „Okay. Ohne dich hätte nie jemand erfahren, dass es eine Verbindung von Nigel Owen zu Julia Feldmann gab." Er deutete eine Verbeugung an. „Ich neige mein Haupt vor der Großmeisterin des Detektivspielens."

Renie gab ihm einen Klaps. „Hör auf, mich auf den Arm zu nehmen." Dann wurde sie ernst. „Sie hat mir auch anvertraut, warum sie nicht gewagt hatte, bei der ersten Befragung durch die Polizei etwas zu sagen. Zwei ihrer Brüder – sie arbeiten als Köche in dem Lokal – beziehen ihren Stoff auch von Owen. Daher erkannte sie Owen auch, trotz des schlechten Lichts. Sie hatte schon einige Deals beobachtet. Das hat niemand gemerkt, weil sie für ihre Familie nicht viel mehr als ein … nützliches Möbelstück ist. " Ihre Stimme wurde bitter. „Die würden sie totschlagen, wenn sie der Polizei alles sagt, was sie weiß. Weißt du was, John? Wir müssen etwas für Li tun, sie da rausholen. Das ist doch kein Leben, das sie da führt. Sie ist ein kluges Mädchen und könnte aufs College gehen oder ein eigenes Lokal aufmachen oder was weiß ich."

Bevor John etwas sagen konnte, klopfte es und durch die Tür kam ein Tross Ärzte und Pfleger. Mit einem gestrengen Blick mahnte die Oberschwester, die das Krankenblatt in der Hand hielt, „Bitte lassen Sie uns für einen Augenblick allein. Dr. Farnsley muss sich die Patientin ansehen."

„Dr. Farnsley, vielleicht können Sie sich erinnern? John Mackenzie. Wir haben uns bei der Eröffnung des Weihnachtsmarktes im Tower getroffen."

Der Chefarzt stutzte, dann erinnerte er sich. „Natürlich, Sie sind der Ravenmaster des Towers, nicht wahr? Und Sie sind mit unserer reizenden Mrs. Whittington-Armsworth bekannt." Letzteres schien den Arzt schwer beeindruckt zu haben.

John lächelte. „Ich habe den Ravenmaster eine Weile vertreten, aber wir hoffen, dass er so schnell wie möglich wieder seinen Dienst antreten kann, Doktor.", stellte er klar. „Aber ich möchte Sie nicht aufhalten. Ihre Patientin ist übrigens meine Nichte, Maureen Hughes."

„Gut, dann wollen wir mal. Hat mich gefreut, Mr. Mackenzie."

John wanderte auf dem Gang hin und her, während er auf das Ende der Visite wartete. Auf einmal hörte er Renies Stimme durch die Tür herausdringen. Ohne die Worte verstehen zu können, war unschwer zu erkennen, dass sie erbost war. Dann eine dunklere Stimme, die sich bemühte, sie zu beruhigen. Nach wenigen Minuten öffnete sich die Tür und das Regiment Mediziner kam heraus. Einige trugen ein verstohlenes Grinsen zur Schau. Das Gesicht der Oberschwester war gerötet und sie blitzte John im Vorbeirauschen erzürnt an. Der Chefarzt murmelte John zu, „Das ist ja – äh – eine kämpferische junge Dame, Ihre Nichte." Sie verschwanden im Nebenzimmer.

Als John wieder hineinkam, funkelte Renie ihn wütend an. „Der hat sie doch nicht alle. Stell dir vor, ich soll noch mehrere Tage hier liegen und dann kann ich mich erst mal nur mit dem Rollstuhl bewegen, später auf Krücken. Bis ich wieder richtig laufen kann, werden Wochen vergehen."

John setzte sich vorsichtig. „Ich verstehe, dass das schlimm für dich ist, Renie. Aber scheinbar hast du einen ziemlich komplizierten Bruch und der soll stabil wieder zusammenwachsen, ohne dass etwas verrutscht."

Renie hieb mit der Hand auf die Bettdecke. „John! Du hast wohl ganz vergessen, dass ich gleich nach Neujahr nach Südafrika fliege? Dieses Projekt war mein Traum! Und was soll ich da in einem Rollstuhl, kannst du mir das verraten? Mist, Mist, Mist!"

Sie ballte die Hände zu Fäusten. „Oh, ich könnte heulen. Was soll ich dann das nächste halbe Jahr machen? Alle in meinem Semester sind in irgendwelchen Projekten eingesetzt, die über sechs Monate gehen. Nur ich sitze zu Hause und drehe Däumchen." Verzweifelt zog sie sich die Bettdecke über den Kopf. „Lass mich allein, John. Ich möchte sterben."

„Renie, es tut mir so leid. Ich weiß, du hattest dich schon sehr auf die Zeit in Afrika gefreut. Aber ich bin sicher…"

Ein unwilliges Knurren drang unter der Decke hervor. „Laber hier nicht rum, John. Ich will kein Mitleid. Geh einfach."

John wusste, dass mit seiner Nichte in dieser Stimmung nicht zu reden war. „Ich komme morgen wieder, Renie. Mach´s gut einstweilen." Als er die Tür hinter sich schloss, hörte er sie rufen. Er steckte den Kopf noch einmal hinein. „Was ist?"

„Bring mir wieder die Schokolade mit, ja?“
John grinste. „Ein ganzes Dutzend Tafeln, wenn du willst. Bye.“

Nach seiner letzten Führung ging John über den Hof zum Rabenhaus. Zu seinem Erstaunen glomm ein Lichtschein aus der Holzhütte. Er zog die Tür auf. „George!“ Der Ravenmaster legte das Messer hin, mit dem er das Fleisch klein geschnitten hatte. Sorgfältig wischte er sich die Hände an der Schürze ab. Wortlos kam er die wenigen Schritte zu John herüber und streckte ihm die Hand hin. „Danke. Ich … ich weiß nicht, wie ich dir das je vergelten kann. Ohne dich…“ Seine Stimme brach. Tränen liefen über seine Wangen. John legte dem Älteren den Arm um die schmalen Schultern und schob ihn sanft zu einem alten Holzstuhl hin. Er selbst setzte sich auf einen Hocker. „Es ist schön, dass du wieder da bist“, sagte er schlicht.

George fasste sich wieder und schnäuzte sich kräftig. „Ich bin noch nicht lange zurück. Marcia hätte fast einen Herzinfarkt bekommen, als ich plötzlich in der Tür stand. Ich bin so glücklich, wieder mit dem alten Mädchen vereint zu sein. Und natürlich hatte ich auch Sehnsucht nach der Rasselbande hier. Ich bin gespannt, ob die Kerlchen mich überhaupt noch erkennen.“

John lachte. „Da habe ich keine Zweifel. Wie wär´s – bereiten wir gemeinsam das Futter vor?“ In diesem Moment erschallte eine Trompetenfanfare draußen. Fragend blickte John auf. George aber begann zu strahlen. „Gworran!“ Er eilte nach draußen. Innerhalb kürzester Zeit kamen alle neun Raben herangeflattert oder gehüpft und scharten sich um ihren alten Pfleger. George sprach gerührt auf sie ein. John sah dem Treiben einige Minuten lächelnd zu, dann beeilte er sich, das Futter fertigzumachen und in der Voliere zu deponieren.

Normalerweise stürzten sich die Vögel in Windeseile auf die Näpfe, sobald das Gitter der Voliere geöffnet wurde. Heute aber schienen sie sich kaum vom Ravenmaster trennen zu können. Schließlich scheuchte George sie sanft hinein und verschloss das Tor. „Die Tiere sehen gut aus. Du hast dich offenbar vorbildlich um sie gekümmert.“ Er kam in die Hütte zurück und schlug das Buch auf, in dem John die Aufzeichnungen über die Vögel weitergeführt hatte. Zufrieden nickend legte er es wieder weg und sah John an.

„Ich weiß, dass ich keinen besseren finden könnte, also frage ich dich: Möchtest du offiziell Assistent des Ravenmasters werden? Du hättest natürlich noch vieles zu lernen…“

„Sehr gern, George. Es macht mir Freude, für die Vögel zu sorgen.“ Meistens zumindest.

„Ich freue mich, wenn du mir alles beibringst, was du weißt.“ Feierlich schüttelten die Männer sich die Hände.

„Nun erzähle aber mal, George: Wie war das Verhör? Offensichtlich konntest du den Superintendenten von deiner Unschuld überzeugen, sonst hätte er dich nicht so prompt freigelassen.“

George ließ sich auf den Stuhl fallen. „Ich sage dir, vorher habe ich Blut und Wasser geschwitzt. Aber nachdem ich mir geschworen hatte, die reine Wahrheit zu sagen und nichts zu verschweigen, fiel es mir gar nicht so schwer, Whittingtons Fragen zu beantworten. Danach fühlte ich mich sogar richtig erleichtert. Die Polizei glaubte mir wohl, denn als das Gespräch zu Ende war, sagte Whittington, ich könne gehen. Nun hoffe ich, dass Richard es genauso machen wird. Das ständige Lügen macht einen ganz kaputt.“

John nickte. „Du hast Recht. Was ist mit Marcia?“

„Vor dem Gespräch mit ihr hat mir fast noch mehr gegraut als vor dem Polizeiverhör. Ich dachte, es bricht ihr das Herz, wenn ich ihr von den Fotos erzähle und was sie über Richard aussagen, aber sie hat es erstaunlich gelassen aufgenommen. Nach ihrem Suizidversuch hattest du ihr ja versichert, ich wäre unschuldig. Als ich aber dennoch die Aussage verweigerte, wurde ihr im Lauf der Zeit klar, dass ich damit jemanden decken wollte. Sie wusste, das konnte nur Richard sein. Sie sagte mir, sie habe mich seit Tagen im Gefängnis besuchen wollen, um mir zu sagen, dass ich die Karten auf den Tisch legen soll. Dann aber hätte sie jedes Mal wieder der Mut verlassen, weil sie Angst hatte, was sie über ihren Sohn herausfinden würde. Nun erscheint sie mir, so schlimm die ganze Geschichte auch ist, auch ein wenig erleichtert zu sein.“

John klopfte seinem Freund auf die Schulter. „Du hast das Richtige getan, George. Nun warten wir´s ab, was Richard aus der Situation macht.“

Beide fuhren herum, als das Telefon klingelte. John hob ab.

„John, ist George bei dir? Er ist schon vor einer Ewigkeit weggegangen.“

„Ja, Marcia, er ist hier." Er blinzelte George zu. „Es tut mir leid, ich habe ihn aufgehalten. Und er konnte auch die Raben nicht so schnell wieder verlassen, die Tierchen sind ganz glücklich, dass er wieder hier ist."

„Das macht doch nichts, John. Du hast so viel für uns getan. Ohne dich hätte ich meinen George nicht wiederbekommen. Ich würde auch gar nicht drängen, dass er wieder zurückkommt, aber Mullins hat gerade angerufen: Er will heute Abend noch eine Willkommensparty für George im Club geben. Vielleicht möchtet ihr euch ja noch ein wenig in Schale werfen?"

Diese Aussicht machte beiden Männern Beine und sie machten sich eilends in ihre jeweiligen Wohnungen auf.

Als John die Water Lane hinunterging, drang bereits Musik und Stimmengewirr aus dem Club. Kurz vor der Eingangstür traf er auf George und Marcia. Angetan mit einem schicken Kleid und einem glücklichen Strahlen, das ihr Gesicht erhellte, wirkte sie so lebendig, wie John es noch nie erlebt hatte.

Als die drei durch die Tür traten, brach lauter Jubel aus. George musste unzählige Hände schütteln. Offensichtlich hatte sich herumgesprochen, dass John großen Anteil an der Freilassung des Ravenmasters gehabt hatte, denn auch ihm wurde ein herzlicher Empfang zuteil. Als Chief Mullins sich zu ihnen durchdrängte und ihre Arme hochhielt wie die zweier Preisboxer, klatschte, trampelte und pfiff die gesamte Tower-Gemeinde.

Sid sprang auf die Theke. „Ein Hoch auf unseren Ravenmaster, der endlich heimgekehrt ist und auf unseren Chief, der uns heute freihält – mit allem, was das Herz begehrt: Bier, Punsch nach meinem Geheimrezept und sogar – "

An dieser Stelle zog er mit geheimnisvoller Miene eine Flasche unter dem Tresen hervor, „für unseren Psycho-Doc, den Beistand in allen Lebenslagen – eine Portion Kinderpunsch!" Unter johlendem Gelächter ließ John sich ein Glas einschenken und prostete den anderen zu.

Michael Conners schlug ihm ausgelassen auf die Schulter. „Alter Knabe! Gut gemacht. Wie ich höre, hast du den Mordfall gelöst. Aber nun löse endlich ein anderes Rätsel für uns" Er hob Johns Arm hoch, so dass die Umstehenden die frische Narbe auf seinem Handrücken sehen konnten. „Wie haben die Raben das geschafft?“

Kapitel 22

Am Nachmittag des 24. Dezember stieg John in die Circle Line, die ihn hinaus nach Kew bringen sollte. Die Wagen waren kaum besetzt. Alle Geschäfte waren geschlossen, so dass keine abgehetzten Geschenkesucher unterwegs waren.

Gepäck und Geschenke hatte er Maggie mitgegeben, die mit Tante Isabel bereits gestern nach Kew gefahren war. Während die Bahn aus der Stadt hinaus fuhr, lehnte John sich in seinem Sitz zurück und streckte die Beine aus. Der Trubel der letzten Tage hatte ihn kaum zur Ruhe kommen lassen.

Nach der langen Nacht im Club hatte sein Wecker zu gewohnt früher Stunde geläutet und er war ohne zu überlegen aufgestanden. Erst, als mit dem ersten Schluck kräftigen Darjeelings sein Gehirn wieder begann zu arbeiten, fiel ihm ein, dass George ja wieder da war und er daher nicht mehr für die Morgenfütterung verantwortlich war. Er schlug sich mit der Hand auf die Stirn. Da er nun ohnehin wach war, beschloss er, George zur Hand zu gehen.

Der Ravenmaster blickte ihn erstaunt und mit noch etwas glasigen Augen an. „John, was tust du hier? Leidest du unter Schlaflosigkeit?“

„Eigentlich nicht, aber die Macht der Gewohnheit hat mich aus den Federn getrieben. Also dachte ich, was soll´s, dann leiste ich dir einfach Gesellschaft.“ Während sie Seite an Seite arbeiteten, fragte George, „Wie geht es deiner Nichte? Denkst du, ich kann sie besuchen? Ich würde mich gern persönlich bei ihr bedanken.“

„Natürlich. Komm doch heute mit mir mit. Ich werde sie nach meinem Dienst besuchen.“ Er gab George einen frisch gespülten Napf zum Abtrocknen. „Sie ist ein wildes Huhn, deshalb leidet sie sehr darunter, dass sie sich kaum bewegen kann mit ihrem gebrochenen Bein. Auch, dass sie nun nicht zu diesem Hilfsprojekt in Südafrika kann, hat sie schwer getroffen.“

„Das arme Ding. Und alles, weil sie mir helfen wollte. Sie muss ein wunderbarer Mensch sein, sich so für andere einzusetzen.“

John musste lächeln. „Das ist sie. Ich bin auch zuversichtlich, dass sie bald etwas Neues findet, mit dem sie sich beschäftigen kann.

Manchmal kommt sie mir vor wie ein Gummiball, immer in Bewegung und nicht unterzukriegen."

Auch Mullins und Marcia hatten sich ihnen angeschlossen und Renie hatte es genossen, ihre Abenteuer für ein aufmerksames Publikum noch einmal auszubreiten. George hatte ihr einen riesigen Plüschraben mitgebracht, den Renie mit kindlicher Begeisterung entgegennahm. Mullins stülpte ihr feierlich eine der hohen dunkelblauen Mützen über den Kopf, wie sie die Beefeater tragen. „Hiermit ernenne ich Sie auf Grund Ihrer Verdienste um ein unverzichtbares Mitglied unserer Mannschaft zum Ehren-Beefeater, Miss Hughes."

Renie strahlte. „Vielleicht könnte ich ja eines Tages ein richtiger Beefeater werden. Das wäre doch was, der erste weibliche Beefeater." Alarmiert wich Mullins zurück.

„Dazu müsste sie ja zuerst zur Armee gehen.", raunte John ihm amüsiert zu. „Das würde sie nie im Leben tun, also keine Sorge."

Dann hatte John die halbe Nacht damit verbracht, Geschenke zu verpacken. Als er fertig war, türmte sich in seiner Küche ein Berg von rot und golden glänzenden Päckchen auf. Am nächsten Morgen ging er zu Bonnie hinüber.

„Oh, darf ich das gleich aufmachen? Die Neugierde bringt mich sonst um.", sagte sie, als er ihr sein Geschenk überreichte.

„Aber natürlich. Ich möchte doch wissen, wie Sie damit aussehen."

„Wow, was für ein herrlicher Schal, so weich! Und die Farbe – die ist ja traumhaft. Vielen Dank, John." Sie legte sich den Schal um und drehte sich vor dem Spiegel.

„Steht Ihnen ausgezeichnet, Bonnie. Frohe Weihnachten."

„Ich habe auch etwas für Sie." Sie verschwand hinter den Bergen von Weihnachtspost, die sie gerade sortierte. Jeden Morgen wurde die Post für die Belegschaft des Towers am Tor abgegeben und Bonnie verteilte sie dann.

In durchsichtige Folie gewickelt übergab sie ihm zwei kunstvoll bemalte chinesische Essschalen mit passenden Stäbchen. „Weil Sie doch gerne asiatisch kochen."

„Die sind wirklich wunderschön, Bonnie, tausend Dank." John bewunderte die filigranen blauen Zeichnungen auf dem Porzellan.

„Vielleicht können wir sie ja gemeinsam einweihen“, schlug sie etwas verlegen vor.

Und liefern Edwina Dunders wieder Stoff für ihre Klatschgeschichten, dachte John amüsiert.

„Klar machen wir das nach den Feiertagen, wenn ich wieder da bin. Nun wünsche ich Ihnen ein schönes Weihnachtsfest, Bonnie.“

„Moment noch, John. Nehmen Sie doch gleich Ihre Post mit, ja? Sie haben ein Paket aus Deutschland bekommen und jede Menge Briefe.“ John dankte ihr und verabschiedete sich.

Als er über den Hof ging, schlug die Uhr von St. Peter ad Vincula neun. Maggie wollte um neun kommen, um meine Sachen abzuholen, fiel ihm ein. Schleunigst strebte er zu seiner Wohnung hinüber. Auf dem Weg traf er George, der auf dem Tower Green mit Gworran scherzte. „George, hast du eine Minute? Ich muss einen Haufen Geschenke zum Tor schaffen, wo meine Schwester sie gleich abholen wird.“

„Natürlich. Gehen wir.“

Während sie zu Johns Wohnung eilten, fuhr George fort, „Der Chief war so nett, mir für die ersten Tage hier keine Wach- und Besucherdienste zu geben. Ich habe heute nur einen Termin: Nachmittags gibt es einen Fototermin im St. Bartholomew´s. Dort wird der Scheck mit dem Erlös des Weihnachtsmarktes überreicht. Natürlich übernimmt Edwina Dunders das, aber Mullins soll auch dabei sein. Er sagte, er will mich mit auf dem Foto haben.“ Er hielt inne, als er gleich hinter der Eingangstür über eines der Präsente stolperte. John ließ seine Post fallen und bemühte sich, seinen alten Freund aufzufangen und sich für die Unordnung zu entschuldigen, als das Telefon klingelte.

„Hier ist eine tolle Blondine, die sagt, sie wäre deine Schwester. Und sie ist nicht gerade besonders erbaut darüber, dass du nicht schon längst gestiefelt und gespornt hier bist. Mann, so eine Frau lässt man doch nicht warten, selbst wenn sie nur die eigene Schwester ist.“, feixte Adams.

John stöhnte. „Gib sie mir bitte.“

„John? Wo bist du? Ich stehe in einer Kurzparkzone.“

„Maggie, es tut mir leid, ich habe die Zeit übersehen. Ich bin sofort bei dir. Und lass dich nicht von Adams anmachen, der ist ein berüchtigter Schwerenöter." Hastig suchte er einige große Tüten zusammen und brachte sie ins Wohnzimmer.

„Stopf einfach alles, was da herumliegt, hinein, George." Schwer bepackt mit den Geschenken und Johns kleiner Reisetasche wankten sie hinaus.

Als Maggie George erblickte, klärten sich die unheilvollen Wolken auf ihrer Stirn auf.

„Mr. Campbell, was für eine Freude, Sie wieder zu Hause zu sehen. Wie geht es Ihnen?" George zog galant die Mütze ab. „Mrs. Hughes, dank Ihrem Bruder und Ihrer Tochter geht es mir wieder sehr gut. Ich hoffe, Maureen wird schnell wieder gesund."

Maggie winkte ab. „Sie treibt mich schon wieder zur Raserei. Gestern Abend sagte der Arzt ihr, dass sie über die Feiertage im Krankenhaus bleiben soll. Da hat sie ihm wohl ein Buch nachgeworfen. Wirklich, das Kind ist unverbesserlich!" John entfuhr ein Lachen, das er erfolglos als Husten zu tarnen versuchte. Seine Schwester funkelte ihn an. „Das ist nicht lustig. Bei allem Verständnis, das ich für sie habe – so etwas geht einfach nicht. Du kannst dir ja gar nicht vorstellen, wie die Oberschwester mich am Telefon zusammengestaucht hat."

John setzte seine Tüten ab, da ihm die Hände taub wurden. „Aber Maggie, wir können Renie doch wirklich nicht alleine in London lassen, während die ganze Familie in Kew feiert. Das wäre grausam."

Maggie hob resigniert die Hände. „Ich weiß auch nicht, wie wir das Dilemma lösen sollen. Vielleicht fällt dir ja etwas ein. Ich für meinen Teil muss jetzt schleunigst zum Flughafen und Tante Isabel abholen. Gnade mir Gott, wenn ich zu spät ankomme." Also schleppten die Männer ihre Last so schnell es ging zu Maggies Auto und sie brauste davon.

Während sie zurück gingen, fragte John, „Was gibt es Neues von Richard? Hat er seine Aussage gemacht?" George zuckte ein wenig traurig mit den Schultern. „Ich habe schon Dutzende Male versucht, ihn zu erreichen. Gestern Abend hat es endlich geklappt. Er sagte aber nur, er hätte sehr viel zu tun, nachdem er plötzlich ohne seinen Wahlkampfmanager auskommen muss. Was mit der Polizei war, dazu sagte er gar nichts. Aber er will heute Abend vorbeikommen, dann wird er schon alles erzählen."

John sah seinen Freund forschend von der Seite an. Auch wenn George sich um einen neutralen Ton bemüht hatte, war doch offensichtlich, dass er vom Verhalten seines Sohnes enttäuscht war. Das grandiose Bild, das die Campbells von ihrem einzigen Sohn hatten, bekam weitere Risse.

Zurück in seiner Wohnung tigerte er unentschlossen von seiner Küche ins Wohnzimmer und wieder zurück. Schließlich fasste er einen Entschluss und rief Chief Mullins an. „Ich muss wegen meiner Nichte dringend mit Dr. Farnsley sprechen. Können Sie mich heute zu diesem Fototermin ins Krankenhaus mitnehmen?"

„Natürlich. Seien Sie kurz nach 15 Uhr vorne am Tor, dort sammle ich George und Edwina ein und fahre uns alle zum Krankenhaus."

„Dazu müsste ich die Schicht tauschen, da ich heute für die Nachmittagsführungen eingeteilt bin."

„Kein Problem. Dann setzen wir Sie gleich von 10 bis 15 Uhr ein und Denham soll statt dessen von 12 bis 17 Uhr einspringen. Ich kümmere mich darum. Bis später."

In Paradeuniform lächelten George und Chief Mullins in die Kamera. Edwina hielt gemeinsam mit dem Chefarzt den stattlichen Scheck und auch Patricia hatte sich in einem lavendelfarbenen Kostüm dekorativ in Positur gestellt. Der Zeitungsfotograf drückte fix ein paar Mal auf den Auslöser. „Schon fertig, Leute. Müsste nach den Feiertagen erscheinen." Patricia dankte ihm überschwänglich und geleitete den Mann hinaus.

„Doktor – bitte, hätten Sie eine Minute?" John trat schnell auf Dr. Farnsley zu, bevor dieser in den Katakomben der Klinik verschwinden konnte.

„Ja, Mr. Mackenzie?"

„Sie erinnern sich an meine Nichte Maureen?"

Der Arzt ließ ein ironisches Lächeln aufblitzen. „Wer könnte diese junge Dame je vergessen? In den wenigen Tagen, seit sie hier ist, hat sie durch ihre ... eigenwilligen ... Aktionen schon einen hohen Bekanntheitsgrad beim Personal erlangt."

Zerknirscht sah John den Arzt an. „Sie ist wirklich ein wenig impulsiv. Sehen Sie, deshalb denken wir als ihre Familie auch, sie sollte besser über die Feiertage in unserer Obhut sein. Die gesamte

Verwandtschaft kommt bei meinen Eltern in Kew zusammen und wir möchten das Mädchen nur höchst ungern allein in London lassen. Vor allem, da sie doch gerade das Opfer eines versuchten Mordanschlages geworden ist und soweit ich weiß, der Täter immer noch nicht gefasst werden konnte.“ John beobachtete den Arzt genau und merkte, dass dieser ins Wanken geriet.

Er spielte seine letzte Trumpfkarte aus. „Mrs. Whittington-Armsworth wird auch da sein, da sie die Gattin meines Cousins ist. Mit Sicherheit wird sie ein Auge darauf haben, dass Maureen keinen Unsinn macht und sich hübsch ruhig verhält.“

„Ah, na wenn das so ist. Natürlich vertraue ich Patricia, äh, Mrs. Whittington-Armsworth hundertprozentig...“

„Das freut mich zu hören, Dr. Farnsley.“ Patricia war zurückgekommen und bedachte den Arzt mit einem schmelzenden Blick.

„Äh, da sind Sie ja, meine Liebe. Mr. Mackenzie bat mich gerade, noch einmal über die Möglichkeit einer kurzzeitigen Entlassung seiner Nichte nachzudenken. Nun höre ich, dass Sie Weihnachten alle gemeinsam verbringen werden. Ich denke, dann kann ich es vertreten, Maureen für zwei, drei Tage in Ihre Obhut zu entlassen. Aber sie darf das Bein keineswegs belasten! Wir können Ihnen einen Rollstuhl mitgeben. Sie müssen aber für ein geeignetes Transportfahrzeug sorgen, denn selbstverständlich können wir sie nicht in einem Krankenwagen zum Verwandtenbesuch chauffieren.“

„Da finden wir schon eine Lösung, Doktor. Und schließlich wird ja auch mein Mann da sein, der, wie Sie ja wissen, Superintendent bei Scotland Yard ist und diesen schrecklichen Mordfall gerade zum Abschluss bringt. Bei uns wird Maureen also sicher wie in Abrahams Schoß sein.“

„Danke für deine Hilfe, Patricia.“, sagte John, nachdem sich Dr. Farnsley verabschiedet hatte. „Ich werde gleich Alan anrufen. Er soll versuchen, ein rollstuhlgerechtes Fahrzeug aufzutreiben.“

„Nicht nötig. Unser Kinderhospizverein hat einen solchen Wagen, den kann Alan sich ausleihen. Ich kümmere mich gleich darum.“

„Das ist wirklich sehr nett von dir.“ John bemühte sich, sein Erstaunen über Patricias plötzliche Fürsorglichkeit zu verbergen.

„Keine Ursache, John. Schließlich ist Maureen eine wichtige Zeugin in Simons bisher größtem Fall."

„Konnten seine Leute Owen mittlerweile finden?"

Sie schüttelte betrübt den Kopf. „Simon denkt, er hat sich zum Kontinent abgesetzt. Hat er es erstmal in die Europäische Union geschafft, kann er wegen der fehlenden Grenzkontrollen überall untertauchen."

Patricia sah aus, als empfände sie dies als persönlichen Affront gegen ihren Mann, dem der gerechte Ruhm verwehrt bleiben würde, wenn der Mordverdächtige nicht gefasst wurde.

„Na, er wird dir sicher alles über die weiteren Entwicklungen erzählen, wenn wir in Kew sind. Ich muss los, John. Grüße Maureen von mir." Sie glitt davon wie eine lavendelblaue Wolke auf passenden Pumps.

Kapitel 23

Die U-Bahn erreichte die Vororte und fuhr aus dem Dunkel des Tunnels hinaus in das fahle Licht des Winternachmittages. Als John an Renies Reaktion zurückdachte, musste er lächeln. So überschießend, wie sie reagierte, wenn ihr etwas gegen den Strich ging, so überschäumend war sie auch in ihrer Begeisterung. Hätte sie gekonnt, wäre sie im Bett auf und ab gehüpft. So hatte sie sich mit einem markerschütternden Freudengeheul und einer stürmischen Umarmung für ihren Onkel zufrieden geben müssen.

Maggie, die von Kew aus anrief, um sich besorgt nach ihrer Tochter zu erkundigen, war höchst erstaunt, als Renie sie ausgelassen begrüßte. Nachdem Maggie gehört hatte, dass sie nun doch Weihnachten alle gemeinsam würden verbringen können, fiel ihr ein Stein vom Herzen. „Gib mir bitte mal deinen Onkel." Renie reichte den Hörer weiter und trommelte fröhlich mit ihren Händen auf die Bettdecke.

„John, ich danke dir. Das ist das schönste Weihnachtsgeschenk für uns. Und glaub mir, wir können erfreuliche Nachrichten hier gut brauchen."

„Was ist los?"

„Dreimal darfst du raten. Mum und Tante Isabel – sie waren keine fünf Minuten unter einem Dach, als es schon losging. Walter hat Eddie durchs Esszimmer gejagt und der Kater ist in seiner Panik die Brokatvorhänge hinaufgeklettert. Wie die jetzt aussehen, kannst du dir ja vorstellen. Mum schrie, die verdammte Töle wäre schuld, dass ihre kostbarsten Vorhänge jetzt Müll wären. Da ist Isabel natürlich wild geworden. Auf ihren geliebten Champion lässt sich ja nichts kommen. Sie keifte zurück, solche altbackenen Vorhänge hätte sowieso kein Mensch mehr und außerdem hätte die räudige Katze Walter provoziert." John konnte sich lebhaft vorstellen, wie seine Mutter auf diese Bezeichnung ihres Rassekaters King Edward, eines Bruders von Maggies vierbeinigem Hausgenossen, reagiert hatte.

„Wenn Dad und ich nicht eingegriffen hätten, wären die beiden noch handgreiflich geworden, fürchte ich."

„Walter und Eddie?"

„Quatsch, natürlich Mum und Tante Isabel. Es ist wirklich eine Schande, wie sich zwei ältere Damen, Stützen der Gesellschaft, so vergessen können. Es hat sich einfach nichts geändert, obwohl sie sich bestimmt zehn, fünfzehn Jahre nicht gesehen haben." Maggie schnaubte. Dann begann sie zu kichern. „Aber irgendwie ist es auch unglaublich lustig, die beiden so zu erleben. Wir werden bestimmt eine interessante Zeit hier haben."

Bevor John nach Kew aufbrach, war er gemeinsam mit Chief Mullins bei George und Marcia zum Mittagessen eingeladen gewesen. An dieses Essen dachte John mit gemischten Gefühlen zurück. Sie hatten Marcias großartigen Braten genossen und Geschenke ausgetauscht. Während des Essens hatte in schweigender Übereinstimmung niemand von ihnen über den Mordfall gesprochen. George und Marcia bemühten sich redlich, unterhaltsame Gastgeber zu sein. Dennoch spürte John eine Traurigkeit bei beiden, die ihn schmerzte.

Als Marcia die Männer mit Kaffee und Brandy allein im Wohnzimmer zurückließ und sich mit den Worten „Ihr Männer habt sicher noch einiges zu bereden. Ich bin in der Küche, wenn ihr mich braucht.", lächelnd zurückzog, konnte John seine Neugier nicht länger zügeln.

„George. Was gibt es von Richard zu berichten?"

George sah versonnen zum Fenster hinaus. „Nun ja, das war ein … denkwürdiges Gespräch, das wir gestern hatten. Zuerst einmal schilderte Richard nochmal, wie viel er nun zu organisieren hätte, da der Kopf seines Wahlkampfteams fort sei. Ich fragte ihn schließlich, wie das Verhör gelaufen wäre. Er meinte, das hätte er ganz gut hingekriegt. Seine größte Sorge war wohl, dass sein Drogenkonsum an die Öffentlichkeit gelangen könnte. Aber offensichtlich hat ihm der Superintendent zugesichert, dass sie diese Sache soweit möglich diskret behandeln würden."

Ich möchte wetten, Richard hat Simon dafür eine Budgeterhöhung für die Metropolitan Police versprochen, falls er gewählt wird, dachte John sarkastisch. Ein Blick auf Mullins´ gerunzelte Stirn sagte John, dass die Gedanken des Chiefs in die gleiche Richtung liefen.

„Was ist mit Richards früherer Aussage, Owen wäre zum Tatzeitpunkt stets mit ihm zusammen gewesen? Im Endeffekt hätte er dich entlasten können, wenn er die Wahrheit gesagt hätte."

George seufzte leise. „Das gleiche hat Marcia ihn auch gefragt. Wahrscheinlich war es das erste Mal in Richards Leben, dass seine Mutter ihm einen Vorwurf gemacht hat, nachdem sie ihn früher immer in Schutz genommen hat. Er war wie vor den Kopf geschlagen, das kann ich euch sagen. Naja, er erklärte dann, Owen hätte sich tatsächlich für einige Minuten entschuldigt. Pikanterweise, um angeblich den Drogendealer anzurufen, weil die beiden Nachschub brauchten. Richard wollte natürlich keinesfalls, dass etwas von diesem Anruf bekannt wird. Er sagt, er hätte Owen immer hundertprozentig vertraut und es für völlig unmöglich gehalten, dass dieser etwas mit diesem Mord zu tun hatte. Er wusste wohl offensichtlich auch nicht, dass Owen Julia kannte. Er selbst kannte auch ihren Namen nicht, aber als das Foto in der Zeitung erschien, wurde ihm klar, dass das die junge Frau war, die ein, zwei Mal als Drogenkurier zwischen ihm und seinem Dealer fungiert hatte. Während er also seinem ach so engagierten Manager blind vertraute, hat er mich, seinen Vater, tatsächlich für schuldig gehalten, nachdem meine Fingerabdrücke gefunden worden waren."

Bitterkeit sprach aus Georges Worten. „Deshalb hielt er es auch für unnötig, die Wahrheit über Owen zu sagen, vor allem, da er dann ja auch selbst kein Alibi mehr gehabt hätte."

George wischte sich verlegen ein paar Tränen ab. „Nachdem Richard gestern Abend gegangen war, haben Marcia und ich uns lange unterhalten. So traurig es auch ist – uns ist durch diese Sache klar geworden, dass für unseren Sohn nur eins zählt: er selbst. Und daran tragen wir die Schuld. Schließlich haben wir ihn aufgezogen."

Mullins sprang auf. „George! Nun hör sofort auf, so einen Mist zu reden. Du und Marcia, ihr seid wunderbare Menschen. Ohne euch könnte ich mir unsere Gemeinschaft hier nicht vorstellen. Euer Sohn ist Mitte Dreißig, ein erwachsener Mann. Er ist für seine Entscheidungen selbst verantwortlich. Ihr habt immer sein Bestes gewollt und selbst wenn ihr vor zwanzig, dreißig Jahren Fehler gemacht habt: Wer macht die nicht? Also hör auf, dir die Schuld dafür zu geben, dass er so ist, wie er nun mal ist." Er holte tief Luft und sah John auffordernd an.

„Der Chief hat Recht, George. Vielleicht stellt diese Sache ja auch eine Chance für Richard dar. Ich kann mir beim besten Willen nicht vorstellen, dass er gänzlich ungeschoren davon kommen wird, egal, was er sich jetzt vormacht. Wenn Nigel Owen gefunden und vor Gericht gestellt wird, werden dabei auch einige Tatsachen über Richard ans Licht kommen. Er wird Konsequenzen zu tragen haben – und genau das ist es, was er braucht, denke ich. Wir können nur hoffen, dass er daraus lernen wird."

George nickte langsam. „Ja. Ja, vielleicht habt ihr sogar Recht." Ein leiser Funke Hoffnung kehrte in seine Augen zurück. Als die beiden sich verabschiedeten, winkten George und Marcia den Männern Arm in Arm nach.

„Was meinen Sie, Mackenzie: Werden die beiden den Absturz ihres Superhelden verkraften?"

„Ich glaube es, auch wenn es hart für die beiden ist."

Im Hof trennten sich ihre Wege. „Ich wünsche Ihnen ein frohes Fest, Chief."

„Das wünschen ich Ihnen auch. Sie haben sich ein paar ruhige Tage mit Ihrer Familie wirklich verdient." Sie schüttelten sich die Hand.

„Gut, Sie in der Truppe zu haben, Mackenzie. Anfangs hatte ich ja so meine Zweifel, was wir wohl mit einem … nun ja – "

„Psycho-Onkel", ergänzte John grinsend.

„Genau. Was wir mit einem Psycho-Onkel anfangen würden. Aber in den letzten Wochen habe ich gelernt, dass Ihr Blickwinkel auf die Dinge durchaus eine Bereicherung für uns darstellt. In diesem Sinne – Cheerio! Und grüßen Sie Ihre verrückte Nichte von mir."

Kapitel 24

Mit jedem Kilometer, den die Bahn zurücklegte, fühlte John sich leichter. Er nahm sich vor, während der kommenden Tage nichts zu tun, als auszuschlafen, sich mit dem legendären Truthahn seiner Mutter vollzustopfen und das Beisammensein mit seinen Verwandten zu genießen. Die Scharmützel zwischen Tante Isabel und seiner Mutter versprachen, zur Unterhaltung beizutragen.

Voller Vorfreude sprang er auf, als die Bahn die Themse überquerte. In wenigen Minuten war die Station Kew Gardens erreicht.

„Fröhliche Weihnachten", schmetterte er der Schalterbeamtin entgegen, als er die kleine Bahnhofshalle durchquerte. Die Straße hinunter sah er bereits den Eingang zu den Königlichen Gärten vor sich liegen. Als Kind hatten er und seine Geschwister dort viel Zeit verbracht, da ihre Mutter eine Stütze des Fördervereins der Gärten war und wie eine Reihe anderer Gartenenthusiasten ehrenamtlich mithalf, die Freiflächen und die Pflanzen in den verschiedenen Glashäusern zu pflegen.

Anders als seine Geschwister hatte auch John Interesse an der Vielfalt der Botanik entwickelt. Nun, wo er wieder in England war, freute er sich darauf, wieder mehr Zeit hier zu verbringen.

Er hatte gelesen, dass es dieses Jahr dort eine große Eisfläche gab, wo man Schlittschuh laufen konnte. Abends war das Areal von hunderten Glühbirnen erleuchtet, was zusammen mit den angrenzenden viktorianischen Gewächshäusern ein sehr romantisches Bild ergab. Er hoffte, dass er die Gelegenheit finden würde, dort ein paar Runden zu drehen.

Bis zum Haus der Mackenzies waren es nun nur noch ein paar Schritte. Er durchquerte den Vorgarten mit den akkurat geschnittenen Buchsbaumhecken. Auf der letzten Gartenreise ihres Clubs nach Meran in Südtirol hatte Johns Mutter sich von den zahlreichen kunstvollen Heckenskulpturen inspirieren lassen. Nun bestand ihr ganzer Ehrgeiz darin, ebenfalls phantasievolle Formen zu erschaffen. Ihr erstes Projekt, eine überdimensionale Katze, die einen Buckel machte, erinnerte allerdings eher an einen Dinosaurier. Während John flüchtig überlegte, ob sein Vater beim Heckenschnitt die Finger im

Spiel gehabt haben mochte, flog die Eingangstür des großen efeuüberwachsenen Hauses auf.

Bella sprang heraus. „Onkel John!“ Er öffnete die Arme und sie flog hinein. „Wir sind auch gerade angekommen, in einem riesigen Auto, in dem sogar Renie in ihrem Rollstuhl Platz hatte. Und King Olaf hat sich auf der Fahrt hierher übergeben!“, sprudelte sie heraus.

John lachte laut heraus. „Das ist doch ein guter Start in die Feiertage.“ An der Tür empfing seine Mutter ihn. „Mein Junge. Schön, dass du endlich da bist. Komm rein, komm rein. Gib mir deinen Mantel.“ Während sie den geräumigen Dielenschrank öffnete, zischte sie ihm zu, „*Sie* macht mich wahnsinnig. Weiß der Himmel, warum sie uns dieses Jahr heimsuchen musste.“ John konnte unschwer erraten, von wem seine Mutter sprach. Er legte den Arm um seine Mutter und erwiderte mit einem schadenfrohen Grinsen, „Tja Mum, nun siehst du mal, wie das ist. Unser geliebter Cousin Simon hat David, Maggie und mich jahrelang zur Weißglut getrieben. Du wirst es ein paar Tage mit Tante Isabel aushalten können.“ Sie kniff ihn scherzhaft in die Wange. „John Albert Mackenzie! Sprich nicht so respektlos von Simon. Ohne ihn hätten wir jetzt ein sehr trauriges Weihnachtsfest.“

Ernüchtert sah er sie an. „Du hast Recht, Mum. Maggie und ich haben uns ohnehin vorgenommen, von jetzt an immer nett zu ihm zu sein.“

„So ist´s recht. Nun geh schon zu den anderen. Sie sind im Wohnzimmer.“ John brauchte nur dem Stimmengewirr zu folgen. Sein Vater, Alan, Tommy, David und seine Frau Annie mit ihrem Söhnchen Christopher hatten sich um Renie geschart, die neben dem offenen Kamin wie eine Königin in ihrem Rollstuhl thronte und wieder einmal genüsslich ihr knappes Entrinnen schilderte. Auch Tante Isabel lauschte Renies lebhaftem Vortrag. Ihre Mundwinkel zuckten. Trotz ihres hohen Alters und ihrer zierlichen Gestalt war sie immer noch eine dominierende Persönlichkeit. Als sie John erblickte, erhob sie sich ächzend aus ihrem Stuhl und kam, auf ihren Ebenholzstock mit dem Hundekopfgriff gestützt, zu ihm herüber.

„Tante Isabel, behalte doch Platz – “

„Unsinn“, unterbrach sie John ungehalten. „Junger Mann, du glaubst wohl, ich gehöre schon zum alten Eisen, was?“ Sie reckte ihm die faltige Wange entgegen. John drückte einen herzhaften Kuss darauf. „So ist´s schon besser. John, dies ist Sir Walter Scott, mein

Landeschampion.“ Der Hund war ihr gemessenen Schritts gefolgt. Wohlerzogen hob er eine Pfote. Nachdem John dem Terrier die Pfote geschüttelt hatte, konnte er auch den Rest seiner Familie begrüßen. Danach ging er in die Küche hinüber, wo Maggie eben die Lammpastete im Ofen kontrollierte. „Hallo, Schwesterherz. Hmm, das riecht ja köstlich.“

„Hallo, du Retter der Familienweihnacht. Hier, trag bitte den Brotkorb hinaus. Das Abendessen ist bald fertig.“ Gehorsam tat John wie ihm geheißen und schlenderte dann in die Küche zurück. „Es ist nur für elf gedeckt. Kommen Simon und Patricia nicht?“

Maggie probierte ihre Salatsauce und tat dann noch etwas Pfeffer hinein. „Sie hatten es vor, aber Simon kann wegen der Ermittlungen noch nicht weg aus London. Sie hoffen, dass sie im Lauf des Abends noch herkommen können. Morgen bleiben sie bis zum Mittagessen, dann fahren sie weiter zu Patricias Eltern.“ John kaute geistesabwesend auf einem Blättchen frischen Korianders herum, das er aus den Kräutertöpfen auf dem Fensterbrett gepflückt hatte.

„Was für ein Geschenk habt ihr für Simon besorgt?“

„Patricia sagte mir, dass er einen neuen Siebener-Schläger zum Golfen brauchen könnte. Im Sommer sind die beiden wohl zu einem großen Prominenten-Wohltätigkeitsturnier in St. Andrews eingeladen. Also haben wir den besten Schläger gekauft, den es in dem Golfshop gab.“

John pfiff durch die Zähne. „Donnerwetter. Ich sehe Simon schon vor mir, wie er das nächste halbe Jahr wie ein Besessener trainiert, um sein Handicap zu verbessern. Verlieren konnte er ja noch nie. Kannst du dich erinnern, wie er selbst beim Federball immer diskutieren musste, ob sein Ball nun im Aus war oder nicht? Oder wie er einmal – “

„John“, unterbrach Maggie ihn mahnend. „Wir wollten die alten Kamellen doch vergessen, oder nicht?“

„Entschuldige. Alte Gewohnheit. Vorhin musste ich mich schon von Mum deswegen tadeln lassen.“

Maggie schnaubte. „Mum! Dabei benehmen sie und Tante Isabel sich mindestens ebenso kindisch und werfen sich gegenseitig Sachen an den Kopf, die schon dreißig, vierzig Jahre her sind. Sie widersprechen sich auch ständig gegenseitig, einfach aus Prinzip. Und das Schärfste ist, dass ihre Abneigung auf ihre Haustiere abgefärbt zu haben scheint. Tante Isabel schwört, dass Walter noch nie einer Katze etwas zu leide getan hätte, aber auf Eddie hat er nur einen Blick geworfen und schon gings los mit der wilden Jagd.“

„Was habt ihr mit Olaf und Eddie gemacht? Ich habe sie gar nicht gesehen.“

„Ich habe die beiden in das Zimmer gesperrt, das du mit Tommy teilst, oben im ersten Stock. Sie sind mit Futter, Wasser und Katzenklo versorgt, also werden sie es hoffentlich dort aushalten, so lange Walter im Haus ist. Mum und Isabel finden auch ohne die Tiere genügend Anlässe, sich zu streiten. Stell dir vor, morgen werden beide nach ihrem jeweiligen geheimen Rezept eine Preiselbeersauce zum Truthahn machen. Jede ist überzeugt, dass ihre Sauce die Bessere ist – “ Sie brach abrupt ab, als die Tür aufging und Mrs. Mackenzie hereinkam.

„Ist alles fertig, Maggie? Dann lasst uns essen, Kinder.“

Beim Abendessen saß John zwischen seinem Vater und David.

„Wie läuft die Kanzlei, Kleiner?“, fragte er seinen jüngeren Bruder, während Maggie die Suppe austeilte. David und Annie waren beide Steuerberater. Sie hatten sich in der Firma, in der beide arbeiteten, kennen gelernt, geheiratet und sich vor einigen Jahren in Cambridge gemeinsam selbstständig gemacht.

„Ich kann nicht klagen, John. Unser Mandantenkreis erweitert sich beständig. Das Steuerrecht wird immer komplizierter, egal was die Politik auch versucht, um es zu vereinfachen. Zum Beispiel wird nun zum ersten Januar eine Regelung in Kraft treten…“

John bemühte sich redlich, den Ausführungen seines Bruders zu folgen, doch verlor er schon nach wenigen Minuten den Faden. Glücklicherweise warf Maggies Ehemann, der aufmerksam zugehört hatte, eine Frage ein und es entspann sich eine lebhafte Diskussion. John, dem es ein Rätsel war, wie jemand sich für die Reform der Körperschaftssteuer begeistern konnte, neigte den Kopf zu seinem Vater hinüber und fragte halblaut, „Hat Mum dir den letzten Schnitt der Buchshecken im Vorgarten überlassen?“

James Mackenzie zwinkerte seinem Sohn zu. „Du hast es gemerkt, nicht wahr? Nach dem Neuaustrieb der Blätter im Frühjahr werden wir eine wunderbare Triceratops-Skulptur haben. Und das Beste ist, das es Emmeline noch nicht einmal aufgefallen ist, dass ihre Figur einer *Felis domestica* sich allmählich in einen nordamerikanischen Pflanzenfresser aus der Kreidezeit verwandelt."

„Die meisten Menschen sehen das, was sie erwarten zu sehen.", kam es da in etwas abfälligem Ton von der gegenüberliegenden Tischseite. Ertappt blickten beide auf. Tante Isabel lächelte heiter. Johns Vater warf einen schnellen Blick zu seiner Frau hinüber, die jedoch damit beschäftigt war, dem widerspenstigen Christopher die Gemüsesuppe schmackhaft zu machen. Beruhigt wandte er sich an Isabel und brummte, „Du hast wirklich ein ausgezeichnetes Gehör."

„Nicht nur das. Ich sehe auch noch wie ein Adler. Und mein Gedächtnis funktioniert einwandfrei. Allerdings schränkt das Rheuma mich immer mehr ein, so dass ich nicht mehr ganz so fix bin wie ein junges Ding mit siebzig."

Emmeline, die es aufgegeben hatte, Christopher für die Suppe zu begeistern und sich einige Karottenflecken von ihrem Ärmel tupfte, hatte ihre letzten Worte gehört. „Herzlichen Dank, Isabel. Dann darf ich mich mit meinen 68 Jahren ja noch als Teenager fühlen."

„Es gibt Leute, die sind schon alt zur Welt gekommen, meine Liebe."

Johns Mutter knirschte mit den Zähnen und stand dann auf, um die Teller abzuräumen. Isabel aber bedeutete ihr, sich wieder zu setzen. „Einen Moment bitte, Emmeline. Ich denke, jetzt ist der richtige Zeitpunkt, um zu erklären, warum ich in diesem Jahr beschlossen habe, Weihnachten bei euch zu verbringen." Sie klopfte mit einem Löffel gegen ihr Glas.

Alle verstummten und Emmeline ließ sich unwillig wieder auf ihren Stuhl fallen. Isabel sah in die Runde und hob dann an. „Meine Lieben, ihr habt euch sicher gewundert, weshalb ihr an diesen Feiertagen in den Genuss meiner Gesellschaft kommt." Johns Mutter bekam einen Hustenanfall.

„Ich kann euch beruhigen, es liegt nicht daran, dass ich das Ende meiner Tage nahen fühle und mich deshalb von euch verabschieden wollte." Emmelines Lippen formten sich zu einem stummen *Schade*.

„Ihr wisst sicher, dass ich seit Jahrzehnten aktiv die Belange meiner Heimat und die aller Schottinnen und Schotten vertrete. So kam es, dass ich ins Organisationskomitee der größten Zusammenkunft schottischer Clans seit vielen Jahrzehnten gewählt wurde."

„Davon habe ich gehört“, meldete sich David zu Wort. „Einer meiner Mandanten hat mir erzählt, dass er dort hinkommen wird. Findet das Treffen nicht im August in Edinburgh statt?“

„Genau. Wir haben ein wunderbares Programm auf die Beine gestellt. Dudelsackgruppen aus verschiedenen Ländern werden auftreten, das Finale der Weltmeisterschaft der *Highland Games* wird an zwei Tagen stattfinden, es wird heimische Spezialitäten und Produkte in Hülle und Fülle geben. Bei der großen Clanparade werden Vertreter aller großen schottischen Familien in ihrer traditionellen Tracht mitmarschieren. Wir erwarten zehntausende Gäste aus aller Welt.“ Ein stolzes Lächeln lag auf ihren Lippen. „Es wird ein einzigartiges Erlebnis werden. Daher möchte ich, dass ihr alle dabei seid.“ Für einen Moment herrschte Stille. Wie üblich, erholte Renie sich am schnellsten von ihrer Überraschung. „Das wird total cool! Mum, bekomme ich dann einen Kilt mit dem Mackenzie-Muster?“

Bevor Maggie reagieren konnte, sprach Isabel wieder. „Renie, traditionsgemäß werden Kilts von den Männern getragen. Wir Frauen sind zu wichtigen Anlässen in ein langes Gewand gekleidet mit einer Schärpe in den Clanfarben.“

„Das könnt ihr vergessen. Ich zieh doch keinen lausigen Rock an. Das ist ja wohl total – “ Tommy verstummte mit schmerzlich verzogenem Gesicht. Maggie war ihm unter dem Tisch auf den Fuß getreten. „Tante Isabel, ich finde das eine großartige Idee. Dürfen auch angeheiratete Verwandte teilnehmen?“

„Natürlich. Ihr werdet Familienmitglieder kennen lernen, die in Neuseeland, Kanada, Australien, Holland oder sonst wo leben. Jeder Clan bekommt einen eigenen Pavillon zur Verfügung gestellt, der als Treffpunkt dienen wird.“

John ergriff das Wort. „Tante Isabel, ich werde gleich nach den Feiertagen Urlaub für diese Tage beantragen. Mit mir kannst du fest rechnen.“

Sein Vater nickte nachdrücklich. „Wir freuen uns, zu kommen, nicht wahr, Emmeline?“ Auch David und Annie sagten zu. Zufrieden blickte Isabel Mackenzie in die Runde.

„Maureen, für dich hätte ich noch ein besonderes Angebot, wenn du möchtest.“ Gespannt sah Renie auf.

„Wir bräuchten dringend jemanden für das Organisationsbüro. Wir werden mit Anfragen überhäuft und das Team kann den Ansturm ohne

Verstärkung nicht bewältigen. Du würdest natürlich bezahlt und bekämst auch ein Zimmer in Edinburgh zur Verfügung gestellt.“, beeilte sie sich, hinzuzufügen.

Renie war ausnahmsweise so überrumpelt, dass sie für einen Moment sprachlos war.

„Hmm. Isabel, die Idee ist gar nicht übel, finde ich.“, ließ Johns Vater sich in die Stille hinein vernehmen. „Renie, ich denke, du könntest dieses Projekt auch im Rahmen deines Studiums nutzen. Natürlich sind es nicht gerade die Sitten und Gebräuche der Himba oder der Ubangi, die du studieren könntest. Jedoch könntest du zum Beispiel ein wenig genealogische Forschung betreiben und auch ein Bild davon bekommen, wie sehr die jahrhundertealte Kultur auch das heutige Leben in Schottland noch prägt.“

„Ich finde, du hast Recht, Dad. Renie, du würdest eine Menge neuer Leute kennen lernen und mit diesem Job könntest du diese Monate doch noch sinnvoll nutzen. Du kannst später immer noch für eine Weile ins Ausland gehen.“

John konnte sehen, dass Maggie Tante Isabels Idee sehr entgegen kam.

Die alte Dame meldete sich noch einmal zu Wort. „Wir brauchen jemanden, der sich gern um die vielen verschiedenen Anliegen der Gäste kümmert, der nervenstark ist und auch in der größten Hektik nicht den Kopf verliert. Auch wenn ich noch wenig Gelegenheit hatte, dich genauer kennen zu lernen, Maureen: Ich bin überzeugt, dass du genau die Richtige bist.“

Renies Wangen glühten vor Freude über so viel Lob. „Tante Isabel“, begann sie dann feierlich, „danke, dass du mir so eine Aufgabe zutraust. Ich … mach´s!“ Alle applaudierten begeistert. „Darauf trinken wir!“, rief James Mackenzie. „*Slainte mhath,* wie wir Schotten sagen – Zum Wohl!“

Nach dem Essen halfen alle traditionsgemäß, den großen Weihnachtsbaum im Wohnzimmer zu schmücken. Während sie Kugeln, Schleifen, Strohsterne und hölzerne Weihnachtsfigürchen anbrachten, erfülltes angeregtes Plaudern den Raum. Selbst Johns Mutter ließ sich von der harmonischen Stimmung anstecken und wandte sich in freundschaftlichem Ton an Isabel. „Unsere Renie wird gut bei dir aufgehoben sein. Sie war so traurig, als ihre Pläne für nächstes Jahr sich zerschlugen. Eine solche Aufgabe ist genau das, was sie jetzt braucht – sieh nur, wie glücklich sie aussieht."

Beide beobachteten einen Moment, wie ausgelassen Renie mit Bella und Christopher herumalberte. „Du hast eine wunderbare Familie, Emmeline. Ich bin froh, bei euch zu sein."

Maggie und John, die unbemerkt Zeugen dieses Wortwechsels geworden waren, sahen sich an. „Die Nacht vor dem Weihnachtstag scheint wirklich voller Wunder zu sein.", flüsterte Maggie hinter vorgehaltener Hand. John schmunzelte. „Warten wir´s ab, wie lange der Burgfrieden hält."

Als der Stern auf der Baumspitze prangte, entschuldigten sich David und Annie, um den aufgedrehten Christopher zu Bett zu bringen. Tommy zog es ebenfalls vor, sich zu verkrümeln. Auch Isabel zog sich zurück. Dann verkündete Bella, sie wolle auch schlafen gehen, damit der Morgen schneller da wäre. „Bitte Renie, komm mit auf unser Zimmer. Wir kuscheln uns ins Bett und du liest mir noch eine Weihnachtsgeschichte vor.", bettelte sie.

„Gute Idee. Du musst dich sowieso hinlegen, Renie. Du weißt, was wir Dr. Farnsley versprochen haben: viel Ruhe."

„Okay, Dad.", gab Renie sich geschlagen. Alan und Johns Vater holten sich warme Jacken und gingen in den Garten hinaus, um ein Pfeifchen zu rauchen. Maggie, John und Emmeline Mackenzie zogen sich in die Küche zurück, um die letzten Vorbereitungen für das große Essen morgen zu treffen. John polierte das schöne Tafelsilber, als es klingelte.

Herein kamen Simon und Patricia, als wären sie gerade den Hochglanzseiten eines Modemagazins entstiegen. Das Bild wurde von ihrem silberfarbenen Jaguar komplettiert, der vor der Gartentür geparkt war. Simon sah abgespannt aus, bemühte sich aber um ein Lächeln. Er begrüßte Emmeline, die stets eine liebevolle Ersatzmutter für ihn gewesen war, herzlich.

„Unser Ritter in schimmernder Rüstung ist soeben auf seinem glänzenden Ross eingetroffen. Und er hat auch seine holde Maid mitgebracht. Lasset uns dem Ritter huldigen."

„Renie! Ich dachte, du wärst längst im Bett.", zischte John. Die Räder ihres Rollstuhls hatten auf dem weichen Teppich des Esszimmers kein Geräusch gemacht.

„Ich musste doch hören, was es Neues gibt."

Simon erspähte sie durch die offene Tür und kam zu ihnen herüber. Müde sagte er, „Da seid ihr ja. Wir müssen reden.“ Er zog die Tür zur Küche hinter sich zu und ließ sich auf einen Stuhl fallen.

„Habt ihr Owen endlich?“, platzte Renie heraus. Der Superintendent schüttelte den Kopf. „Wir haben noch nicht einmal handfeste Beweise, dass er wirklich der Täter ist. Seine Wohnung ergab keinerlei Hinweise. Keine illegalen Drogen. Keine Hinweise auf Schweizer Nummernkonten. Keinerlei Fotos. Keine Spur einer Verbindung zu Julia Feldmann. Keine blonde Langhaarperücke. Von seinem Vermieter und seinen Nachbarn wird er als angenehmer und ruhiger Zeitgenosse beschrieben. Richard Campbell sagt, er könnte sich unter keinen Umständen vorstellen, dass sein Wahlkampfmanager zu einem Mord fähig sei. Selbst George Campbell, der sich glücklich schätzen kann, dass sich unsere Aufmerksamkeit nicht mehr auf ihn konzentriert, hält Nigel Owen für unschuldig. “ Frustriert breitete er die Arme aus. „Verdammt, wir haben keinerlei Verdachtsmomente außer der Aussage der Chinesin. Auf den Überwachungskameras der U-Bahn ist der blonde Typ zu sehen, der dich gestoßen hat, Renie. Aber wir haben keine Ahnung, ob das wirklich Nigel Owen in Verkleidung war. Wir haben jede Mülltonne, jeden Kellerabgang, jede öffentliche Toilette, einfach alles im Umkreis von einem Kilometer abgesucht. Wenn wir nur die Perücke oder den Anorak finden könnten! Dann hätten wir die Möglichkeit, über DNA-Spuren die Identität des Täters festzustellen. Aber wir haben nichts, einfach nichts. Ich habe noch nie einen Menschen getroffen, der seine Spuren so gründlich verwischt hat wie dieser Mann.“

Chief Mullins hatte fast dieselben Worte benutzt, als er über Gerry Burrows gesprochen hatte, fiel es John ein.

„Konntet ihr in den Militärarchiven etwas über diesen Burrows herausfinden?“

Wieder Kopfschütteln. „Auch das ist eine Sackgasse.“

Renie sah verständnislos von einem zum anderen. „Aber allein schon, dass Owen jetzt abgehauen ist, sagt doch, dass der Kerl Dreck am Stecken hat, oder nicht?“

Simon seufzte. „Ach Renie, wenn es nur so einfach wäre. Ich habe Himmel und Hölle in Bewegung gesetzt, um diesen Mann zu finden und nun sitzt mir Sir Fenton Carruthers im Genick. Wenn ich nicht bald mit Ergebnissen aufwarten kann…“ Er führte den Satz nicht zu Ende. Abrupt stand er auf. „Ich muss mich hinlegen. Ich habe kaum Schlaf bekommen in den letzten Tagen. Ihr entschuldigt mich.“

Nachdem er den Raum verlassen hatte, sahen John und Renie sich ratlos an. „Ich hatte gedacht, der Fall wäre gelöst. Nun sieht es doch nicht danach aus.“, meinte Renie bedrückt. John lächelte sie ermunternd an. „Du wirst sehen, die Geschichte wird schon zu einem guten Ende finden. Nun ab mit dir ins Bett. Sicher wird Bella bereits im Morgengrauen das ganze Haus aufwecken, um sich auf die Geschenke zu stürzen.“

Nachdem Renie davon gerollt war, stand John noch lange am Wohnzimmerfenster und starrte in die Dunkelheit hinaus. Er wünschte, die Zuversicht, die er in seine Worte gelegt hatte, wäre echt gewesen.

Wie John vorhergesagt hatte, begann der Weihnachtstag, noch bevor das Schwarz der Nacht einem wolkenlos heraufziehenden Tag Platz gemacht hatte. Er schreckte hoch, als Tommy aus seinem Bett polterte, die Tür aufriss und die Treppe hinunterraste. Unten hörte er Bella quieken. „Tommy, du hast mich erschreckt. Ich wollte doch sehen, ob ich diesmal den Weihnachtsmann ertappen kann. Aber die Tür zum Wohnzimmer ist abgesperrt.“ Dann hörte er die Stimme seiner Mutter. „Schsch. Ihr weckt ja alle auf. Kommt zu mir in die Küche. Ich mache euch einen Kakao, und dann legt ihr euch noch mal ein Stündchen hin.“

John sah auf die rot leuchtenden Ziffern des Radioweckers. Es war sechs Uhr. Seine Mutter war sicher schon seit einer Stunde auf den Beinen, um den riesigen Truthahn vorzubereiten. Er ließ sich wieder in das Kissen zurückfallen, schob Eddie, der es sich auf seinem Bett bequem gemacht hatte, ein wenig zur Seite und schlief prompt wieder ein. Als er wieder erwachte, schien die Morgensonne durch das Fenster.

„Mmm“, grummelte er unwillig, als etwas seine Fußsohlen kitzelte. Als er ein Kichern hörte, schlug er die Augen auf. „Guten Morgen, Onkel John! Fröhliche Weihnachten! Steh endlich auf, wir wollen Bescherung halten.“

„Dir auch fröhliche Weihnachten, Bella. Lauf schon vor, ich bin in zehn Minuten unten.“

In der Küche hatte John gerade noch Zeit, sich ein Nusshörnchen und eine Tasse Tee zu schnappen, bevor sein Vater feierlich die Wohnzimmertür aufschloss und weit öffnete.

Nach einem Moment andächtigen Schweigens sprachen alle auf einmal.

„Wow! Seht euch diese Geschenkberge an."

„So schön war der Weihnachtsbaum noch nie."

„Lasst uns etwas singen."

„Stopp, Christopher, das Geschenk ist nicht für dich! Nicht einfach alles aufreißen."

„Zu spät."

„Grrrrrrr" Ein dumpfes Knurren drang aus Walters Kehle und schon schoss King Edward wie ein Pfeil durch die vielen Beine und raste auf den Baum zu. Reaktionsschnell griff David zu und fing den Kater ab, bevor er in den Weihnachtsbaum klettern konnte. Während alle lachten und David Applaus spendeten, warf Walter sich plötzlich herum und flitzte in die Küche.

„Der Weihnachtskuchen!" Mrs. Mackenzie schlug sich die Hände vors Gesicht und nahm gemeinsam mit Tante Isabel die Verfolgung auf. Der Rest der Familie hörte sie schreien. „Du Biest! Sofort runter vom Tisch!" Dann Fauchen und Gebell, Klirren und ein Krachen. Als John die Küche betrat, bot sich ihm ein Bild der Verwüstung.

Offensichtlich hatte King Olaf die Gunst der Stunde genutzt, um sich über die Butter herzumachen, die auf dem Frühstückstisch stand. Auch die Zuckerkruste von einigen Hörnchen war verschwunden. Auf der Flucht vor dem wütenden Terrier hatte er die Töpfchen mit Sahne und Marmelade auf dem Tisch umgeworfen, war dann mit einem gewaltigen Satz auf das Fensterbrett gesprungen und hatte einen von Emmelines Kräutertöpfen hinunterbefördert. Nun lugte er mit gesträubtem Fell, die Ohren flach angelegt zwischen den Stängeln des Basilikums hervor, während Walter Anstalten machte, zu seinem Feind hinaufzuspringen.

„Walter", donnerte Tante Isabel. Der Hund drehte sich um und kam nach einem letzten Blick auf den Kater gehorsam zu ihr. John, der neues Unheil zwischen seiner Mutter und Tante Isabel heraufziehen sah, beeilte sich einzuwerfen, „Mein Fehler! Ich muss die Tür oben offen gelassen haben", und stupste Bella an, die sich vor Lachen bog. Er deutete mit beschwörender Miene auf das Wohnzimmer. Bella verstand und krähte los. „Ich will jetzt endlich meine Geschenke aufmachen. Bitte, Grandma, fangen wir jetzt endlich an.“ Sie nahm Emmelines Hand und zog sie kurzerhand davon, während Maggie, die sich eine Lachträne aus dem Auge wischte, hinterher rief, „Ich mache das hier schon. Wir können die Kinder nicht mehr länger warten lassen.“

Das Ablenkungsmanöver hatte geklappt. Erleichtert sahen John und Maggie sich an und beseitigten schnell das Chaos, nachdem Maggie die beiden Kater wieder eingesperrt hatte.

„Gott sei Dank hat Olaf nicht den Weihnachtskuchen angeschleckt. Stell dir vor, er hätte eine Alkoholvergiftung bekommen.“ Emmelines *Christmas Pudding* wurde über Monate hinweg teelöffelweise mit Brandy getränkt und hatte an Weihnachten ein sehr gehaltvolles Stadium erreicht.

Als sie zurück ins Wohnzimmer kamen, waren Christopher und Bella als die Jüngsten in der Familie dabei, ihre Geschenke zu öffnen. Danach waren Tommy und Renie an der Reihe. „Mann, cool, das sind genau die Schuhe, die ich wollte. Danke, John.“

„Gern geschehen, Tommy“, antwortete John und lächelte seiner Schwester dankbar zu. Simon freute sich sichtlich über seinen neuen Golfschläger. Während einer nach anderen auspackte, war John glücklich, mit seinen Geschenken ins Schwarze getroffen zu haben.

Auch was Tante Isabel mitgebracht hatte, sorgte für großes Hallo. Alle weiblichen Familienmitglieder bekamen Schärpen in den Farben des Mackenzie-Clans und eine keltische Brosche, um sie stilvoll an der Kleidung zu befestigen. Für jeden der Männer hatte sie einen Sgian Dubh besorgt, einen kleinen Strumpfdolch, der traditionell zum Kilt getragen wird. Auch Tommy bekam einen, was diesen mächtig stolz machte. „Total abgefahren. Den nehme ich nach den Ferien gleich mit in die Schule, die werden Augen machen.“

„Das wirst du schön sein lassen“, fuhr Maggie dazwischen. „Auch wenn das Ding Teil der Tracht ist, ist es doch eine Waffe. Sieh mal, wie spitz es ist. Nein, nein, das bleibt schön daheim.“ Tommy blickte verdrossen drein. Für den zweijährigen Christopher hatte Isabel wohlweislich etwas anderes mitgebracht: eine kleine Gürteltasche, den Sporran, ebenfalls Teil der traditionellen Highlander-Tracht. Annie schlug entzückt die Hände zusammen. „Oh, Schatz, unser Junge wird allerliebst aussehen, mit einem passenden kleinen Kilt und dazu dieser putzigen Tasche." Christopher selbst fand den großen Bagger, den er von Renie bekommen hatte, weitaus interessanter.

John freute sich besonders über das edle Messer mit Kullenschliff, das Maggie und Alan ihm geschenkt hatten. Auch die Bücher trafen genau seinen Geschmack. Als er Renies Geschenk öffnete, musste er lauthals lachen. „Die Abenteuer des Sherlock Holmes". Als Widmung hatte sie hinein geschrieben „Meinem getreuen Watson – wir waren ein gutes Team."

Im allgemeinen Gelächter hörte John Simon murmeln, „Mich erinnern die beiden ja eher an Laurel und Hardy", was Patricia mit einem nachsichtigen Lächeln und unmerklichem Kopfschütteln quittierte.

„Das hier lag noch in den Tüten, die du mir mitgegeben hattest. Es sieht aus, als wäre das mit der Post gekommen." Maggie reichte John das Paket und die Kuverts, die Bonnie ihm mitgegeben hatte.

„Das hat George wahrscheinlich mit eingepackt. In der Eile hatte ich alles auf einen Haufen geworfen." Er griff als Erstes nach dem gewichtigen Paket. „Oh, ich ahne schon, was da drin ist. Hmm, ein original Dresdner Stollen von einem Freund in Deutschland. Finger weg.", drohte er Maggie scherzhaft, die begehrliche Blicke auf das Weihnachtsgebäck warf.

Dann öffnete er die vielen Karten und Briefe, die Kollegen und Freunde geschickt hatten. „Der hier kommt ganz aus der Nähe, aus Richmond. Kennst du da jemanden?" Maggie reichte ihm den letzten Umschlag.

John schüttelte den Kopf. „Nicht, dass ich wüsste." Neugierig zog er den Inhalt heraus.

„Oh, das ist ja ein Foto von dir. Und hier noch eins. Wer ist diese Frau? Sie sieht nett aus." John las die in kindlicher Schrift verfasste Karte, die dabei lag. *„Lieber Mr. Mackenzie! Ich möchte mich noch einmal für Ihre Hilfe bedanken. Das war echt toll. Angela und Deirdre haben einen Verweis von unserer Rektorin bekommen und müssen zwei Monate lang den Putzdienst im Klassenzimmer übernehmen. Ein frohes Weihnachtsfest und ein gutes neues Jahr wünscht Ihnen Tiffany Marks (Richmond Grammar School). P.S.: Ich soll Sie auch herzlich von Ms. Murray grüßen. Die Fotos sind gut geworden, nicht wahr?"*

John lächelte in Erinnerung an den ereignisreichen Tag mit den Schülerinnen. Während alle begannen, das herumliegende Geschenkpapier aufzusammeln und seine Mutter mit Annie und Patricia in die Küche ging, um letzte Hand an den Truthahn anzulegen, schilderte er Maggie die turbulente Führung mit den Mädchen.

„So seltsam es ist, aber Angelas und Deirdres perfider Racheplan hatte auch etwas Gutes. Er brachte mich auf die Idee, dass es bei dem Mord an Julia Feldmann gar nicht wirklich um das Opfer ging, sondern dass die Tat ausgeübt wurde, um George als den Sündenbock dastehen zu lassen. Eigentlich hätte ich an dem Punkt schon erkennen müssen, dass Nigel Owen dahinter steckte. Er ist ein Meister der Inszenierung, das wurde schon bei der Wahlkampfveranstaltung klar, die ich besuchte. Aber er schien wirklich mit Herzblut für Richard und seinen Erfolg zu kämpfen. Ich wäre nie auf die Idee gekommen, dass dies nur eine clevere Tarnung war."

Maggie nickte nachdenklich, während sie die Geschenke hübsch um den Baum herum aufbaute. „Er hat erfolgreich ein doppeltes Spiel getrieben. Insofern hat er gut zu Richard gepasst, mit dessen doppelter Moral." Sie richtete sich auf und hakte sich bei ihrem Bruder ein. „Lass uns die Geschichte für die nächsten Tage vergessen. Der Alltag holt uns noch schnell genug ein, wenn wir erst wieder zurück in London sind. Komm, wir trommeln alle für ein paar schöne Familienfotos zusammen."

Kapitel 25

Nach dem großen Festmahl verabschiedeten sich Simon und Patricia und der Rest der Familie ließ sich in die Wohnzimmersessel fallen. James Mackenzie hielt sich stöhnend den Bauch. „Emmeline, du hast dich wieder mal selbst übertroffen. Der Truthahn war ein Gedicht."

„Und eure Preiselbeersaucen waren beide einfach himmlisch.", beeilte Maggie sich hinzuzufügen und erntete ein triumphierendes Lächeln von Tante Isabel und Mrs. Mackenzie.

„Hört, hört", rief Alan und alle hoben ihre Tassen. „Auf unsere wunderbaren Gastgeber! Auf dass wir noch viele wunderbare Weihnachtsfeste zusammen hier feiern dürfen."

„Wie wäre es, wenn wir heute Nachmittag alle zusammen in die Königlichen Gärten gehen? Die Schlittschuhbahn hat nach Einbruch der Dämmerung für zwei Stunden geöffnet.", schlug John vor.

„Oh ja, toll, das machen wir." Bella klatschte in die Hände und sprang begeistert auf und ab.

Maggie meldete Bedenken an. „Aber das ist ja schon mindestens zwanzig Jahre her, seit ich zuletzt auf Schlittschuhen gestanden habe. Ob meine alten Knochen das noch aushalten?" Alan aber war Feuer und Flamme. Er sah seine Frau mit schmelzendem Gesichtsausdruck an. „Aber Honey, denk doch, wie romantisch das wird. Wir beide, Hand in Hand. Wie damals, als wir uns immer auf der Eisbahn vor dem Naturhistorischen Museum getroffen haben." Maggie lachte. „Wer könnte da schon widerstehen? Also gut, wir versuchen es."

„Eure alten Schlittschuhe liegen noch irgendwo auf dem Speicher. Außerdem kann man sich dort auch welche ausleihen." Emmeline stand geschäftig auf. „Ich begleite euch. Das möchte ich doch sehen, ob meine drei Kinder sich noch auf Schlittschuhen halten können." James Mackenzie warf einen sehnsüchtigen Blick auf das Buch, das John ihm geschenkt hatte. Annie, die sehen konnte, dass ihr Schwiegervater es kaum abwarten konnte, sich in die neuesten Erkenntnisse über das Leben der Dinosaurier zu stürzen, fragte taktvoll, „Dad, könntest du hier bei Christopher bleiben? Er wird nach den ganzen Aufregungen heute sicher zwei, drei Stunden am Nachmittag schlafen."

„Oh, sehr gern. Ich lese dir zum Einschlafen etwas über den Mapusaurus vor, nicht wahr, mein Junge?“

„Gute Idee, Paps. Da schläft er sicher innerhalb von Minuten tief und fest.“ David grinste und murmelte Annie zu. „Mit seinen paläontologischen Vorträgen hat Dad uns als Kinder selbst dann in Tiefschlaf versetzt, wenn wir total aufgedreht waren.“ Maggie ergänzte, „Mir geht es selbst heute noch so – wenn irgendwo von Theropoden, Sauropoden, Ornithopoden oder sonst welchen Sauriern die Rede ist, übermannt mich ein akutes Schlafbedürfnis.“

Tante Isabel erklärte, Walter brauche sowieso etwas Auslauf, also werde sie auch mitgehen, ein wenig zuschauen und dann wieder zurück spazieren.

„Und was ist mit mir?“ Renie zog eine Schnute.

„Wir brauchen jemand, der die heißen Getränke bereithält und da ist, um ein bisschen Trost zu spenden, wenn einer von uns auf dem Allerwertesten landet.“

Renies Gesicht hellte sich wieder auf. „Okay, das mache ich. Und ich nehme den Fotoapparat mit, das gibt sicher ein paar lustige Bilder.“

Eine Stunde später zogen sie los.

Die große Eisbahn war professionell ausgestattet. Im Schlittschuhverleih standen Modelle in allen Größen bereit und auch verrostete Kufen ließen sich bei einem Schleifer wieder auf Vordermann bringen. In den Bäumen rings herum waren Hunderte von Lichterketten angebracht. Aus den Lautsprechern tönte schwungvolle Walzermusik. Obwohl die Bahn gerade erst geöffnet hatte, drängten Dutzende von Familien herein, die nach den Geschenkorgien des Morgens und einer opulenten Mahlzeit nach etwas Bewegung in frischer Luft lechzten.

Für John und seine Geschwister gab es ein Wiedersehen mit zahlreichen Freunden und Nachbarn aus ihrer Kinderzeit. Zwischen den Holzbänken, wo die Läufer ihre Schlittschuhe schnürten, flogen Neuigkeiten und Frotzeleien hin und her.

Nachdem John Bella beim Anziehen geholfen hatte, stand er ächzend auf.

„Fährst du mit mir, Onkel John? Ich war zwar schon ein paar Mal mit meiner Klasse auf einer Eisbahn, aber ich bin noch nicht so sicher."

„Natürlich, Bella. Wir holen uns noch einen Schluck heißen Tee und dann legen wir los." Sie staksten zu der Bank, auf der Emmeline und Isabel Mackenzie sich häuslich eingerichtet hatten. Renie saß in ihrem Rollstuhl gleich daneben. „Wie geht's euch, Ladies? Nicht zu kalt?", erkundigte sich John.

Tante Isabel schnaubte abfällig. „Pff, das ist ja noch gar nichts im Vergleich zu den Temperaturen, die bei mir zu Hause herrschen, wenn der Wind über das Hochland pfeift und drei Meter hohe Schneeverwehungen anhäuft. So was kennt ihr Flachländer gar nicht."

„John, jetzt komm endlich.", drängelte Bella. Maggie und Alan glitten heran, als die beiden aufs Eis kamen. „Es ist herrlich. Los, wir fahren alle zusammen."

John winkte ab. „Bella und ich machen erst mal langsam. Also lasst euch von uns nicht aufhalten." Alan ging in die Knie, nahm die Hände seiner Tochter und fragte, „Alles ok, Schätzchen? Wenn du dich ein bisschen an das Eis gewöhnt hast, tanze ich mit dir einen Walzer." Bella sah ihren Vater etwas unsicher an und erwiderte dann, „Jetzt will ich erstmal sehen, was du und Mum so draufhabt."

Nachdem sie ihren Eltern eine Weile zugesehen hatte, wandte sie sich beeindruckt an John. „Wow, die sind ja richtig gut." Auch David und Annie gaben ein passables Bild ab. Tommy zischte halsbrecherisch zwischen den Läufern hindurch und übte waghalsige Bremsmanöver.

„Also gut, Mädchen, dann wollen wir es auch versuchen." John stieß sich von der Bande ab – und verlor sofort das Gleichgewicht, als er einem flott herankommenden Läufer ausweichen wollte. Er plumpste nach hinten und auch Bella landete auf dem Eis.

„Bitte recht freundlich! Das wird eine Spitzenaufnahme.", kicherte Renie hinter der Bande, während Tante Isabel Beifall klatschte und Walter aufgeregt zu bellen begann. John rappelte sich hoch, rieb sein schmerzendes Hinterteil und stellte dann Bella auf die Füße.

„Sag mal, bist du schon mal Schlittschuh gelaufen, Onkel John?"

John stemmte die Hände in die Hüften. „Oh ja, mein Fräulein. Komm, jetzt zeigen wir´s den anderen aber." Der nächste Versuch gelang schon besser und nach ein paar Runden fühlten beide sich auf dem Eis wie zu Hause.

„Du fährst ja schon wie der Teufel, Kleines!“ Alan kam von hinten herangezischt und hievte Bella, die vor Freude quietschte in die Luft. „Komm, drehen wir eine Runde zusammen“, forderte Maggie ihren Bruder auf.

„Gleich, ich muss erst noch den linken Schuh enger schnüren.“ John fuhr hinaus. Der Platz neben seiner Mutter war leer. Er ließ sich darauf plumpsen. „Wo ist Isabel?“

Seine Mutter schürzte missbilligend die Lippen. „Sie ist gegangen.“ Renie kicherte und platzte dann heraus. „Die beiden hatten schon wieder Streit. Tante Isabel sagte, ihr reicht es jetzt und dann ist sie einfach aufgestanden und gegangen.“

John schüttelte den Kopf. „Ach Mum, um was ging es denn jetzt schon wieder? Könnt ihr euch nicht einmal für zwei, drei Tage benehmen wie erwachsene Menschen?“ Seine Mutter warf ihm einen erbosten Blick zu.

„Nun tu nicht so, als wäre ich an diesen Auseinandersetzungen schuld. *Sie* ist es doch, die ständig Streit sucht.“

Renie neigte den Kopf zu John hinüber. „Isabel hat Grandma an den Kopf geworfen, dass sie Christopher zu sehr verwöhnen würde und er zu einem ganz verzogenen Fratz heranwachsen würde. Dann hat Grandma zurückgeschossen, dass Isabel in ihrem Leben ja wohl niemanden außer ihren überzüchteten Hunden erzogen hätte und von menschlichen Beziehungen einfach keine Ahnung hätte.“

Entsetzt sah John seine Mutter an. „Das war ja wohl ein Tiefschlag, Mum. Isabel ist sicher sehr verletzt über das, was du gesagt hast.“

Emmeline zog empört die Luft ein und brachte mit zusammengebissenen Zähnen hervor, „Du solltest jetzt wieder aufs Eis gehen, John. Schließlich ist Weihnachten und ich möchte mich nicht mit dir streiten.“

„Ja, los, John, geh wieder aufs Eis, dann haben wir wenigstens wieder etwas zum Lachen.“, stichelte Renie. Nach einem Blick auf das unversöhnliche Gesicht seiner Mutter zuckte John mit den Schultern und wandte sich ab. Auf dem Eis stand Maggie umringt von mehreren Männern und Frauen. „Sieh mal, John, wen ich getroffen habe. Luke und Betty, Jemima, Phyllis und Ralph.“ Mit großem Hallo wurde John von den alten Schulfreunden begrüßt.

„Mensch, alter Knabe, bist du endlich auch wieder im Lande. Ich habe gehört, du hast deinen Seelenklempnerjob an den Nagel gehängt und bist jetzt bei den Beefeatern im Tower.“

John grinste. „Ach, eigentlich ist die Psychologie auch in meinem jetzigen Job ganz nützlich.“

Luke Jenkins, das Sportass der Schule, stieß John an und zog viel sagend die Augenbrauen hoch. „Und? Immer noch frei wie ein Vogel? Mann, ich sage dir, du weißt ja gar nicht, wie gut es dir geht.“ Betty, Lukes Jugendliebe und seit 20 Jahren seine Ehefrau, knuffte ihn. „Hey, pass auf, was du sagst.“ Sie wandte sich an Maggie. „Sag mal, wie hast du das Teenageralter deiner Kinder überlebt? Meine machen mich noch verrückt.“

Während sie plauderten, stießen auch Alan, David und Annie zu der Gruppe. Während Bella an der Hand ihres Bruder eifrig rückwärts laufen übte, tauschten die Erwachsenen Neuigkeiten aus und lachten über Anekdoten aus der Schulzeit. John spürte, dass er nicht mit ganzem Herzen dabei war. Die kleine Auseinandersetzung mit seiner Mutter nagte an ihm.

Schließlich entschuldigte er sich und fuhr zur gegenüberliegenden Seite hinüber. Mittlerweile waren die Bänke dicht bevölkert mit Zuschauern und Läufern, die sich ausruhten oder bei einer Tasse Tee aufwärmten. So oft er auch die lange Reihe der Bänke absuchte, er konnte seine Mutter und Renie nicht entdecken. Zunehmend unruhig hielt er Ausschau nach jemandem, den er kannte, als ein älterer Herr ihn ansprach. „Hallo, John. Ich habe Sie und Ihre Geschwister schon aus der Ferne gesehen. Schön, dass Sie wieder alle zum Weihnachtsbesuch hier sind.“

John erkannte den Nachbarn seiner Eltern. „Mr. Barnes, guten Abend und frohe Weihnachten. Sagen Sie, haben Sie vielleicht auch meine Mutter gesehen?“

„Natürlich. Emmeline hat mir ihre Enkelin vorgestellt. Ist ja eine richtige junge Dame geworden – “

„Und haben Sie zufällig auch mitbekommen, wo sie hingegangen sind? Ich kann sie nicht mehr finden.“, fiel John ihm drängend ins Wort.

„Meine Frau hat gesehen, wie die beiden in Richtung Toiletten verschwunden sind. Wir haben uns noch darüber unterhalten, was dem jungen Ding – Maureen heißt sie, sagte Emmeline? – wohl zugestoßen ist, dass sie im Rollstuhl sitzen muss – "

„Wie lange sind die beiden schon weg?"

Mr. Barnes sah auf die Uhr. „Schon über eine Viertelstunde, schätze ich." John atmete tief durch.

Ruhig bleiben. Wahrscheinlich stehen sie einfach in einer langen Schlange an der Toilette an.

„Wo befinden sich die Toiletten?"

Mr. Barnes deutete nach hinten. „Wenn Eislauf ist, wird der Anbau des Palmenhauses aufgesperrt, damit die Anlage dort genutzt werden kann." John kniff die Augen zusammen und starrte in die angegebene Richtung, konnte jedoch niemanden entdecken. „Danke, Mr. Barnes. Ich werde sie mal suchen gehen. Grüßen Sie Ihre Frau von mir."

Kurz schwankte er, ob er den anderen Bescheid geben sollte. Seine Geschwister standen jedoch immer noch am anderen Ende der Bahn, ins Gespräch vertieft. Plötzlich hatte er das Gefühl, dass die Zeit drängte. Also zog er eilends die Schlittschuhe aus und schlüpfte in seine Stiefel. Im Laufschritt erreichte er den rückwärtigen Eingang des viktorianischen Gewächshauses. In einem Vorbau waren einige Funktionsräume untergebracht. Eine zweiflüglige Glastür führte ins Innere des Gewächshauses. An diesem Weihnachtsabend waren alle Glashäuser der Königlichen Gärten geschlossen. Die Damentoilette war jedoch wie erwartet zugänglich. Vorsichtig öffnete John die Tür einen Spalt und rief, „Mum? Renie?" Alles blieb totenstill. Johns Herz sank. Er wusste, dass hier keine Menschenseele war, dennoch ging er hinein und kontrollierte jede Tür. Als er wieder ins Dunkel des frühen Abends hinaustrat, spürte er Panik in sich aufsteigen. Die beiden wären nie gegangen, ohne den anderen Bescheid zu geben.

Dann kam ihm eine Idee. Konnte es sein, dass Emmeline die Gelegenheit nutzen wollte, ihrer Enkelin etwas in dem Gewächshaus zu zeigen? Sie besaß Schlüssel für alle Häuser. Er machte auf dem Absatz kehrt und ging zurück in das Gebäude. Tatsächlich ließ sich die Glastür öffnen. Er schlüpfte hindurch.

Die feuchtwarme Luft schlug ihm ins Gesicht wie ein nasser Lappen. Er lauschte, konnte aber nichts hören. Auf sein Rufen erhielt er keine Antwort. Warum sollten die beiden hier im Dunklen herumschleichen? Lediglich die mit einem Gummigitter belegten

Gehwege durch das riesige Gewächshaus waren von schwachen Bodenleuchten notdürftig erhellt.

Als John sich vom Eingang entfernte, umhüllte ihn die Dunkelheit. Geisterhaft zeichneten sich die Silhouetten der tropischen Pflanzen ab, die das Palmenhaus nach Kontinenten geordnet beherbergte. Außer Palmen gab es eine Vielzahl anderer Gewächse, wie Mangobäume, Zuckerrohr und Kaffeebüsche, dazu eine Sammlung exotischer Medizin-, Gift- und Gewürzpflanzen. Mit einem mal war es John, als hätte er etwas gehört. Noch einmal rief er. Nun war er sicher, dass irgendwer oder irgendetwas mit einem undefinierbaren Laut reagiert hatte. Er schlich weiter in die Richtung, in der er die Quelle vermutete. Das Herz klopfte ihm bis zum Hals.

Als eine Maus über den Weg huschte, hätte er beinahe vor Schreck aufgeschrien. Während er sich vortastete, konnte er das Geräusch in unregelmäßigen Abständen hören. Plötzlich wurde ihm klar, woher die Laute kamen. Im hinteren Teil des Hauses führte ein Abgang hinunter zu einer kleinen Abteilung, die der Flora und Fauna des Meeres gewidmet war. In mehreren Aquarien gab es Korallen, Piranhas und andere Meeresbewohner zu sehen.

„Mmmmm“ Das unheimliche Stöhnen jagte ihm Schauer über den Rücken, während er die Rampe hinuntertappte. Im Dämmerlicht, das von den Aquarien ausging, konnte er zwei Gestalten erkennen, die auf dem Boden kauerten, an einen metallenen Handlauf gelehnt. „Oh, mein Gott!“, entfuhr es ihm, als er erfasste, dass seine Mutter und Renie geknebelt und mit Handschellen an die Metallstange festgekettet waren. Mit zitternden Fingern machte er sich daran, das Tuch um Renies Mund aufzuknoten.

Als sie wieder frei atmen und sprechen konnte, würgte sie heraus. „Es ist Nigel Owen! Er hat uns aufgelauert. Er hat eine Pistole. Sicher kommt er gleich wieder zurück. Er ist dich suchen gegangen, um dich auch hierher zu locken. Er hat ständig versucht, dich von meinem Handy aus anzurufen, konnte dich aber nicht erreichen.“ Sie hustete.

John wollte sich daran machen, auch seine Mutter von dem Knebel zu befreien, hielt aber inne, als Renie flehte. „Nein, John, wenn du das machst, merkt er, dass du hier bist. Du musst dich verstecken, bevor er wieder kommt. Versuch, jemanden zu alarmieren. Und leg mir den Knebel wieder an.“

John musste einsehen, dass Renie recht hatte. Die Handschellen würde er ohne Werkzeug oder Schlüssel nicht aufbekommen. Schweren Herzens tat er, wie ihm geheißen. Keine Sekunde zu früh, denn die drei hörten, wie die hintere Tür des Gewächshauses aufging. John zog sich in höchster Eile zurück und lauschte.

„Verdammt, der Kerl ist wie vom Erdboden verschluckt. Wir machen jetzt einen letzten Versuch, ihn zu erreichen. Ich mache Ihnen den Knebel ab, damit Sie mit ihm reden können, Lady. Aber wenn Sie hier rumschreien, dann knalle ich Sie gleich ab."

John dachte an sein Handy, das abgeschaltet in seiner Reisetasche lag. Glasklar dämmerte ihm, dass Owen alles daran setzen würde, um seinen Rachefeldzug zu Ende zu führen. Er selbst und Renie hatten Owens Pläne, George lebenslänglich ins Gefängnis zu schicken, ruiniert. Anstatt sich schnellstmöglich abzusetzen, war Owen hier geblieben und hatte John und seine Familie beschattet. Er hatte schon einmal versucht, Renie zu töten. Nun, da er sie in seiner Gewalt hatte, würde er sie nicht mehr entkommen lassen. John hatte keine Zeit zu verlieren. Er musste selbst handeln. Bis Verstärkung eintraf, wäre Owens Geduld am Ende.

Ich brauche eine Waffe, überlegte er fieberhaft und ließ den Blick durch die dichte Vegetation um ihn herum schweifen. Er hörte, wie seine Mutter begann, auf Owen einzureden. „Worum geht es Ihnen überhaupt, junger Mann? Was auch immer Sie wollen, meine Familie hat nichts damit zu tun. Wir kennen Sie doch gar nicht."

„Schnauze! Ihre Nichte kennt mich sehr wohl, nicht wahr? Und Ihr Sohn erst, dieser selbsternannte Samariter – der hatte keine Ahnung, dass ich es war, der die Sache mit George Campbell so geschickt eingefädelt hatte.", höhnte Owen.

„Geschickt eingefädelt!" Emmeline Mackenzies Stimme war voller Entsetzen. „So nennen Sie das, wenn Sie aus irgendwelchen Rachegefühlen diesem Mann gegenüber einfach ein junges Mädchen töten, nur um ihn als den Schuldigen dastehen zu lassen!"

Nun schlug Owen einen überlegenen Ton an.

„Sie haben ja keine Ahnung davon, wie man mit Strategie eine Schlacht gewinnt. Spielen Sie Schach? Auch da ist manchmal ein Bauernopfer nötig, um den Gegner matt zu setzen. Und Julia Feldmann bot sich für diese Rolle geradezu an. Sie war eine von vielen, die sich bei mir mit Stoff versorgten. Und sie war leicht unter Druck zu setzen. Ich brauchte ihr nur zu drohen, sie bei den entsprechenden Stellen anzuzeigen. Besitz und Konsum von Amphetaminen wäre von ihrer Studienstiftung sicher nicht gern gesehen worden. Sie hätte ihr Stipendium verloren und hätte nach Hause zurückkehren müssen. Also ließ sie sich von mir überzeugen, einen Anruf bei George Campbell zu tätigen und anschließend im Austausch gegen eine größere Summe ein paar Fotos in den Tower zu bringen. Natürlich hatte ich den Abend minutiös geplant. Wenn alles wie vorgesehen geklappt hätte, wäre George exakt neben der frischen Leiche gefunden worden. Mit den Fotos hatte ich auch gleich das Motiv für ihn mitgeliefert."

Nun schlug sein selbstgefälliger Ton in kalte Wut über. „Es wäre alles eine perfekte Inszenierung gewesen, wenn nicht Ihr Sohn durch seine Verspätung alles ruiniert hätte. Und damit nicht genug…"

Während Owens hasserfüllte Tirade weiterging, überlegte John fieberhaft. Es gab einige Pflanzen mit scharfen Stacheln hier. Ein großes Wolfsmilchgewächs ragte neben ihm auf. Wenn er es aus der Erde bekam, konnte er Owen durch einen gezielten Schlag mit dem dornenübersäten Stamm sicher ablenken. Aber ob er ihn dann auch entwaffnen konnte? John versuchte, sich an die Ausbildungen zur Geiselbefreiung zu erinnern, die er beim Militär mitgemacht hatte. Womit kann ich ihn außer Gefecht setzen…. Das ist es!

Ein Stück weiter links, so glaubte er sich zu erinnern, stand abseits des Weges ein Upas-Baum. Seine Mutter hatte immer wieder eindringlich gewarnt, dass schon kleinste Mengen des Milchsaftes aus der Rinde oder den Blättern tödlich wirken konnten, sobald sie in die Blutbahn eindrangen. Alle Mitarbeiter der Gärten trugen lange Arbeitskleidung und dicke Handschuhe, wenn sie in der Nähe des tropischen Baumes arbeiteten.

Froh, dass er seine ledernen Winterhandschuhe anhatte, griff er nach dem Stamm der Wolfsmilch und brach einen besonders langen, harten Dorn ab. Dann suchte er sich durch das Dickicht der Pflanzen hindurch einen Weg in die Abteilung mit den Giftpflanzen aus den tropischen Breiten. Da der Upas-Baum mit fast zwanzig Metern das höchste Gewächs in diesem Teil des Hauses war, war er leicht zu finden. Er zupfte ein paar Blätter ab und zerrieb sie, so dass der Saft austrat und sich auf der Innenfläche seines Handschuhs sammelte. Bedacht, nicht mit dem Dorn durch den Handschuh zu stechen, wälzte er ihn darin hin und her.

Plötzlich erschrak er. Er hörte einen Krach, als hätte jemand etwas gegen die Wand geworfen. Er lauschte angestrengt, was er aus dem Untergeschoss hören konnte. Owens wütende Stimme dran an sein Ohr. „Jetzt reicht´s – nachdem Mackenzie nicht aufzufinden ist, werde ich mich später um ihn und Campbell kümmern. Jetzt seid erst mal ihr dran.“ Seine Mutter schrie auf. „Oh bitte, lassen Sie doch wenigstens meine Enkelin zufrieden, sie ist doch noch so jung – “

„Schluss jetzt. Ich lege Ihnen lieber den Knebel wieder um, Sie alte Schreckschraube.“ Unterdrücktes Fluchen war zu hören und ein Schmerzensschrei.

Mit drei Sätzen war John an der Rampe, die hinunter führte. Er konnte Owen sehen, der von ihm abgewandt damit kämpfte, Johns Mutter wieder zu knebeln. Scheinbar hatte sie ihn in die Hand gebissen. John holte noch einmal tief Luft und hastete dann hinunter.

Bis Nigel Owen ihn bemerkt hatte, hatte John, einen Kopf größer, ihn von hinten umfangen und drückte ihm mit einer Hand den Dorn leicht in den Nacken. „Lassen Sie die Pistole fallen, Owen. Sofort. Was Sie da spüren, ist ein Dorn, der mit tödlichem Gift präpariert ist. Wenn Sie schießen, brauche ich ihn nur für einen Millimeter in Ihre Haut zu drücken und Sie sterben.“

Owen stand für einen Moment stockstill. Dann lachte er hämisch. „Guter Bluff, Mackenzie. Aber ich wette, Sie haben nur irgendeinen Kaktusstachel in der Hand.“

Emmeline hatte mit schreckgeweiteten Augen das Handgemenge verfolgt. Nun breitete sich ein Lächeln auf ihrem Gesicht aus. „John, mein Junge, welche unserer Giftpflanzen hast du benutzt?“

„Den Upas. Ich habe einen Euphorbien-Dorn mit dem Saft benetzt.“

Nun strahlte Mrs. Mackenzie Nigel Owen triumphierend an. „Seien Sie versichert, Mr. Owen, mein Sohn blufft nicht. Der Milchsaft eines *Antiaris toxicaria* ist garantiert tödlich, sobald das Gift in die Blutbahn eintritt. Jäger im Kongo und an der Elfenbeinküste benutzen ihn seit Menschengedenken, um ihre Giftpfeile zu präparieren.“ Ihre plötzliche Gelassenheit und der Ausdruck von mütterlichem Stolz in ihrem Gesicht überzeugten Owen offensichtlich. Er ließ die Pistole zu Boden fallen. John kickte sie mit dem Fuß weg. Sie rutschte unter Renies Rollstuhl hindurch nach hinten.

„Wo sind die Handschellenschlüssel?“

Owen schwieg.

„Er hat sie in die Jackentasche gesteckt, John.“, warf seine Mutter hilfreich ein.

„Holen Sie sie raus. Aber ganz langsam. Sie wissen, schon ein winziges Zittern meiner Hand kann Ihr Ende bedeuten.“ Owen knurrte unwillig, fasste aber im Zeitlupentempo in seine rechte Jackentasche und ließ die Schlüssel herausfallen. Mit einer einzigen fließenden Bewegung löste er sich dann aus Johns Griff und hechtete nach seiner Pistole. Renie aber reagierte blitzschnell und versetzte ihm mit ihrem Gips einen Schlag gegen den Kopf, als er sich bückte. Da John dicht hinter ihm war, entschied Owen, nun doch sein Heil in der Flucht zu suchen. Er rappelte sich hoch und rannte hinaus.

Unschlüssig sah John ihm einen Moment hinterher. „Ruf die Polizei, John, schnell.“ Seine Mutter deutete mit einer Kopfbewegung auf Renies Handy, das auf dem Boden lag. „Hoffentlich funktioniert es noch, Owen hat es vorhin gegen die Wand geworfen.“

Sie hatten Glück. Kurze Zeit später hatte John seinen Cousin am Apparat. Er schilderte ihm knapp, was passiert war.

„Ich löse sofort eine Großfahndung aus. Sucht den Rest der Familie und bleibt auf jeden Fall zusammen. Ich schicke ein paar Männer, die euch Polizeischutz geben.“ Ungläubig sah John auf den Hörer in seiner Hand. „Glaubst du etwa, Owen wird es noch einmal probieren?“

„Ich kann es auf jeden Fall nicht ausschließen. Der Kerl scheint von seinem Rachefeldzug ja besessen zu sein. Also seid vorsichtig.“

Alarmiert sah John seine Mutter an. „Oh Gott, stell dir vor, er kriegt Bella zu fassen – oder er dringt in unser Haus ein und schnappt sich Dad oder Christopher.“

„Mach schnell und befreie uns, dann suchen wir die anderen.“ Als John gerade die Handschellen löste, hörten sie von draußen Rufen.

„John? Mum? Renie? Wo seid ihr?“ Alle drei antworteten lauthals und wenige Augenblicke später standen Annie, David, Alan, Maggie und ihre Kinder vor ihnen. Als sie erfuhren, was geschehen war, standen sie wie vom Donner gerührt. Dann fingen alle an, durcheinander zu reden und einander in die Arme zu fallen.

John signalisierte Alan und David, ein paar Schritte mit ihm beiseite zu treten. „Es ist nicht auszuschließen, dass Owen versucht, in unser Haus einzudringen. Er muss uns die ganzen Tage beschattet haben und er ist davon besessen, Renie und mich umzubringen. Bitte lauft so schnell es geht nach Hause und verrammelt alles, bis die Polizei eintrifft."

Unbemerkt war Tommy hinter David aufgetaucht. „Ich will mitkommen. Ich habe auch den Dolch dabei." Er zog den Sgian Dubh aus der Jackentasche. John öffnete schon den Mund, um die üblichen Ermahnungen von sich zu geben, überlegte es sich dann aber anders. Er legte Tommy die Hand auf die Schulter. „Mir wäre es lieber, du bleibst bei uns. Alan und David bekommen das allein hin, aber ich könnte hier noch männliche Unterstützung brauchen, um deine Mum, Grandma, Annie und Renie sicher nach Hause zu bringen."

Tommy richtete sich mit leuchtenden Augen auf. „Klar, John. Wir beide geben ihnen Geleitschutz." Während Alan und David davonrannten, kam Bella auf John zu, umklammerte seine Hand und sah ihn aus verweinten Augen an. „Wir haben euch schon die ganze Zeit gesucht. Warum laufen sie jetzt weg?"

John umarmte seine verängstigte Nichte. „Sie gehen schon mal vor. Und wir sammeln jetzt unsere Siebensachen an der Eisbahn ein und gehen dann auch heim. Komm, hilfst du, den Rollstuhl die Rampe hinaufzuschieben?" Er wandte sich an Renie. „Was ist mit deinem Bein? Denkst du, es hat den Schlag überstanden?"

Seine Nichte zuckte mit den Schultern. „Ist doch egal. Falls sich etwas verschoben hat, lande ich eben im OP- immer noch besser, als auf dem Tisch des Leichenbeschauers."

Offensichtlich hatte sie ihren Humor bereits wiedergefunden. Ohne weitere Zwischenfälle gelangte die kleine Gruppe nach Hause, während Tommy sie wie ein Wachhund umkreiste, eine Hand in der Jackentasche. Im Vorgarten kamen ihnen zwei Beamte der örtlichen Polizei entgegen.

„Mr. Mackenzie? Scotland Yard hat uns beauftragt, Ihr Haus zu sichern. Es ist alles in Ordnung. Zwei Kollegen sind drinnen und wir bewachen das Anwesen von außen."

„Ich bringe Ihnen gleich Tee und Gebäck heraus, wenn Sie schon in dieser Kälte stehen müssen." Emmeline eilte in die Küche.

Im Flur kam David ihnen entgegen. „Alles okay. Christopher schläft und Dad und Tante Isabel haben eifrig Pläne für das große Clantreffen geschmiedet, als wir kamen. Die beiden sind aus allen Wolken gefallen, als wir ihnen erzählten, was passiert ist."

In der Küche hielt James Mackenzie seine Frau so fest in seinen Armen, als wollte er sie nie wieder loslassen. „Oh Gott, Em, fast hätte ich dich verloren – “ Seine Stimme versagte. Emmeline legte den Kopf an seine Brust. „Weißt du noch, wie wir beide uns vor 47 Jahren vorgenommen haben, mindestens bis zur Diamantenen Hochzeit durchzuhalten? Als Renie und ich allein da unten saßen, habe ich nur daran gedacht – und ich war stinkwütend auf diesen ... Menschen, der uns das zerstören wollte. Aber Gott sei Dank ist es nicht soweit gekommen.“

Sie löste sich sanft aus seiner Umarmung und zog ihren Mann ins Wohnzimmer, wo das Feuer anheimelnd prasselte und Maggie mit Annies Hilfe Tee, Kakao und stärkere Getränke einschenkte.

Sie ging zu John hinüber und wandte sich wieder an ihren Mann. „Und weißt du, wem wir das zu verdanken haben? Unserem Sohn. John hat mit einer unglaublichen Geistesgegenwart gehandelt. Wir können sehr stolz auf ihn sein.“

John wehrte verlegen ab. „Dad, Mum übertreibt. Sie war großartig. Sie hat den Kerl so lange am Reden gehalten, dass ich Zeit hatte, mir eine improvisierte Waffe zu beschaffen. Außerdem wäre ich nie auf die Idee gekommen, einen Giftstachel zu benutzen, wenn ich nicht durch ihre unermüdlichen Lektionen über die Wirkung des Upas-Baumes Bescheid gewusst hätte. Und schließlich Renie: Wenn sie Owen nicht so furchtlos von seiner Pistole fern gehalten hätte, würden wir jetzt nicht hier sitzen.“

Isabel hob ihr Glas. „Ich bin glücklich, dass Mut, Kampfgeist und Scharfsinn unseres Vorfahren Alistair Mackenzie, der an der Seite unseres großen Freiheitshelden William Wallace kämpfte, bis heute in unserer Familie überdauert.“ Mit einem verschmitzten Blick zu Emmeline hinüber ergänzte sie, „Und sogar bei angeheirateten Familienmitgliedern. Auf die drei Mackenzie-Musketiere!“

Kapitel 26

Als John sich vor dem Abendessen umzog, klingelte das Telefon.

„John! Simon ist für dich dran.“, rief seine Mutter aus dem Flur nach oben.

„Ich komme!“ Er eilte die Treppe hinunter und griff nach dem Hörer. „Simon? Was gibt es Neues, habt ihr ihn?“ Das Fluchen des Superintendenten sagte ihm, dass es keine guten Nachrichten gab.

„Ich habe alle Männer zusammengezogen, die ich am Weihnachtsabend kriegen konnte. Kew ist praktisch abgeriegelt. Und trotzdem muss er uns irgendwie durch die Maschen geschlüpft sein.“

John überlegte angestrengt. „Owen ist ein Organisationsgenie und sicher für alle Eventualitäten vorbereitet. Und er scheint sich so gut wie unsichtbar bewegen zu können. Mir ist während der letzten Tage nie aufgefallen, dass er in der Nähe war. Was könnte sein nächstes Ziel sein?“

„Wenn er schlau ist, und das ist er ja wohl, setzt er sich ab. Wir überwachen die Flughäfen, Bahnhöfe, den Schiffsverkehr…“

John unterbrach ihn. „Irgendwie habe ich das Gefühl, er hat gar nicht vor, zu verschwinden, zumindest noch nicht. Er sagte, er würde sich später um mich und George kümmern. Es muss ihm jetzt klar sein, dass er an mich und Renie nicht mehr herankommen wird. Aber ich möchte wetten, dass er es immer noch auf George abgesehen hat. Oh Gott, warum habe ich nicht früher daran gedacht – wir müssen ihn warnen!“

„Wenn man eben erst einem Mörder entkommen ist, dann funktioniert der Denkapparat vielleicht nicht so gut.“, bemerkte Simon trocken und fuhr dann in selbstzufriedenem Ton fort, „Gott sei Dank habe ich gleich nach deinem Alarm im Tower Bescheid geben lassen, dass Campbell die Festung nicht verlassen soll. Dort dürfte er sicher sein.“

John atmete tief durch. „Danke, Simon. Ich werde George gleich selbst anrufen und ihm alles berichten.“

Aber als er die Nummer der Campbells wählte, meldete sich niemand. Stirnrunzelnd versuchte er es bei der Wache im Byward Tower. Was sein Kollege ihm mitteilte, versetzte John einen Schock.

Umgehend rief er wieder bei Simon an. „George und Marcia haben vor wenigen Minuten den Tower in höchster Eile verlassen und sich ein Taxi gerufen. Owen muss sie mit irgendeinem Druckmittel dazu gebracht haben.“

„Richard!“, riefen beide im selben Moment aus. John konnte hören, wie Simon ein paar scharfe Befehle gab.

„Wir werden versuchen, die beiden abzufangen, bevor sie Richards Apartment erreichen. Gott sei Dank wohnt er oben in Maida Vale, also müssen sie noch unterwegs sein.“ John ging nervös im Flur hin und her, während er fieberhaft überlegte.

„Simon, kannst du mir einen Wagen besorgen, der mich dorthin bringt?“

„Ich weiß zwar nicht, was du vor hast, aber es kann ja nichts schaden, wenn du dabei bist. Einer der Beamten, die bei euch stationiert sind, soll dich fahren.“ John griff nach Schuhen und Jacke und rief seiner Mutter, die beunruhigt aus der Küche kam, zu, „Ich rufe euch aus dem Auto an, ich muss weg.“

Draußen erwartete ihn einer der Polizisten und lief mit ihm zu seinem Dienstwagen. „Ich bin bereits über Funk informiert, wo es hingehen soll. Schnallen Sie sich an – wir müssen auf die Tube drücken.“ Mit Sirene und Blaulicht rasten sie über die dunklen Straßen, die wegen des Feiertags kaum belebt waren.

„Haben Sie ein Telefon, das ich benutzen kann?“ Der Beamte zog ein Diensthandy aus seiner Reverstasche. „Bedienen Sie sich.“

Maggie nahm ab und John erklärte ihr mit knappen Worten, wohin er unterwegs war. Besorgt sagte sie, „Pass auf dich auf, John.“

„Ich versuch´s. Hebt mir einen von Mums Knödeln auf.“ John gab das Telefon zurück und klammerte sich an den Haltegriff, während sie mit 80 Meilen pro Stunde nach Norden brausten. Einige Meilen vor ihrem Ziel kam über Funk die Nachricht, alle Wagen sollten sich möglichst unauffällig nähern und zwei Straßen entfernt parken. Eine Sondereinheit mit Scharfschützen zur Geiselbefreiung stünde bereit.

Als John und sein Fahrer ankamen, wurden sie von einer Reihe Beamter umringt und im Eiltempo einige hundert Meter weiter geführt. Dort wartete der Superintendent mit George und Marcia Campbell. George trat auf John zu. Verzweiflung war ihm ins Gesicht geschrieben. „John! Owen hat Richard in seiner Gewalt. Er rief mich an und sagte, wenn ich nicht innerhalb einer Stunde herkäme, würde er ihn umbringen. Keine Polizei und ich müsste allein kommen."

Marcia trat neben ihren Mann. „Aber ich wollte ihn nicht allein gehen lassen. Wenn du da reingehst, George, dann komme ich mit." Sie sah ihren Mann entschlossen an. George tätschelte ihre Hand und sah John hoffnungsvoll an. „Hast du eine Idee, was wir tun sollen? In wenigen Minuten läuft die Frist ab."

„Auf keinen Fall lasse ich zu, dass Sie da hineingehen, Campbell. Sie kämen da nicht wieder lebendig heraus. Owen hat Sie nur mit dem Ziel hierher gelockt, Sie zu töten, egal, was er Ihnen gesagt hat.", mischte sich Simon ein.

„Sie können mich nicht aufhalten, Whittington. Richard ist unser Sohn, unser einziges Kind. Ich werde diesem Wahnsinnigen die Stirn bieten. Das ist unsere einzige Chance." Die beiden Männer sahen sich finster an.

John ergriff das Wort. „Wo genau liegt das Apartment? Welche Zugriffsmöglichkeiten gibt es?" Simon winkte den Kommandanten der Sondereinheit heran. „Wie ist die Lage, Bill?"

„Das Zielobjekt liegt im dritten Stock. Meine Leute sagen, dass sie vom obersten Geschoss des gegenüber liegenden Hauses freies Schussfeld auf den Balkon und das dahinter liegende Zimmer hätten. Allerdings sind derzeit die Vorhänge vorgezogen, so dass kein Sichtkontakt in die Wohnung möglich ist. Außerdem ist es uns noch nicht gelungen, in das Haus hineinzugelangen, wo wir die Scharfschützen postieren müssen. Dort wohnen nur drei Parteien und die Leute scheinen alle über die Feiertage weggefahren zu sein."

„Dringen Sie zur Not gewaltsam dort ein. Wir werden versuchen, Owen in Ihre Schussbahn zu bringen.", beschloss John kurzerhand. Simon nickte nach kurzem Zögern zustimmend und die Sondereinheit setzte sich in Bewegung.

„George, Marcia – wir können es schaffen, Richard da herauszuholen, aber ich brauche eure Hilfe." Beide nickten.

„Schusssichere Westen für die drei, schnell. Und stattet sie mit Mikrofonen aus.", kommandierte Simon, als er Johns Plan gehört hatte. „Haben Sie ein Mobiltelefon, Campbell?"

„Wir benutzen es kaum. Es liegt zu Hause."

Simon seufzte auf. „Was ist das nur mit euch Beefeatern? Warum könnt ihr nicht wie jeder normale Mensch dafür sorgen, dass ihr erreichbar seid? Hier, nehmen Sie meins. Und jetzt alle absolute Ruhe." George sah Marcia an, dann wählte er Richards Nummer. „Mr. Owen? Ich bin da. Meine Frau ist auch hier. Können wir hereinkommen?"

„Wieso haben Sie Ihre Frau mitgebracht? Na, egal, rein mit ihr." Simon nahm George das Handy aus der zitternden Hand und steckte es ein. „Viel Glück uns allen. Los geht´s."

John wurde von einem der Beamten zur Rückseite des Hauses gebracht. Er postierte sich unter dem Balkon, der ihm angezeigt wurde und wartete. Durch den Knopf in seinem Ohr hörte er George murmeln. „Ich klingle jetzt."

Er griff nach seinem Funkgerät, durch das er in Kontakt mit der Sondereinheit stand. „Sind Sie soweit, Bill?"

„Noch nicht. Wir arbeiten noch an der Eingangstür."

„Okay, geben Sie mir Bescheid, wenn ich loslegen kann."

„Roger." John lauschte angespannt, was in Richards Wohnung vor sich ging.

„Was haben Sie meinem Jungen angetan? Ist er bewusstlos?"

Owen ließ ein abfälliges Lachen hören. „Unser lieber Richard hat es ganz ohne mein Zutun geschafft, sich ins Reich der Träume zu versetzen, Marcia. Guter Stoff, den er da geraucht hat. Fröhliche Weihnachten, du Pfeife." Ein dumpfer Schlag folgte.

Marcia schrie auf. „Hören Sie auf, Sie Schwein – "

John stöhnte auf. Wenn er nicht schnell handelte, würde die Situation dort oben schneller als gedacht eskalieren. „Wie lange brauchen Sie noch, Bill?"

„Ich schätze, zwei Minuten. Wir sind jetzt im Haus, müssen aber noch eine Wohnungstür aufbrechen, um an die Fenster zu kommen." John steckte das Funkgerät weg.

Dann legte er die Hände an den Mund und brüllte „Owen! John Mackenzie hier." Einige Augenblicke lang hörte John durch Georges Mikrofon nur schweres Atmen. Dann vernahm er Owens verblüffte Stimme. „Wie kommt der Mistkerl hierher? Haben Sie ihn angerufen?"

„Nein.", sagte George ruhig. „John ist ein schlauer Bursche. Wussten Sie, dass er bei der Army Truppenpsychologe war? Er muss von selbst darauf gekommen sein, dass Sie nicht einfach auf den

Kontinent abtauchen würden, sondern dass Sie Ihre Pläne, sich an mir zu rächen, bis zum bitteren Ende verfolgen würden. Und welches bessere Druckmittel hätten Sie wählen können, als meinen Sohn in Ihre Gewalt zu bringen?"

„Owen!", rief John wieder. „Ich weiß, dass Sie George abgrundtief hassen. Aber Ihr Wunsch nach Vergeltung hätte heute fast meine Mutter und meine Nichte das Leben gekostet. Ist es nicht an der Zeit, einen Schlussstrich unter die ganze Sache zu ziehen, bevor noch mehr Unschuldige hineingezogen werden?" Schweigen.

John entschied, dass es an der Zeit war, schärfere Geschütze aufzufahren. „Gut, bringen Sie alle um, die Ihnen je in die Quere gekommen sind. Was wollen Sie dann mit dem Rest Ihres Lebens anfangen? Wenn Sie erst einmal mit allen abgerechnet haben, was bleibt Ihnen dann noch? Wissen Sie eigentlich selbst noch, was der Grund für Ihren Hass ist?"

Als immer noch alles still blieb, schloss er voller Abscheu, „Oh Gott, Sie sind wirklich die erbarmungswürdigste Gestalt, die mir je untergekommen ist." Dann schickte er ein Stoßgebet zum Himmel und wandte er sich ab.

Da hörte er, wie die Balkontür aufgerissen wurde. Langsam drehte er sich wieder um. In dem Licht, das nun aus dem Wohnzimmer strömte, konnte er Owens Silhouette sehen.

„Was passiert da draußen? Wir sind noch nicht in Position, wiederhole: noch nicht in Schussposition!" quäkte es in seiner Tasche.

„Da sind Sie ja endlich, Owen. Also erklären Sie mir nun, womit George Ihren unendlichen Hass verdient hat?"

„Er hat meine Karriere, mein ganzes Leben – und das meiner Eltern – zerstört! Nur, weil er den Mund nicht halten konnte. Ohne ihn wäre ich heute mit Sicherheit bereits Colonel oder Brigadegeneral. Ihr ganzes Leben haben sich meine Eltern eine erfolgreiche Militärlaufbahn für mich gewünscht. Hah! Nur wegen ein paar Tabletten, die ich unter der Hand verkauft hatte, haben sie mich wegen Unterschlagung und Betrugs verurteilt und unehrenhaft entlassen." Nun, da er begonnen hatte, zu reden, sprudelte es geradezu aus Owen heraus.

„Meine Mutter hat das nicht verkraftet und sich die Pulsadern aufgeschnitten. Mein Vater verlor dann jeden Lebenswillen und starb zwei Jahre später. Und da fragen Sie mich noch, warum ich diesen

Mann so sehr hasse, dass ich Jahre meines Lebens dafür geopfert habe, einen Racheplan zu erdenken, der ihn tiefer treffen sollte, als wenn ich ihn einfach umgebracht hätte. Es hätte auch alles perfekt geklappt, wenn Sie nicht dazwischengefunkt hätten."

Er wies mit einem Kopfnicken nach hinten in die Wohnung. „Bedauerlich, dass Ihr Freund George nicht mitansehen kann, wie Sie jetzt gleich sterben werden, da ich ihn und die liebe Marcia festketten musste." John sah, wie Owen anlegte. Dann passierte alles gleichzeitig. Durch den Knopf in seinem Ohr hörte er Rufe aus der Wohnung, das Funkgerät erwachte zum Leben. *„Feuer frei, Männer"* Mehrere Schüsse krachten. Owen kippte im Zeitlupentempo nach vorne über das Balkongeländer und schlug unten auf dem Rasen auf, wo er leblos liegen blieb. Johns Knie gaben nach und er plumpste auf das Pflaster.

Sechs Tage später standen John und Maggie am Panoramafenster des *La Gondola* über dem Victoria Embankment und blickten über die wogenden Menschenmassen an den Themseufern.

In wenigen Minuten würde das Jahr zu Ende sein und Hunderttausende warteten auf das große Feuerwerk, das die Stadt alljährlich zu Silvester veranstaltete. Alan hatte zur Feier des Tages die ganze Familie in das Restaurant eingeladen.

Während der Kellner eine große Flasche Champagner und Gläser mit Orangensaft brachte, betrachtete Maggie ihren Bruder forschend. „Geht's dir gut, John? So turbulent hättest du dir deine Rückkehr nach England sicher nicht vorgestellt."

John lächelte. „Da hast du Recht. Aus meinem Plan, meine Topfpflanzen zu pflegen, tonnenweise Bücher zu lesen und mein ruhiges Leben zu genießen, ist bisher nichts geworden. Aber es ist mir immerhin schon gelungen, Zeit mit meiner Familie zu verbringen – und das ist doch auch schon was."

Maggie lachte. „Und was wir für aufregende Zeiten miteinander erlebt haben, vor allem du und Renie!" John grinste breit und nahm ein Saftglas an, das der Kellner ihm reichte.

Da klatschte der Maitre in die Hände und rief, „Noch eine Minute bis Mitternacht, meine Herrschaften. Wenn Sie sich nun zu den Aussichtsfenstern begeben möchten…"

Allgemeines Stühlerücken war die Folge. Renie humpelte auf ihren Krücken heran, gefolgt vom Rest der Familie. Die letzten Sekunden zählten alle im Chor. „10, 9, 8, 7,…." Dann knallten die Korken und draußen explodierten die ersten Feuerwerkskörper.

„*Should auld lang syne*" erklang aus Tausenden von Kehlen. Bilder aus der Vergangenheit tauchten in Johns Kopf auf. Bilder von Jahreswechseln, die er in fremden Kasernen verbracht hatte. Gemeinsam hatten sie vor einem Fernsehgerät gesessen und die Übertragung aus London gesehen. Er spürte die Wehmut, die damals in der Fremde alle umfangen hatte.

Dann aber sah er sich um und ein warmes Gefühl stieg in ihm auf. Endlich daheim.

Seine sentimentalen Gedanken fanden ein jähes Ende, als ihm eine sorgfältig manikürte Hand auf die Schulter klopfte.

„Patricia und ich wünschen dir ein gutes neues Jahr, John."

John schüttelte seinem Cousin, der mit seiner diamantverzierten Krawattennadel um die Wette strahlte, die Hand. „Gratulation, Simon. Wie man hört, bist du für einen Orden vorgeschlagen worden, für deinen vorbildlichen und unermüdlichen Einsatz um die nationale Sicherheit –" John verstummte, als Maggie ihn mit hoch gezogenen Augenbrauen ansah. Hinter sich hörte er Renie leise kichern.

Simon schien seinen Sarkasmus nicht wahrgenommen zu haben. „Man tut eben sein Bestes. Und es schadet auch nichts, den spektakulärsten Mordfall der letzten 50 Jahre zur Aufklärung gebracht zu haben."

Maggie sah den empörten Gesichtsausdruck ihrer Tochter und beeilte sich, das Gespräch auf ein anderes Thema zu lenken.

„Mir hat bei der Berichterstattung das Foto am besten gefallen, das dieser vorwitzige Reporter vom *Independent* geschossen hat. Richard mit glasigen Augen und völlig verwirrtem Gesichtsausdruck auf seinem Sofa, nachdem er durch die Schüsse erwacht war. Auf dem Wohnzimmertisch noch die Reste seines Joints."

John nickte. „Auch wenn Owen tot ist und es keine Gerichtsverhandlung geben wird, die weitere Fakten über Richard ans Licht bringen könnte – allein schon durch dieses Bild dürfte er in der Wählergunst ins Bodenlose abgesunken sein."

In das zustimmende Gelächter hinein äußerte Simon ernst, „Es ist wirklich erschreckend, welches Ausmaß der moralische Verfall unserer Politiker angenommen hat. Es ist unsere Pflicht als Gesetzeshüter, unsere Ermittlungen auch in diesen Kreisen ohne Ansehen der Person korrekt zu führen und Machenschaften dieser Art schonungslos aufzudecken. Und nun entschuldigt uns. Wir sind bei einem kleinen Neujahresempfang des Abgeordneten Billingsley von der Labour Partei eingeladen."

Während John und Maggie ihrem Cousin sprachlos hinterher starrten, zischte Renie, „Diese Ratte! Der hängt sein Fähnchen nach dem Wind, wie es ihm grad passt. Und unseren Anteil an der Aufklärung des Mordfalls kehrt er komplett unter den Teppich."

Johns Mutter hatte den Wortwechsel aus dem Hintergrund verfolgt. Nun kam sie näher und legte ihrer Enkelin den Arm um die Schulter. „Lass gut sein, Renie. Für Simon ist die öffentliche Anerkennung nun mal wichtig. Aber wir wissen doch, dass er den Fall ohne euch nicht aufgeklärt hätte, nicht wahr? Nun aber zu etwas Wichtigerem: Renie, mein Kind, es wäre doch schön, wenn du morgen auch bei der Neujahrsparade mitfahren würdest. Stell dir vor, unsere örtliche Vereinigung der *Red Hat Society* hat vor, eine eigene Nachwuchsgruppe für junge Frauen ins Leben zu rufen. Diese tragen statt der roten Hüte pinkfarbene zum lila Kleid. Wir könnten sicher etwas Hübsches für dich auftreiben."

Sie strahlte ihre Enkelin an. „Du würdest ganz reizend aussehen, mein Mädchen…"

Diese Aussicht war selbst für die abenteuerlustige Renie zu viel. Unter dem Gelächter ihrer Familie hinkte sie erstaunlich schnell davon und verschwand in der Menge.

2021283R00117

Printed in Germany
by Amazon Distribution
GmbH, Leipzig